U0943147

New York Intellectuals

纽约知识分子丛书

Alfred Kazin

艾尔弗雷德·卡津

魏燕 著

译林出版社

图书在版编目(CIP)数据

艾尔弗雷德·卡津 / 魏燕著. —南京：译林出版社，2012.12
（纽约知识分子丛书）
ISBN 978-7-5447-3418-9

I. ①艾… II. ①魏… III. ①卡津，A.（1915~1998）-文学思想-研究 Ⅳ. ①I371.209.5

中国版本图书馆CIP数据核字（2012）第269246号

书　　名　艾尔弗雷德·卡津
作　　者　魏　燕
责任编辑　王　蕾
特约编辑　马行亮
出版发行　凤凰出版传媒股份有限公司
　　　　　译林出版社
出版社地址　南京市湖南路1号A楼，邮编：210009
电子邮箱　yilin@yilin.com
出版社网址　http://www.yilin.com
经　　销　凤凰出版传媒股份有限公司
印　　刷　江苏新华印务有限公司
开　　本　880×1230毫米　1/32
印　　张　10
版　　次　2012年12月第1版　2012年12月第1次印刷
书　　号　ISBN 978-7-5447-3418-9
定　　价　29.80元
　　　　　译林版图书若有印装错误可向出版社调换
　　　　　（电话：025-83658316）

总　序

钱满素

“纽约知识分子”指的是20世纪30年代起活跃在美国文坛的几十位知识分子，他们中不少是东欧犹太移民后裔，生活在纽约地区。他们关心社会，热衷政治，钻研文学，从事认真严肃的社会文化批评。欧文·豪在1968年的文章《纽约知识分子：实录与评判》中首次使用了这个称号。

他们早年信仰马克思主义，亲近美国共产党，憧憬伟大无产阶级文学的出现，激进政治与高雅文学的结合可以说是他们最初的理想。然而随着20世纪30年代国际时势的急遽变化，他们开始表现出独立的姿态。作为一个群体，他们是在1937年底复刊的《党派评论》杂志抵制斯大林主义的旗帜下联合起来的。他们声称这是一份开放的文学月刊，不跟从任何意识形态，不规定任何创作技巧，以赞成民主争论的马克思主义作为文化分析和评价的工具，立志为被扭曲的激进主义提供一种新的方向。《党派评论》的高格调开风气之先，影响了美国其他刊物，成为当时赫赫有名的思想类杂志，吸引着世界一流的作者。

纽约知识分子大致可分为两代几个年龄层次：第一代有威尔逊、悉尼·胡克、特里林、威廉·菲利普斯、拉夫等。比他们年轻的有卡津、索尔·贝娄、理查德·霍夫斯塔特、查·赖特·米尔斯和小阿瑟·施莱辛格等。第二代有丹尼尔·贝尔、豪、欧文·克里斯托等，较年轻的还有苏珊·桑塔格等。显然，少了这群出类拔萃之辈，20世纪的美国文化将是另外一种面貌。

本丛书由于专业等原因，仅选择了在文学批评领域成就卓著的五位作为代表。其中威尔逊生于19世纪末，是资格最老的，现在仍然可能是他们中最重要的一位，五人中唯有他不是犹太人，而是有浓厚的新英格兰清教背景。在《党派评论》创刊前他已经颇有权威，是刊物首选的撰稿人之一。特里林和拉夫都生于20世纪初，年龄相仿，但两人经历和性格却很不同。特里林生于美国，家庭虽为犹太移民，但已步入中产阶级，因此能在当时一般犹太移民青年很难进入的哥伦比亚大学接受良好教育，日后还成了哥大英语系的第一位犹太教授。他不那么政治化，主要成就在文学评论方面。相比之下，拉夫经历坎坷，自学成才，思想激进。他生于俄国，14岁才移民美国，正是他和菲利普斯两人创办了《党派评论》，并且以顽强的意志和敏锐的才智顶住各方压力，将它办成一份特立独行的左派刊物。卡津和豪又比他们年轻十来岁，卡津在美国文学上贡献很大，而豪是这群人中坚持左派政治最久的一位，后来自己还办了刊物《异议》。20世纪90年代末，这些人都已陆续告别这个世界，2003年《党派评论》的停刊无疑标志着曾经左右美国文坛的纽约知识分子群体已成历史。

纽约知识分子个个博学多才，自成一家，可谓各有特点。但只要略为深入，便能发现他们信念上风格上的很多共同之处，正是这些相对持久的共性使这个群体对内具有凝聚力，对外具有吸引力。

首先是他们的世界主义。他们虽然多为犹太人，但犹太性或种族性并不是他们关注的中心，他们的立场是世界主义的，也许这正是国际主义的马克思主义吸引他们的原因。他们思想开放，反对教条，主张文化的多元，力图从人类的大视角来思考问题，而不囿于彰显本族的文化。

其次是他们公共知识分子的特点。他们关注社会问题，富于政治激情，敢于发表自己的观点，虽然不可能一贯正确，但从不媚俗或盲从权威。由于他们始终保持批判性思维，故常能发挥社会良心的作用。在近半个世纪的时间里，他们的社会文化评论总是及时地出现在各种杂志刊物上，拥有大量读者，影响社会舆论。

第三是他们对人类优秀文化的继承。他们大都文学造诣很高，谙熟西方文学文化，尊重并维护西方文明的优秀传统，特别是人文主义精神这一光辉遗产。同时，他们又善于创新，在对美国文明和美国文学的梳理总结上尤为突出。现如今有人会说他们的文学批评缺乏理论和体系，但他们本来就不追求这些形式。他们的文章清晰典雅，形成特定的品位和风度，本身就给读者一种文学的审美享受。这样的评论无公式理论可套，凭的是深厚的积淀和睿智，非平庸之辈拾人牙慧便能写就。

以纽约知识分子在当代美国文化的重要性而言，国内对他们的了解尚待深入。南京师范大学外语学院的青年才俊们有志于此，在充分掌握资料后以十年磨一剑的严谨态度，几番增删修润，终于完成了这套研究丛书，奉献给有兴趣的读者。

目　录

前　言

自20世纪60年代以来，美国文学批评出现了“理论化”的倾向，不少批评家受欧洲思潮的影响，用语言学、哲学、人类学等方法从事文学研究，从结构主义转向了后结构主义和解构主义。他们与前辈的现代批评家不同，总是依据当代语言学和哲学的观点，否认文学具有的真理性。他们把诗学看作是广义符号学的一个分支，这一符号学批评的功能主要在于对文学的意义进行“解构”，认为以前存在的文学真理性只不过是用语词构筑的神话，而语词只有放在与之相关的各种关系中才能得到确定，文学作品的意义也必须置于与之相关的各种认识体系中才能确定。“结构主义和后结构主义的法国思想促进了各种新的方法，这些方法……把活的主体完全消除了。”[1] 这样的批评走出了人类信念与欲望的领域，进入一个稳固而平静的世界，其中虽不断涌现新的观点，但这样的文学研究只与认知和理性相关，却与日常生活相分离，从中很难看到文学震撼人心的力量。

有的美国学者带着悲观的态度分析了其中的原因。“如果说西部的疆土边界线19世纪90年代就封闭了，那么文化的边界线到20世纪50年代才封闭。……到20世纪60年代时，大学从根本上囊括了一切知识性工作……很多年轻的知识分子成了激进的社会学家、马克思主义历史学家、女权主义理论家，但算不上是公共知识分子。”[2] 20世纪60年代以后美国文化的中心从城市转向校园，其主要标志是知识分子的活动场所从城市咖啡屋、街头广场、公共杂志转入了大学校园、课堂讲座和专业期刊，生活场所改变的同时，知识分子的精神也被重新塑造了。这些年轻学者大多是某一领域的专家，生存在校园狭窄的学术圈中，很少关心公众的利益和社会的良知，也不再为有教养的广大读者写作。

波士顿大学的社会学教授布里吉特·伯杰对这一现象的分析就更为深入："美国学术界现在已成为争夺如何界定社会现实的战场。大学以其自身特有的性质而为交战各方提供了某种象征性领地，即处在危机之中的远超出纯学术的圈子。虽然辩论各方都选用哲学理念的术语来参战，但他们所体现的，都是带有根本性质的问题，不管其用词是何等含混不清。正因为如此，美国高校知识分子之间的战斗决不限于争夺美国下一代的思想。今天问题的关键在于大学对自身的理解，更在于整个西方学术传统和这种传统赖以立足的文化价值体系是否还有合法性。"[3]

根据伯杰的看法，后现代的批评理论正在使学术高度政治化，确立了文学批评对文学著作本身的优先地位，来夺取教育和意识形态的领导权，并进而实现新的社会解放。"这场文化革命将不是来自枪杆子，而是来自对经典著作涵义的颠倒，来自一语双关的连珠炮，来自对普通英文词语的篡改 。"[4] 伯杰担心文化多元主义（multiculturalism）①使美国走向分裂，这样的忧虑不无道理，如果各个种族都要确立自己文化的优先地位，那么分裂甚至战争

① 对美国文化多元主义引起的争论和思考参见陆建德：《文化多元：彩虹还是虚象？》，《破碎思想体系的残编：英美文学与思想史论稿》，北京大学出版社，2001年。

将是不可避免的。不过他也不必多虑，因为美国从来就不是只有一个声音的社会，多元文化使其具有自我调适的内在活力。即使是理论之风最盛时，美国也有不少学者从事文学意义上的批评研究，如今美国又重新出现对人文传统和经典阅读的重视，让我们回过头来看看那些曾经坚持独立思考，深入体会，为文学而感动，又以他们的文学批评感动我们的"公共知识分子"，也许不失为寻求平衡的一种途径。"纽约知识分子"中以文学批评家著称的艾尔弗雷德·卡津就是这样一位坚守文学信念、重视独立思想、维护美国文化传统的公共知识分子。

也许由于二战以后美国文学批评逐步走向理论化、科学化的道路，卡津缺乏理论体系的文学评论似乎不合时代的节拍，所以论及他的文章虽多，但专题研究却仍是空缺。在中国，他的作品常被引用，但尚未翻译成中文，更不用说系统地介绍研究了。本书对卡津的研究，一来为了填补空白、抛砖引玉，以期看到更多相关的研究；更重要的是，笔者认为在文学研究的"理论热"暂时冷却之际，重读卡津感悟式的文学评论作品，感受他"知识"外衣下的情感内核，体察他对现代个体化生存的反思，或许能够拓宽文学研究的视野，而不仅仅是把文本阐释当作营构理论的手段。

1995年卡津荣获杜鲁门·凯普特文学基金（Truman Capote Literary Trust）颁发的"文学批评终身成就奖"，该奖项用以赞扬"一些著作，它们表现了文学批评古老的优点：充满睿智，富有洞察力和启发性，具有同情心和想象力，热爱并普及文学，以此为人类的成长和彼此理解创造可能性。"[5] 颁奖嘉宾伊丽莎白·泰伦特认为："当卡津发表观点时，你能感到他喜欢用真情写作，他最好的批评作品都是出自真情实感。"[6] 文学批评家、文化历史学家保罗·鲁滨逊教授说："卡津继承了莱昂内尔·特里林和埃德蒙·威尔逊的传统，从事一种我称之为鉴赏式批评的工作。他对作家的政治意识很感兴趣，但他的批评并不以解构文学因素去表现潜在的政治或意识形态结构。与之相反，他的批评主要是文学化的，他总是被文学深深震撼并不断为之感到惊奇。"[7] 尽管20世纪后期的美国文学批评出现了理论化、科学化的倾向，卡津却坚持特里林和威尔逊等"纽约知识分子"的传统，重视批评的文学性，但"理论化"与"文学性"的争论或称哲学与文学的对抗是古已有之，卡津的批评方法魅力何在？

卡津的文学研究重视文学中人的力量，努力在道德和美之间寻求平衡，他提出："批评应当关注人的理想，关心人们追求的未来和注定的命运。只有把想象力和历史感——对已然发生、当下发生、理该发生的一切都融入到对艺术作品的分析之中，这样的评论才有意义。"[8] 卡津以文学的使命感和价值论来对抗理论的侵袭，他的努力是有效的，如今批评的钟摆又回到了文学的一边，卡津在20世纪90年代获得文学批评终身成就奖无疑说明了这一点。此外，1990年出版并在1994年和1998年再版的《希思美国文学文选》在前言中说明其编辑宗旨是："要将文学和文学研究重新与社会和文化联系起来……突出在美国文化中特定文学表现的历史发展过程。"[9] 作为一部具有高度权威性的美国文学文选，它充分说明了当代文学研究与社会文化不可分割的关系，而卡津提倡的"个人现实主义"模式从来就以文学中所反映的人与社会的关系为批评的出发点。

卡津的文学使命感并不是空洞的口号，泰德·索罗塔洛甫认为他是“爱默生式的美国学者：具有强烈的公民责任、坦诚的言行举止、自立的精神以及炽热的情怀。20世纪30年代是卡津最得益的成长背景，正如60年代对于他儿子的意义一样”[10]。卡津自己也声称他是“属于30年代”的。[11] 1929年10月美国证券市场的崩溃以及其后长达十年的经济萧条期，使得30年代的美国知识界具有普遍的激进主义倾向，知识分子希望用自己的知识和道德判断把人类带入健康的发展轨道。卡津在这一时期形成自己的学术思想，必然会受时代影响，年轻的时候他就提出：“艺术、真理和希望能够融为一体，只要一个真正的作家能把它们结合起来。”[12]

在卡津看来，文学作品的价值主要在于它反映现实生活的深度和广度，强烈的使命感决定了他把自己的注意力投向与现实生活密切相关的美国现代文学。他将文学研究与自己笃信的价值观念结合在一起，通过深入细读美国文学作品，看到了美国西部开发、工业化以及城市化进程中民主意识的发展与变化，带有反叛社会特点的小说也随之不断成熟。从方法上看，这种感悟式历史批评重在探索文学中人的重要性，而不是文学中语言或形式的意义。它脱离了传统按图索骥式的传记批评，把文学放到社会—历史的大背景中去考察，但它又不像传统的社会历史批评那样重视环境中的人，而是在强调社会历史文化对人的影响的同时，更注重人在环境中如何实现自身的价值，从这个意义上来说，卡津的文学批评本身就具有美国特色，反映了美国人对自我的重视和对社会的批判。

卡津并不仅仅把美国现代文学看作是对斯文传统的反叛，他从中看到了具有美国特色的文化形象和价值观念，他的阅读也并不仅仅限于美国文学，而是试图理清美国现代文学与欧洲传统的种种关系，继而重新发现美国现代文学的独特之处。泰德·索罗塔洛甫把《扎根本土》视为“美国文学史上里程碑式的著作，堪与佩里·米勒的《新英格兰思想》(*The New England Mind*)、F. O. 马西森的《美国文艺复兴》(*American Renaissance*)以及理查德·蔡斯的《美国小说及其传统》(*The American Novel and Its Tradition*)等作品相媲美”[13]。

二战后卡津如愿以偿地进入美国的中产阶级，成了“纽约知识分子”的一员，他是精英文化的代表、权威观点的持有者。他体察到美国社会与文化的变化，对当代美国文学的评论显示了他对“后现代”社会的困惑与失望，《扎根本土》中的激进主义、进步主义的光芒逐渐暗淡下去，但他对美国的批判不是疾风骤雨式的，而是有所克制的悲叹。晚年的卡津依然笔耕不辍，但泰德·索罗塔洛甫对卡津后期的作品并不看好，希尔顿·克莱默也认为卡津后期的作品变得“自我陶醉、自我欣赏、多愁善感”[14]。还有批评家认为他后期的两本专著《美国的历程》(*An American Procession*, 1984)和《上帝与美国作家》(*God and the American Writer*, 1997)缺乏逻辑性，不少地方重复了以前的观点，没有太多新意。

也许晚年的卡津确实变得“多愁善感”，但那起码也是“真情实感”，而且还是敢想敢说的肺腑之言。《美国的历程》明显是早期里根时代的产物，卡津把这一时期视为美国政治的低谷，这使他接受了亨利·亚当斯悲观和怀疑的态度，对美国现代文学进行反思，这本书其实是卡津对自己早期进步主义思想的再思考。20世纪80年代对“自我意识”的关注以及90年代对“上帝与美国作家”关系的研究都表明卡津对当代美国社会中教条化的个人主义和自由主义的批判，当他说“美国作家没有继承统一的宗教传统，……美国人一贯的信念就是不受限制的自由”[15]时，他的语气是讽刺而又无奈的。

卡津的文学评论语言优美、感情真挚、内容涉及广泛，本书只是对他的作品进行一些初步的探讨，在介绍卡津的批评观的基础上，把他放到整个时代的背景中去解读，表明卡津的文学批评以关注人的生存状态为最终目的，紧密结合社会现实，在道德和美之间、思想和激情之间寻求平衡。在20世纪40年代，虽然世界大战让卡津感到危机来临，但他仍肯定美国现代文学中所体现的民主思想和多元文化（pluralism），而到50年代，卡津就开始意识到大众社会消费主义的泛滥，但他不像许多精英学者那样，把大众文化的发展归咎为大众的愚昧，他更多的是反思文化的制造者——知识分子有什么问题。卡津的文学批评总是体现了他对美国当下社会与文化现象的思考，他的思想看似从激进走向了保守，但总的看来他的主要立场并没有改变，一直重视和坚守一种广泛的社会文化价值。他批评观的核心就是保持开放的思想，怀疑一切教条，批判狭隘的文化观，尽可能全面地理解世界、理解人。卡津肯定不是唯一关注生命意蕴的美国知识分子，大多数对世界大战进行反思的人都从不同的角度探索这一问题，但卡津却是美国较早地反思大屠杀的学者，而且他总是在美国文化的框架中寻找现实社会问题的出路。卡津的文学评论能够从文学想象的领域关注美国的政治和社会问题，正是在这个意义上，他被视为一名“公共知识分子”。

本书第一章主要分析卡津批评观形成的背景，论述犹太身份对他的影响，着重探讨20世纪初期的社会文化批评家和同时代的对立思想给予卡津的启发。把文学与社会、文化相联系的做法在美国早已有之，从爱默生、惠特曼到豪威尔斯，美国文人一直重视文学的现实作用。到20世纪初期，进步主义的弗农·路易斯·巴灵顿、理想主义的范·怀克·布鲁克斯和独立自由的埃德蒙·威尔逊进一步开拓了文学研究中的社会历史范畴，从不同的视角或批判或维护美国文学的传统，卡津从他们的研究中得到灵感，扎根于本土的社会文化，并以此肯定了新一代美国作家的价值，寻找美国文化的优势。20世纪30年代的美国经历了大萧条的巨变，左倾思想在知识界颇为流行，文学批评受其影响，试图把马克思主义思想纳入文学研究的视域，但大多数所谓的“马克思主义文学批评”并没有抓住马克思主义思想的精髓，而是把马克思主义教条化，使文学成了政治武器，失去了文学赖以存在的审美价值。与此同时，“新批评”派则“悬置”影响文学的外部力量，专注于文本的细读与解剖式分析，使文学研究成了毫无感情的正误判断。卡津在深入阅读的基础上，吸取了马克思主义批评家对当代社会问题的关注和“新批评”对文本的细读，形成了他感悟式的历史批评。

第二章论述卡津的批评观，卡津的感悟式历史批评结合了智慧与激情，在个人现实主义模式中显示了人对社会的疑惑与反抗，同时又不失希望和幻想。他把自己文学研究的领域定位在美国现代文学，这并不是说他只关心美国文学的发展，或以美国文学为最优秀的民族文学，恰恰相反，卡津阅读了大量欧洲文学作品，深知美国文学不过刚刚“步入成年”。卡津当年之所以会对并不出众的美国现代文学感兴趣，就是因为卡津与之出自同样的社会文化背景，他熟知其中反映的美国现实，体察其中蕴藏的美国思想，看到这样的文学中“美国特色是无处不在，无所不在的”。卡津与这样的作品产生了极大的共鸣，他认为唯有如此才可能从事批评工作。好的文学评论应当从文学中看到人的努力——他们对未来的希翼和注定的命运。正因为卡津的批评看到了美国人过去为争取民主而做的斗争，分析了当代大众社会对自我的强调，由此引发对美国民主未来的担忧，所以他的研究让人感受到批评对人生的思考和对社会问题的关注，这是文学批评的力量所在。

本书第三章梳理卡津画出的1890—1940年间美国文学的发展轨迹。卡津在写作《扎根本土》之前不仅研究主要作家，还阅读了大量不知名的小说、宣言、小册子等，他为自己的发现而震惊，感到不得不为19世纪末20世纪初“孤独的反抗者”说句公道话。在他看来那些杰弗逊主义者被一个陌生而冷漠的美国所折磨，其中一些人没有太多文学创作的潜力，但却有着说真话的勇气。他们发出了独特的美国声音，为自己的土地而奋斗，为失去土地而悲伤，这一根本的民族主义实现了爱默生的预言——把斯文传统连根拔起，为新作家的出现做好了准备，使他们能够以更大的优势塑造他们自己的世界。卡津画出了美国现代文学与现实主义并行发展的轨道，概括了美国现实主义的三次发展高潮：第一次以德莱塞、弗兰克·诺里斯、厄普顿·辛克莱等作家为代表；第二阶段以舍伍德·安德森和辛克莱·刘易斯为代表；最后是20世纪30年代的新现实主义，包括多斯·帕索斯和法雷尔，同时也出现了一些标新立异的作家，如福克纳和托马斯·沃尔夫等。卡津把这些作家看作新式民主的先驱，他们大胆地指出了工业资本主义所带来的混乱和野蛮。

第四章概述卡津对美国当代文学的研究和对现代文学的反思，表现了他对美国当代文学和文化的忧虑。卡津看到当代美国文化的分裂和当代文学的疯狂与空洞，尽管犹太作家的创作让他看到一些当代文学的希望，但总的说来，卡津对当代文学的前途并不乐观，他认为现代主义文学曾经的辉煌时代已成过往。卡津晚年的创作通过对现代文学的重新阅读，“修正”了自己从前的进步主义思想。如果说《扎根本土》的卡津还是一个充满激情与幻想的年轻人，那么到《当代人》他已是一个比较成熟的思想家，而在《美国的历程》和《上帝与美国作家》中他则是一位追忆往昔的睿智老者，虽哀叹世风日下，人心不古，却仍不失对文学的信念。

通过对卡津著作的深入阅读与“感悟”，本书第五章考察卡津的研究方法，揭示他以“文学性”对抗“理论化”批评方式的独特性，指出他的文学批评关注人的命运，力求在洞察道德思想和体验艺术美之间达到平衡。卡津的文学批评在文学作品中捕捉到社会变化对美国人精神的震撼，塑造了美国的“现代精神”，具有独特的审美情趣，以表现矛盾思维之间的张力为其基本特征，强调理想与现实之间的矛盾、先锋派与大众文化之间的矛盾、文学的审美性与社会性之间的矛盾。卡津的文学批评标准从根本上来说是现实主义的，尽管他的思想前后变化较大，但他的文学评论却始终“扎根本土”，反映了活生生的美国生活与美国文化，正因为如此，他的文学评论才是具有活力的上乘之作。

犹太青年步入城市的旅程

每一个重要的批评家都有自己关注的批评对象或研究领域，这是他们的标志，也是他们的成就所在。“纽约知识分子”虽然是一个群体，但每个人都有自己独特的批评主题，其中特里林强调“自由主义的想象”，欧文·豪欣赏“社会小说”，埃德蒙·威尔逊重视“现代主义”，而卡津则痴迷于“对美国的感悟。”[1] 他经过寒窗苦读，从纽约犹太人聚居地布朗斯维尔区(Brownsville)步入纽约市大学，从边缘人到名教授，从社会弃儿到主流精英，个中滋味唯其自知。生活的历练赋予卡津独特的感悟力，也使他特别关注美国文化，因为正是美国的大环境造就了他的成功。20世纪初期暴发户似的美国迫切需要能同欧洲人并驾齐驱的文化精英，第一代“纽约知识分子”如门肯、埃德蒙·威尔逊、特里林等人在美国的文化沙漠里拓荒开垦，试图营造美国的文化氛围。第一次世界大战导致欧洲文化中心的衰落，巴黎、柏林、维也纳、彼得堡的文人墨客纷纷逃往美国避难，一时间纽约成了“适于建造灯塔的地方”。30年代美国的经济危机、社会动荡以及蓬勃开展的左翼文化运动，培养了一批思想斗士和办报才子，推动了美国知识阶层的形成。初出茅庐的卡津正是在这样的文化大潮中登上纽约文坛，以《扎根本土》一举成名，并跻身第二代“纽约知识分子”的行列。

卡津出生于纽约，父母都是俄裔犹太人。作为贫穷的犹太移民后裔，卡津对自己的出生地——繁华的纽约大都市总有一种陌生感，喜欢读书的他也从书本上看到人与人之间的差别，所以他从少年时期就不断地思考“为什么总要想着他们属于这个城市，而我们不属于？”[2] 此后他就依靠自己的力量超越这样的差别，努力融入美国主流社会，终于成为文学批评领域的佼佼者。《扎根本土》发表后，卡津应邀成为《新共和》[①]杂志的编辑，他和妻子搬入曼哈顿区的第二十四大街，一切都像做梦一样，卡津“兴奋得不敢相信已经拥有的一切，难以想象将来还会有怎样的发展”[3]。事业的成功没能抹去卡津内心与出生地的隔阂感，因此他总是以一个疏离者的眼光阅读美国文学，看穿现代作家对美国文化的疏离感以及他们身上独特的悲剧意识。

评论家对卡津的犹太身份有着不同的看法。詹姆斯·伯克哈特·吉尔伯特在他对“纽约知识分子”的研究中没有提及犹太身份对他们思想的影响，这也许是因为那个时代的知识分子大多关注社会问题，身份意识尚未觉醒。文学理论家格兰特·韦伯斯特认为“卡津对20世纪30年代的回忆是马克思主义和犹太性的结合”[4]，韦伯斯特所强调的是犹太身份加强了卡津与美国文化的疏离，而疏离感则表现了“个人与文化主体的对抗”，所以他看到的是卡津作为犹太人与非犹太文化的疏离和对抗。卡津确实常为自己是犹太人而感到与主流文化之间的隔阂，但这一隔阂是否就一定导致对抗，还是值得商榷的，因此我既不认为卡津的犹太身份是毫不相干的，也不以此为决定因素，而是从他如何看待自己的犹太性这一问题入

---

① 《新共和》创刊于进步运动蓬勃开展的时期，在此后的20年中逐渐成为重要的国家级杂志，专门探讨艺术中政治和社会改革的话题。卡津19岁时就在《新共和》发表自己的第一篇文章，并逐渐在这里形成了自己的批评风格，此后他一直相信文学批评应当是维护人类思想的社会批评。

手，考察他“对美国的感悟”中所体现的社会价值观。

1 艰难的历程：从落魄青年到纽约文人

卡津对美国的感悟始于他的出生地纽约，他后来也成为“纽约知识分子”的一员，这看似是以地域来归类，实际上这里的“纽约”不仅是一个地名，它更具象征意义。自19世纪后期新英格兰文化衰落开始，纽约就逐渐成了美国文人会聚的地方，豪威尔斯在1891年就曾说过：“纽约具有浓厚的美国特征，同时又有着各种各样的异国风采，而波士顿则像另一个星球。”[5] 到20世纪20年代，纽约已成为美国文学生活的中心和激进的政治文化思想的孕育之地，正如卡津所说，“毫无疑问，没有纽约一切都会变样，没有纽约，就不会有移民的史诗，不会有美国。”[6] 对于卡津来说，纽约贫民窟的生活让他体验到犹太移民融入主流文化的艰难历程，正是这样的生活给他提供了观察美国文化的出发点。

1.1. 成长的道路

“我们身在这座城市，却不知怎的并不融于其中。”[7] 少年时的卡津总是远远地望着曼哈顿的摩天大厦，觉得那是另外一座城市。

> 他们是纽约的高雅人士，美国人；我们住在臭名昭著的布朗斯维尔，据一首老歌说是有钱的犹太人聚居地，这儿的人衡量成功的标准是一些雕虫小技，最后反而使他们离成功越

来越远。[8]

卡津难以理解为什么书中描写的犹太人都是精明的商人或银行家，因为他的父母和邻居都是贫困的犹太人，他们要么从早到晚在工厂里劳动，受老板的剥削，要么长期失业，一旦有份工作就打心眼里感谢老板给了他们受剥削的机会。因此，在布朗斯维尔的商业文化中心皮特肯大街，卡津总有一种陌生感和距离感，虽然这条街离他家只有一个街区，但贫富差距之大，使他每次到那儿都有种惊奇的感觉。

读中学的时候，卡津感受到不同思想的影响，犹太文化与美国环境之间的冲突就显得愈发强烈。贫穷的父母只能把卡津送到公立学校读书，学校对卡津这样的犹太学生要求非常严格，促使他们放弃过去，适应新的环境，努力在社会上谋求安身之地。卡津的老师和家人都认为他们应该为自己的身份而感到可耻。

> 很难说出我们为什么会有这样的感觉，这倒并不是因为我们是犹太人，在家里说不同的语言或礼拜天要缺课，而是因为学校要求我们能说一口漂亮、优雅、正确的英语，而我们却不能做到天生如此，虽然在学校接受了这方面的训练，但今后是否能一直坚持说这样的英语，老师们心中也没底。纯正的英语是通往成功的重要阶梯，年轻的未来律师都得用这样的语言。[9]

而卡津恰恰在这方面缺少天赋，当着全班同学的面讲话，他总是有点结巴。只有一个人在街上散步时，卡津才能尽情地说出自己的心里话，独自在城市的街头散步后来成为他思考问题和探索学术的方式。这让他觉得自己和别人不一样，他总能感到自己与流利英语世界的隔膜。

尽管卡津自27岁成名后就进入纽约中心区，但他一直怀念自己在图书馆读书奋斗的日子。卡津每天在纽约公共图书馆315室读十二个小时的书，每周只休息一天，这样奋斗了近五年才写出《扎根本土》，他的成功靠的是自己对文学的阅读和体验，是独自一人在文学街头的徜徉和思考，而不是凭老师传授的文学评论技巧去"审视"文学，所以他一直强调文学批评中个人感悟的重要性。

卡津是一个非常感性的人，甚至连读过一遍的书都不愿再翻，生怕失去了从前的感觉。他对19世纪末期的美国历史很感兴趣，在他看来，现代社会太平庸，而18世纪又太遥远，太盎格鲁—萨克逊化了，19世纪末期正值工业革命之火燃烧美国大地之际，也是卡津的父母弃船登岸开始新生活的起点，剧烈的社会变化使卡津为之着迷。过去深埋在地下，到处都是孤独的美国人，他们虽然人已逝去，但他们的事业却超越时空织成完美的弧线，与现代生活连为一体。黄昏中，煤气灯下，卡津坚信自己能够找到那条所有美国人都曾走过的交叉道口。打开19世纪末期的历史，卡津觉得自己是一个旁观者，和美国有一种疏离感，他不停地读书，希望能借此填补这一距离，最终进入布朗斯维尔地区以外的地方，并使他对美国过去的追寻合法化。

与个人感悟不同的是犹太民族有着很强的集体感。布朗斯维尔区有一个破旧的犹太教堂，虽然很小却有着相当的凝聚力，所有的犹太教徒好像是历经苦难的一家人，他们彼此依靠，共同守护心中的上帝，坚持自己的传统。

> 我觉得自己好像被强行拉入一个神秘的远古部落，有人宣称我是这个部落的一员仅仅因为我出生于旁边的一个街区。无论我愿不愿意或信仰与否，我都属于这个群体；无论我是否同意他们有权管我，我都属于这个群体；无论我对他们有什么看法，也无论我流浪到天涯海角，我仍属于这个群体，这一切都是自然而然的，因为我是犹太人。只要是犹太人，我就属于犹太传统的一分子，别人就会这样看我，不管我是否了解犹太人的信仰或读了多少异教的书。[10]

卡津觉得自己是被强行拉入犹太传统，所以他暗地里并不喜欢犹太教的上帝，因为卡津觉得上帝总是高高在上，不停地接受犹太人的膜拜，却不了解他们的疾苦，也没有向苦难者伸出援助之手，上帝只是冷漠地监视着他们，让他们不得安宁。然而，卡津在内心深处又从未放弃过对上帝的信仰，他自己也感到很难为自己的矛盾心理进行辩护。

> 我从未真正想要放弃上帝，……长期以来我一直对上帝存有畏惧之情，上帝让我为之着迷，因为上帝把守着一块清幽之地，我需要时常拜访。那个地方给我的感觉非常独特——不是宁静的心绪，不是切实的生活，也不是上帝的仁慈——而是心灵的深切感悟，好像只有在那儿我才能最终找到真正的自我。[11]

当卡津看到美国的大众文化特别关注个人自由，"后现代"的美国文学只想表达与他人不同的绝对自我时，卡津转而研究美国的作家"如何运用自己的想象力去讲述俗世的宗教"[12]，这不能不说是犹太传统对他潜移默化的影响。

尽管卡津自己对犹太传统常有欲罢不能的感觉，但他的父母却坚决支持他走出犹太人的范围，追求美国式的成功。卡津的父母都是来自俄国的犹太移民，一个是油漆工，一个是缝纫工，他们结婚只是为了找个伴，谈不上什么幸福不幸福。在异国他乡，他们的新婚之夜没有任何亲友的祝福，妻子出门买了些食物，回来却看到丈夫伤心地哭了。因此在他们的心目中，家庭的分量要比组成它的每一个人重得多，家庭的意义也就在于永不厌倦地维护家庭的团结，孩子是父母生存的唯一目的，他们拼命工作就是为了让孩子能够脱离自己的生活环境，进入更高的社会阶层，这样第二代犹太移民身上就背负着两代人的生活。卡津在双重压力下长大，急于逃离父母狭隘的生活圈去拥抱一个更大的美国，希望在种族社区之外实现个人的成功。

> 我努力摆脱强加于我的信仰，也反对那种冲动的沙文主义，我的思想深深地打上了这一烙印。我很清楚，一个美国犹太人，尤其是和我生活在同样环境中的同辈人，极易混淆自己畏首畏尾的胆怯与献身某种文化的忠诚，混淆狭隘的思想与有意识的信念。[13]

卡津在这里很好地总结了自己的立场：他既不愿被迫接受某

种信仰，也不想把自己的信念强加于人。这是他所理解的独立、自由的思想，也是他所坚持的知识分子立场，即敢于提出异见，勇于坚持信仰，不献媚，不从众。这不是一个轻松的立场，尤其在20世纪政治风云变幻莫测的时期，要能做到言为心声，真不是件容易的事情。

也许是少年时代的生活给他的人生留下了深刻的烙印，那时候卡津常跟苏菲姨妈，还有她的两个朋友聚会，他们一起讨论文学、艺术、爱情和人生，这不仅培养了卡津对文学的兴趣，更重要的是卡津在这一时期“形成了一种古老的社会主义观念，认为全人类都能超越种族、国家、语言，甚至阶级的限制，有望成为团结友爱的人类共同体”[14]。这是他价值观形成的最初阶段，此后他一直向往民主主义的理想社会。然而卡津对走上街头的社会主义宣传者并没有多少好印象。他认为“社会主义者都不太深刻，他们嘲笑读了太多书的人”。然而，卡津的父亲也信仰社会主义，所以卡津又说社会主义者“虽然比较懒惰，但也渴望美好的生活，且为人和蔼可亲”[15]。卡津读大学的时候，正是美国左翼民主运动蓬勃开展的时期，他受激进主义思想影响，希望建设一个理想的社会，但这只是他的信念，是他作为知识分子对现实的关怀。与众不同的是，卡津只在文章中表现自己的壮怀激烈，并没有像其他激进文人那样参与社会运动，或许因为他觉得那是政治家的工作，抑或他更喜欢文学的浪漫与宁静。总之，卡津不愿意受条条框框的约束，没有加入任何组织，而且他也不爱跟人辩论，总是在阅读和写作中关注社会现象，提出自己的观点。

20世纪30年代的美国还不是今天这样的多元社会，对外来者的敌视和对激进思想的恐惧还比较普遍，许多种族的第二代移民都希望能尽快地同化成“美国人”，他们愿意接受主流社会的价值观、人生目标和经济标准。但是，对于犹太人来说，这样做就意味着要放弃很多东西，毕竟与其他民族相比，犹太人的宗教和传统与美国的新教文化有着较多的冲突和矛盾。卡津不仅意识到这样的矛盾，而且质疑这样的社会现象：

> 为什么总要分出他们和我们？高雅人士和我们？…… 布朗斯维尔以外的地方是长着淡黄色头发的高雅人士的世界，他们憎恨犹太人，尤其是穷犹太人，给我们取难听的绰号。……做一个犹太人就意味着一个人的生存权利都要受到质疑，……犹太人就是犹太人，高雅人士就是高雅人士，他们中间永远界限分明。我一个人步入城市又有何用？[16]

具有自觉意识和激进思想的卡津并不满足于个人的成就，他关心的是所有犹太人的命运，是整个人类的未来，所以他才会感慨自己一个人“步入城市”又能怎样？年轻时候的卡津从普遍价值观出发，对批判社会的“抗议小说”给予较高的评价，认为这些小说发出了民主的声音，虽然文学性不强，却反映了美国文化的特点。二战后，卡津和其他“纽约知识分子”一样成为美国的文化名人，他到哈佛、伯克利以及剑桥等大学讲课，接受《纽约书评》、《党派评论》、《评论》等权威杂志的约稿。但即使卡津在事业上取得一定的成就，他也不忘反思美国的大众文化和消费社会。

所以真正吸引卡津进入外面世界的是对文学的痴迷和对新的

文化前景的向往。由于他所受的教育让他接触了西方的人文主义传统，尤其是文学中所表达的人文主义思想，这就使他逐渐远离犹太文化，慢慢认可了人文主义传统。但是了解西方文化并不意味着他就没有身份认同的问题，实际上卡津一方面努力把握文学的普遍意义，另一方面他也充分了解自己的传统，他的思想体现了这两种力量之间的张力。

犹太知识分子把自我定位在犹太文化与高雅文化[①]之间，这一观点并不新颖。1919年，经济学家凡勃伦曾到纽约新成立的社会研究院做了一次讲座，并给《日晷》杂志写了一篇短小的社论，其中提到他不希望犹太人形成自己的民族运动，因为这将是世界文化的重大损失。

看起来具有天赋的犹太人只有逃离了犹太人自己的文化氛围，只有成为犹裔某国公民，进入非犹太人的文化圈，受非犹太人的质疑，与他们保持距离，然后才能成为最富创造力的知识分子。只有丢掉或部分丢掉他作为犹太人的特点，他才能成为研究现代文化的先锋人物。现代科学建设工作的首要条件是具有怀疑精神。犹太人放弃了自己的本国传统，又不能完全接受非犹太人的世界，由于他们难以驾驭周围的环境，因此在环境的压力下，他们变成了怀疑主义者，搅乱了知识界的宁静。他们是知识界的行

① 在美国，高雅文化指的是继承了英国斯文传统或称雅传统的新英格兰文化，它与后来在边疆开拓中形成的“扬基”文化形成对比。20世纪初期的美国学者常用两分法来看待美国文化，范·布鲁克斯称之为“高雅”与“低俗”，拉夫视其为“白皮肤”与“红皮肤”。研究清教思想的专家往往把美国文化的分裂视为具有悖论的清教教义在世俗化过程中形成的不同的美国精神，其中范·布鲁克斯的影响最大，他的两分法作为美国性格的精华沿革至今，他曾评论说：“清教徒的酒泼翻之后，酒香变成了超验主义，酒汁本身则变成了商业主义。”

路人，永远在无人走过的道路上徘徊，寻找下一个可以驻足的地方。[17]

凡勃伦说明犹太知识分子之所以能够取得伟大的成就，其原因就在于他们付出了巨大的代价。他们生来属于某一传统，却无法从中找到自己的位置；他们被抛入陌生的新世界，却同样找不到自己的位置，他们成了处于两种文化和两种社会边缘的人。

在20世纪40年代关注自我身份认同问题的人还不多，但这一时期卡津已经开始意识到这一问题，他在注意到其他犹太人对美国文化的独特感悟时也表现了自己独具一格的批评视角，即以疏离者的眼光看美国。卡津深入了解现代美国社会，但同时又以局外人的眼光看待它；他是文化上的激进派，又是道德上的保守者；他是学院派，但又是思想上的先锋派——这一切所产生的张力和必然导致的精神磨练使卡津的文学批评超越了民族主义，形成开放的价值观。他的文学评论既揭示了美国现代文学的特点，同时又超越美国的狭隘视域，具有普遍化性质。

1.2. 学术的发展

卡津在纽约城市大学和哥伦比亚大学获得学士和硕士学位，是“一个不依附任何组织的自由作家，一个偶尔去夜校讲课的教师，在大萧条期间自学成才”[18]，做了几年自由作家和编辑以后才成为教授，像他这样没有博士学位的知识分子如今要想在美国大学里谋一教职已经不可能了。卡津身处新老知识分子交替的时期，学生时代就给《纽约时报》、《先驱论坛》、《新共和》等杂志写书评，他的文学评论没有深奥的概念或术语，主要为普通读者而写，有着流畅、优雅、浅显的文风。20世纪50年代后期，他接受教职进入大学，但仍坚持给各类杂志写文章，讨论当代文学的价值、知识分子对大众文化的影响以及批评在当今社会中的作用等问题，成为一名以文学批评影响大众思想的公共知识分子。他说："教学对我很重要，至于做不做教授，我并不太在意。我的授课内容总是与日记中所记录的个人经验保持一致，唯有如此，我才会感到自己是个好老师。"[19]在美国，大学老师的课堂教学大多是科研课题的一部分，或是他自己感兴趣的话题。对于大学老师来说，教学之所以重要，因为讲台就是他们的布道台，他们的人生观和价值观可以从这里传递给年轻学子，由此影响这个民族的未来。

卡津的文学评论在美国批评界一直颇受重视，经常被人引用。他的《扎根本土》(*On Native Ground*, 1942)、《当代人》(*Contemporaries*, 1962)、《心灵深处的感悟》(*The Inmost Leaf: A Selection of Essays*, 1974)、《美国的历程》(*An American Procession*, 1984)、《生命的灿烂时光》(*A Lifetime Burning in Every Moment*, 1996)、《上帝与美国作家》(*God and the American Writer*, 1997)等都是研究美国文学的重要参考书。他还写了三部回忆录《城市里的步行者》(*A Walker in the City*, 1951)、《始于三十年代》(*Starting Out in the Thirties*, 1965)、《纽约犹太人》(*New York Jew*, 1978)，这些虽然不是学术著作，但有评论家认为是卡津写得最好的书，记录了从20世纪30年代到70年代美国知识分子的生活，以及半个世纪来美国社会政治文化生活的变迁。

卡津曾是美国著名的公共刊物《党派评论》(*Partisan Review*)的重要评论员之一。20世纪上半叶,《党派评论》周围聚集了一批犹太学者、报人兼文学评论家,如:莱昂内尔·特里林、菲利浦·拉夫、马尔科姆·考利、欧文·豪、丹尼尔·贝尔等人。正如卡津在自传《纽约犹太人》中所分析的那样,纽约的这些犹太知识分子身上有很多共性:

> 他们的目标在于获得没有桎梏的思想自由,把激进思想和现代主义自由地结合起来。特殊的民族文化塑造了他们,他们的信念是做一名"知识分子"。为《党派评论》写作,做一名知识分子要比当一个作家更保险。[20]

他们愿意做一名知识分子,用自己的思想影响大众,而不只是成为一名专注于自我表达的作家。卡津和他们一样希望用写作指导普通读者的阅读品位,让读者摆脱大众文化强加于他们的思维习惯,借此对资产阶级文化进行批判。卡津对现代文学的推崇本身就说明他是个反资产阶级文学传统的先锋派,然而反资产阶级是所有先锋派作家的共同特点,卡津的独特之处就在于他反对过去的文学传统时总是立足美国的现状,他的批评尺度和衡量标准都是美国式的,他把自己对社会的关注、道德的追求和人性的关怀都融合在文学评论当中。他的文学评论深深扎根于美国大地,扎根于参差不齐的美国文学作品,扎根于20世纪初期老一辈批评家们的理论探索之中。

19世纪上半期的美国文学出现了前所未有的繁荣景象,欧文、库珀、布莱恩特等人的创作使欧洲人看到了一个文化上独立的美国形象，爱默生、麦尔维尔、朗费罗、惠特曼等人的作品打破传统观念的束缚，发展了热情奔放、充满个性的浪漫主义文学，反映了美国的风土人情，使美国文学以独立的民族文学形式出现在世界文学的舞台上。然而，尽管美国作家在这一时期创作了相当优秀的文学作品，他们在整体上依然追随欧洲文学的潮流，仿效欧洲思想家的榜样，爱默生等人都不同程度地受到华兹华斯、柯尔律治、卡莱尔，以及德国哲学传统的影响。这一时期，新英格兰地区是美国文化的中心，在朗费罗、罗威尔等哈佛名教授的倡导下形成了影响深远的绅士文学传统。

南北战争结束后，美国的资本主义经济高速发展。大规模的铁路建设促进了西部的开发，“显然天命”又使扩张理论合法化，到了19世纪末，传统意义上的西部边疆已经不复存在。早期的边疆开发培养了美国人的开拓进取精神，孕育出美国特有的民主思想，随着边疆的消失、城市的发展和垄断资本主义的加剧，美国社会出现了前所未有的道德沦丧、政治腐败等问题。纽约、芝加哥等城市不仅发展为重要的经济中心，而且也逐渐取代波士顿成为美国的文化中心，聚集在这些都市的年轻作家有感于社会风气的转变，以及各种宗教思想、社会禁忌的冲突，他们的创作不再局限于新英格兰的伦理说教，作品的主人公也不只是温文尔雅的绅士淑女，而是更多地表现现代社会的矛盾和普通人的心理感受。有的青年作家受左拉、孔德、达尔文等人的思想影响，提倡自然主义文学，对美国传统价值观念形成了强烈的冲击。

如何评价美国文化传统以及如何看待自然主义文学成了当时

美国文学批评界激烈争论的问题。以哈佛教授布朗奈尔、白璧德等为代表的保守派强调对文化传统的继承，而以范·布鲁克斯、门肯等人为代表的激进派则对传统观念进行了不遗余力的讨伐。论战之初，激进派占了上风，但对于如何建立新的文学标准，他们都感到很茫然。到了20世纪20年代，保守派就又以“新人文主义”的口号重新活跃起来，致力于在新形势下复兴古希腊罗马时期和文艺复兴时期的文学批评观点，抨击了反映现实生活的自然主义和现实主义文学。然而，由于“新人文主义” 把古典主义文学理论奉为教条，将道德批评强调到了绝对化的程度，脱离了美国文学的实际，最终走向了自己的反面。白璧德的学生艾略特提出了形式主义的批评原则，对20世纪30年代开始兴起的“新批评”产生了重要的影响。“新批评”主张将文学作品看作独立的实体，通过细读和文本分析挖掘出所谓“文学的内在价值”，这在当时是对新古典主义和早期心理批评的扬弃。与“新批评”有着明显区别的则是“纽约知识分子”，他们有着强烈的使命感和忧患意识，关注反映现代社会各种矛盾冲突的文学作品。他们“致力于从文学想象与社会现实的对立中探寻出艺术的能量流入社会的轨迹”[21]。

如果说当年爱默生曾为美国的文化独立立下筚路蓝缕之功的话，那么“纽约知识分子”们则确立了一个独立的美国文化传统。这其中艾尔弗雷德·卡津作出了自己的贡献，他勾勒了美国现代文学的发展脉络，提出“美国已成为它自己的传统”，使美国文学得到重新认识。卡津在20世纪30年代末开始创作《扎根本土》，对美国现代文学所取得的成就进行梳理和甄别，其副标题明确指出它是对美国现代散文的研究(an interpretation of modern American prose literature)。这包含了两层意思：一来本书是对美国现代文学的探讨，二来这一研究不包括诗歌。副标题对研究领域的限定使这本书在当时显得非常抢眼，因为这一时期美国大学的英语系仍遵循传统的研究方法，即认为文学研究的重点应放在1800年以前的英国文学，那些经典之作才值得认真严肃地探讨，而美国文学主要是用英语写的，至多只能算是英语语言文学下设的分支学科。[22] 卡津在这本书中专治美国现代文学，不受传统英语文学研究方法的束缚，确立了美国现代文学在文学史上的地位。另一方面，卡津把诗歌排除在自己的文学研究领域以外，旗帜鲜明地与流行的"新批评"分道扬镳。"新批评"的活动领域主要在诗歌，而卡津则认为小说以及报刊时文才是在当代生活中发挥独特作用的文学形式。小说正如劳伦斯所说是生活之书，尽管从外表看不同小说之间的差异很大，比如《白鲸》、《卡拉马佐夫兄弟》和《喧嚣与骚动》几乎没有什么共同之处，但是小说却都能用客观的事物象征人在社会中的境况，小说是唯一能用不同形式表现相同主题的文学形式。

自从出版了他的代表作《扎根本土》以后，卡津就几十年没写专著，只是发表论文、写自传或出论文集，因此有评论者说他是"一本书评论家"[23]。卡津的确不善于出研究专著，也许因为他对体系性的东西天生就有所抗拒，但这并不说明他就停止了思考，实际上他一直在关注当代文学的发展方向，而且随着时间的推移，他的思想也与时俱进，从不固步自封，他对美国文学与文化不断反思，修正自己从前的看法。1962年出版的论文集《当代人》收录了73篇卡津的短评，从中可见他对战后美国文学创作的不满，表现了他对为了反叛而反叛的年轻激进分子的批判。《美国的历程》和《上帝与美国作家》则重新反思美国现代文学，如果说卡津在《扎根本土》中认为豪威尔斯是开启美国现代文学的先锋人士，那么到了《美国的历程》，他则进一步认为亨利·亚当斯的自我反省意识更为伟大。如果说卡津在《扎根本土》中对美国民主的未来充满信心，那么他在后期的两部作品中则为当代民主的泛滥而担忧，他虽然不喜怀旧，但实际上他自己最终也不得不回到新英格兰的传统中去。

卡津在寻求美国文学与文化的特色时总是扎根于美国的传统。早期的他努力改变美国在思想艺术方面的狭隘形象，希望建立独特的美国文学传统，与欧洲艺术相媲美；后期的他则关注多样化的现代社会走向极端的趋势，希望从宗教中寻找出路。卡津的文学批评总是把自己的个人体验与公共生活联系起来，把自我认识与更广泛的文化目标和文化责任联系起来，他的创作本身也成了美国文化的一部分。

2 前人的足迹：美国社会文化批评的先驱者

把卡津称为“社会文化批评家”主要出于两个原因：一是由于他声称自己“致力于比文学史更为丰富的思想史的研究”[24]，他的文学批评不仅是对文本的分析，更多的是一种文化参与，其志趣在于通过阐释文学作品，记录一定历史环境中独特的文化价值观；二是由于他所采用的研究方法注重文学与社会、历史之间的关系，特别关注文学背后随社会变化而变化的文化价值，正如拉曼·塞尔登所做的简单归纳，这类研究一般都被冠以“社会学”的名称。[25]

欧洲素有社会学批评的传统，到19世纪后半期更是达到高峰，而19世纪的美国文学批评仍多为作品赏析，鲜见涉及文学本质问题的批评力作。但是把文学与社会、经济和政治相联系的做法在美国却有着较长的历史，早在19世纪初的民族文化运动时期就出现了，豪威尔斯接续了爱默生和惠特曼的这一传统，此后又由20世纪初期的自由主义所加强。美国自由主义批评家深入挖掘文学的社会意义与价值，其中弗农·路易斯·巴灵顿、范·怀克·布鲁克斯和埃德蒙·威尔逊具有较大的影响，虽然他们的观点各有侧重，但他们都认为正是社会为文学的产生提供了促进或限制的条件。艾尔弗雷德·卡津受到前人的启发，在20世纪30年代末期用历史的方法追溯美国现代文学的源头，反对当时美国学界出现的“新批评”，同时也质疑纯粹的社会学批评——庸俗马克思主义批评，卡津独特的社会文化批评思想正是在这样的学术背景下逐步形成的。

2.1. 进步主义的弗农·路易斯·巴灵顿

弗农·路易斯·巴灵顿在美国文学史上的地位是由他三卷本的《美国思想史》(*Main Currents in American Thought*)奠定的。尽管这三本书发表于1927—1930年间，但巴灵顿对思想史的研究却开始于一战之前，他早在1913年就着手写作《美国思想史》的第一卷《殖民时期的思想》，表现出深厚的文化功底。在美国，这一时期文学研究的主流思潮是继承了绅士文学传统的巴雷特·温德尔等哈佛教授的文学史，虽然也出现了对美国文学进行阐释的新视角，如约翰·梅西的《美国文学的精髓》(*The Spirit of American Literature*, 1913)，还有格林威治村的先锋艺术实验和范·怀克·布鲁克斯颇有影响的早期作品，但他们的审美观都尚未成熟，这时的美国缺乏有分量的文学研究作品。

巴灵顿就在这样的时代背景下从事创作，历经十余载终于发表了《美国思想史》。巴灵顿在这部作品中“致力于描述美国文学中一些原创思想的发生和发展，……选择了政治、经济和社会这样一条宽广的发展道路，而不是狭隘的纯文学之路”[26]。他认为英国公理会教义和法国浪漫主义理论是欧洲自由主义的主要来源，它们移植到美国后在边疆生活中逐渐发展成美国的传统。美国早期清教神学中就存在着公理会与长老会之间的斗争，允许不同观点进行争论的宗教宽容此后又推广到政治和经济领域，政治上最初的意见分歧主要是关于新英格兰究竟应建立贵族社会还是实行民主制度，经济上最典型的就是后来自由治理与寡头政治之间的争论。“在19世纪80和90年代，美国的自由主义在很大程度上还是本土农业的，但到了20世纪初期，美国的自由主义已大量汲取了欧洲无产阶级的哲学，寻求旧世界的经验以解决美国问题。”[27]

巴灵顿用斗争的眼光看世界，因此他把美国历史解释为不同阶层互相对立的斗争史，从殖民地与宗主国、保皇党与革命党、法国共和主义与英国民权主义、重农主义与金融势力，直至革命的无产阶级与金融资本主义之间的斗争。这些对立的势力各有自己的思想家和他们各自在思想、经济、精神和文学方面的特点，巴灵顿就这样根据他自己的意愿把美国思想家分成两派，人人对号入座，为此他把自由主义者和激进主义者归为一类，与保守主义者形成清晰明了的对称之势。

过于清晰完美的对照反而失去了真实性，这部专著在20世纪

30年代有着巨大影响，此后名声日渐衰落。随着时间的推移，他的强行归类遭到质疑，比如，巴灵顿非常推崇德莱塞的现实主义，贬低亨利·詹姆斯的高雅趣味和思辨倾向，并以此作为区分进步与保守、现实与虚无两大思想主流的标志，这种简单的文化对立观过于注重社会经济的影响，忽视了文化的内在矛盾和时代冲突。他把爱伦坡放在美国思想的主流之外，认为他是供心理学家和美文学家所研究的课题，把霍桑和麦尔维尔分别视为怀疑主义者和悲观主义者一带而过，没有看到文学的审美价值。

卡津从巴灵顿身上得到的启发是文学与政治、经济、社会等各种力量之间的关系，巴灵顿的文学观拓展了当时美国文学研究的视野，虽然它并不成熟，尤其是其中的决定论思想受到各方批评，但卡津认为：

> 《美国思想主流》代表了进步主义思想了解自我的努力，要想真正理解这本书必须考虑到巴灵顿的理想主义、偏见、多愁善感等特点，虽然巴灵顿并没有意识到自己的这些特点。……巴灵顿是一个民间激进主义者、平民主义者、杰弗逊式的自由主义者，甚至是个半马克思主义者，正因为如此他才会成为典型的进步主义知识分子。……反叛性几乎是巴灵顿创作的原则，他把反叛性等同于创作冲动，依据社会斗争来阅读所有美国的思想，希望恢复杰弗逊式自由主义的传统。……如果说温德尔的《美国文学史》是一部哈佛的思想史，那么巴灵顿的《美国思想史》才是一部真正美国的思想史。[28]

卡津从巴灵顿身上看到了文学与社会生活之间的关系，特别是文学与特定社会中挣扎求生的人的关系，尽管巴灵顿的怀旧显得过于理想主义，但卡津把巴灵顿的局限性视为进步主义时代的局限性。

> 作为一个文献，《美国思想史》的重要性不容否认，它从社会学角度对美国的生活进行了精彩的描述，推动了学术研究的进一步发展。……巴灵顿比同时代的任何人都更懂得社会斗争的伟大创造性，更明白人们对美好生活的向往。……他的书有一个最大的优点，即那些想要超越他的人必须站在他的肩膀上。巴灵顿向美国人证明了他们的民主信念，以及他们对新时代和描写自己身边事的新文学的向往。[29]

卡津对巴灵顿的评价较高，认为他开创了美国文学评论的新时代，这表明卡津急于肯定美国文学成就的心态，同时也表现了他对历史文化的重视。卡津的《扎根本土》中就可以看到巴灵顿社会批评的影响，不过卡津扬弃了巴灵顿的决定论思想，在历史批评中融入了个人的审美感悟。

2.2. 理想主义的范·怀克·布鲁克斯

如果说巴灵顿的创作代表了进步主义思想家了解现实生活的努力，那么布鲁克斯著名的《美国的成年》(*The America's Coming of Age*, 1915)则充分表现了一战前美国的理想主义思潮。布鲁克斯的理想主义不同于巴灵顿那种回归杰弗逊时代的怀旧梦想，他的理想在于建设一个全新的社会。他提出:“文学批评迟早会成为社会批评,因为文学艺术的未来依赖于对整个社会生活的重建,而社会生活的各个方面好像联合起来阴谋阻碍思想的自由发展。”[30]

布鲁克斯分析了美国文艺落后的原因,认为美国没有童年,人们在新世界挣扎生存,没有时间和心情去培养超越艰苦生活的情感世界。对大多数人来说,生活只意味着活着,美国人没有机会考虑生活是什么,只能接受生活对他们的安排。依据自己对美国现状的理解,布鲁克斯提出了他的美学理想——反对美国的物质主义传统。他认为理想的作家既不应逃避现代文明也不应默认它,而应当像19世纪英国的社会批评家威廉·莫里斯那样,超越新的工业社会,努力建设一种审美共和国,在这样的社会中,平等和技艺将带来崭新的人与人之间的关系。逃避或默认现代文明的作家终将销声匿迹,而有着审美理想的作家才是伟大的现代人文主义者。

与同时代的批评家相比,布鲁克斯更具体地分析了美国思想界对物质主义的屈服。他认为长期以来,美国人的生活都是两极分化的,有“低俗”与“高雅”之分,有唯利是图的企业家和厌世隐居的知识分子,有富兰克林式勤俭节约的伦理精神和爱德华兹式冷酷严格的宗教神学。整个美利坚民族的历史已经成了追逐商业利益的历史,最伟大和最灵活的思想已不是出现在文学中而是体现在商业上,知识分子远离社会,不了解美国的现状。布鲁克斯指出拜金主义与创造性本能之间有着不可调和的冲突,过去的劳动者能够在工作中创造美,而只追求经济效益的机器大生产通过分工把劳动变成了单调的重复工作,劳动者从中得不到愉快的感觉,所以就没有心情去创造美。布鲁克斯认为这一冲突将一直持续下去,因此他带着进步时代的热情和振奋精神强调必须重建整个社会生活，才会有真正的艺术。

年轻的布鲁克斯信心百倍地号召作家们以民族需要为己任，重建整个社会生活，而这一目标“希望在文化和政治之间组成一个独特的联盟，……一方面让政治去履行主要是道义上的功能，另一方面要求艺术承担挽救社会的责任”[31]。这样的规划显然是理想主义者一厢情愿的倡议。卡津对此的看法则是：

> 《美国的成年》不仅是对当时美国社会生活的批判，而且更是一种号召，它呼吁美国作家坚定自己的信念，相信自己能够战胜横行一时的物质主义。……过去那种远离现代问题的机械乐观的美国文学终于结束了，此后美国文学的艺术特点有了新的发展，它不再体现了美国人对物质和财富的占有，而是表现了他们精神的追求。但这究竟是怎样一种精神，布鲁克斯却没有说，他和之前的许多批评家一样，认为只要反对中产阶级就是战胜了他们。……他和同时代的其他批评家一样，意在用欧洲的艺术感来启发美国的作家，而对于美国的一切，布鲁克斯都加以攻击，最终难免陷入完全以欧洲标准来衡量美国文学的盲目境地。他实际上是美国的约翰·罗斯金，一个敏感好思的美国年轻人，从维多利亚时期的批评家身上找到了自己的批评标准。[32]

卡津赞赏布鲁克斯试图综合“高雅”与“低俗”的美国文化并推动它走向成熟，布鲁克斯对美国文化的批判为年轻作家提供了榜样，帮助他们认清自己所处时代的特征。但卡津不同意从欧洲的传统中寻找解决美国文化困境的办法。“布鲁克斯把19世纪的美国看成是欧洲的分支，而不是在荒野中成长起来的新民族，这就忽视了美国文学中不为欧洲人所知的边疆幽默故事、西部重农主义以及美国各地的风土人情。”[33]卡津从布鲁克斯早期的思想中吸收了重建美国文化的理想，但对于如何重建他则有着与布鲁克斯不同的看法。卡津更希望根据美国的过去重建现在，而不是像早期布鲁克斯那样抛弃美国的传统，以欧洲标准来重建美国。

布鲁克斯把美国过去的文化视为一系列的失败，也许他自己也意识到一个缺乏文学传统的民族文化是没有根的，所以他后来又着手利用部分传统，提出“思想家能够发现或发明一个有用的过去”[34]。“有用的过去”就在过去的僵死教条和极端反叛现在的无根状态中间求得了妥协。

到20世纪30年代，布鲁克斯的创作发生了转变，从《马克·吐温的磨难》(*The Ordeal of Mark Twain*, 1920)到《亨利·詹姆斯的旅程》(*The Pilgrimage of Henry James*, 1925)再到《爱默生的一生》(*The Life of Emerson*, 1932)，布鲁克斯一步步收敛起自己的批判锋芒，转向对新英格兰文化的肯定和赞扬。他笔下的马克·吐温被19世纪的物质主义击垮了，亨利·詹姆斯无奈之下逃离了物质主义的美国，而爱默生则是先知，是洪水到来前康科德的第一位居民，了解不为人所知的绝对幸福，布鲁克斯就这样以文学批评的方式与美国的过去斗争了二十多年，最后却又爱上了它，到《新英格兰的精华》(*The Flowering of New England*, 1936)和《新英格兰的小阳春》(*The New England: Indian Summer*, 1940)时，他的文学史已是对过去的圣殿所做的充满感情的朝圣，公开承认对高雅传统的热爱和由衷的自豪感。卡津在“有用的过去”中看到的是布鲁克斯利用这一概念转了一圈又回到了起点。布鲁克斯曾积极参与美国的现代运动，然而当这一运动终于达到顶峰时，布鲁克斯却又希望重新回到过去，卡津以为布鲁克斯这样做的结果就是：

> 他为自己设定的目标似乎已经超越了批评和创造性文学的范围。他像费希特一样成了民族传统的拥护者，他成了一个历史学家，在危急时期翻阅故纸堆以支持并武装自己的同胞。三十多年来，他一直坚持写批评文章，就像他所热爱的19世纪的大师那样写作——把批评视为道德指导的形式和思想成就的指南。三十多年来，他一直痛惜美国作家脱离了自己的本土文化，他们的作品以悲剧的方式证明了这种无根性。这么多年来，布鲁克斯就说明了一个中心思想：伟大的作家一定是宣传自己文化的人，他扎根于自己的文化也无怨无悔地接受它。……如今布鲁克斯再也不必痛惜美国缺乏这种本土文化精神，他已经从过去的岁月中找到了它——一种标准，一个信仰和安全的象征，这种精神就像埋在美国地下的宝藏，美国人每天都从这片土地上走过。

更重要的是，布鲁克斯重新认识了传统的价值之后，就找到了自己可以为之奋斗的信念——向两次大战期间雄霸文坛的法国、英国以及美国现代作家，如艾略特、乔伊斯、普鲁斯特等发起了猛攻。正因为他意识到当代美国神话的存在，他才从恢复本土的传统转向攻击他以为是远离传统、破坏传统的作家，批判一切阻碍民主精神的人或事物，这时的民主精神已亟待拯救。不仅对于布鲁克斯本人来说他兜了一圈又回到原地，在前所未有的危

> 机时期，布鲁克斯曾为之作出贡献的整个现代主义传统都受到质疑。布鲁克斯……开始抗议太多的现代作家违背了自己的意愿，背叛了民主的希望，没能履行一个人文主义者的公民职责。根据他所复兴的传统，布鲁克斯看到的只是当今世界意志和精神的堕落，那些本应当成为反法西斯主义带头人的思想家都陷于自我中心主义，令人不易察觉地堕落了。[35]

卡津反对布鲁克斯全盘否定现代文学的做法，尽管他也看到现代主义已经发展到顶峰，很难再寻求任何突破，但早期的卡津还期望现代文学能在时代的压力下找到新的发展方向。

> 布鲁克斯批判当代文学中道德堕落、不负责任的现象，……他和白璧德一样陷入了狭隘的吹毛求疵之中，他忽视了现代作家费尽心力的坦诚正直，看不到他们尽一切可能去理解生活、创造生活的愿望。……布鲁克斯只看到他自己的道德原则和对人文主义的信仰，但他忘记了人不必只遵循一个标准，太自以为是的人最后除了他所信奉的标准外，什么也不会留下来。[36]

卡津吸收了布鲁克斯对未来充满向往的乐观主义精神，但与布鲁克斯不同的是，他从不固执地以为自己的信念是唯一的真理，卡津以更加开放平和的心态承认不同的人可以有不同的观点，这是卡津眼中实现理想社会的必要条件，卡津的宽容态度在21世纪的美国也不失其重要性。

2.3. 独立自由的埃德蒙·威尔逊

如果说布鲁克斯对美国文化的两分法影响了卡津从事文学批评的出发点，那么威尔逊则以他对现代文学的关注影响了卡津的写作风格。威尔逊的《光明之岸》(*The Shores of Light*)记录了20世纪20年代的美国文学，卡津的《当代人》则主要研究了20世纪50年代的美国文学，“这部作品表明卡津成为继威尔逊之后的公共知识分子，他们的文学评论不仅涉及文学本身，还关注当代的政治和社会问题”[37]。

威尔逊的批评从一开始就关心文学与各种社会力量和社会问题之间的联系，他受普林斯顿大学的老师克里斯琴·高斯的影响，认为“文学批评应该是在一定条件背景下形成的人类思想和人类现象的历史”[38]。为感谢高斯教授对他的启发，威尔逊把1931年出版的《阿克塞城堡：对1870—1930想象性文学作品的研究》(*Axel's Castle: A Study in the Imaginative Literature of 1870-1930*)题献给这位老师。威尔逊在这部作品中论述了艾略特、普鲁斯特、乔伊斯等现代作家，追溯了现代象征主义运动的发展过程，他的评论从形成作品的条件背景着手，尤其看重它们的文学和社会传统，同时又不忽视对文本的分析，比如，他在分析艾略特的诗歌时，就把它们放在法国象征主义、17世纪英国玄学派诗歌和美国清教传统的背景中去讨论；论述乔伊斯的《尤利西斯》时，他指出乔伊斯的意识流超越了自然主义的方法，因为自然主义强调人的无足轻重和现代世界的肮脏丑陋，而乔伊斯却通过深入表现人物的内心世界，使他们富于个性的尊严与作为人的存在的合理性。这部著作被马尔科姆·考利称为第一部有力地解剖欧洲现代主义文学的专著，其文笔浅显，可读性强，至今仍拥有相当的读者，堪称文学批评的经典之作。

威尔逊既注重文学的社会性又不忘文本细读的批评方法对卡津产生了重要的影响。威尔逊是美国传统知识分子的典型代表，以撰写书评和报刊专栏为生，由于不必受科研基金和大学教育体制的约束，他的文章涉猎范围很广，思想较为开放，是一位极具创造性的批评家。卡津认为“有的批评家即使具有独到的见解，却仍然令人感到无趣；而威尔逊的评论文章即使观点是错误的，也令人感到有趣”[39]。这个评价也适用于卡津本人的文章。20世纪50年代初流行的批评词汇是“形式、悖论、反讽、技巧”等，而威尔逊评论文章的关键词却是“理解、透视、焦点、生动”等，他能够从过去的时代以及其他批评家的误读中看到同时代作家的总体特点，并在此基础上形成自己全新的观点。

卡津不仅赞赏威尔逊的写作风格，更重要的是威尔逊一直坚持独立自由的批评态度，他的思想变化都是出于自己的思考，绝不是心血来潮的突变或随波逐流的跟风，他让卡津懂得“一个文学批评家首先是一个人，一个公民，如果他为权力说话，这就跟文句不通一样令人感到可耻”。[40]

威尔逊在20世纪20年代曾激烈批判美国的清教伦理和斯文传统，到30年代初他成了革命马克思主义的支持者，但1935年访问苏联后，他在《在两个民主国家的旅游》(*Travels in Two Democracies*, 1936)中写出了他对共产主义实验运动有所保留的观点。威尔逊认为马克思主义希望摆脱阶级社会，建立一个和谐互助的美好世界，这一宗旨和理想不是靠一种主义和纲领就能实现的，而是要靠人的想象力和灵活运用的能力才能将其付诸实施。他是列宁的崇拜者，对斯大林的反感使他对作为一种革命纲领的马克思主义失去了兴趣。在认真阅读了马克思、恩格斯、列宁、托洛茨基等人的社会主义理论后，他意识到马克思主义理论被一些人滥用了，但威尔逊仍然非常珍视马克思主义传统，认为它显示了人类探索更为公正的社会秩序的集体愿望。

威尔逊的文学研究在历史的背景下展开，与文化相结合，同时又不乏对文本的细读。在文本分析盛行的时代，威尔逊是一个出色的阐释者，作为一名专家型的读者，他善于抓住每本书的特点，对其做出恰如其分的评价。他比布鲁克斯更为大胆，敢于尝试新的批评方法，无论是马克思主义还是心理分析的方法都被他运用到文学批评中，形成新颖独到的观点。他不属于任何流派，也不相信任何教条，他的批评文章如同文艺随笔，流畅灵活，包罗万象，同时又具有厚重的历史感。他的文学批评既不是印象式的，也不是科学化的，而是一种随笔式批评，具有开放的思想、清晰的思路和洒脱的文笔。

作为老一辈"纽约知识分子"的代表人物之一，威尔逊的写作风格对卡津的影响最大，尤其是他历史的文学批评观和文本分析的能力，给卡津很多启发，为此卡津把自己的论文集《当代人》题献给他。在威尔逊看来对文学进行历史阐释的最大成效就是："智力活动的目标应当是赋予经验以意义，也就是说，使生活变得容易。因为只有懂得生活，我们才能活得轻松、自在。"[41] 应该说这样的目标也是卡津在文学评论中追求的方向。

无论是进步主义的巴灵顿或理想主义的布鲁克斯，还是独立自由的威尔逊，都希望建立一个全新的社会，但他们所感兴趣的不是去完成一场社会主义革命而是对本国的自由主义、民主传统进行革新，他们的共同目标就在于——建立全新的美国文化，尽管对于新文化应是怎样一种文化他们各有自己的看法。他们虽然都是文学家，但都对美国的商业文化进行了深刻的批判，都比较珍视杰弗逊式的民主，正是在这一点上，卡津与他们达成共识。卡津吸取了前辈批评家的思想精华，并在此基础上形成了他自己感悟式的历史批评。如果说布鲁克斯后期的作品代表皈依美国传统文化的保守派，那么卡津则坚持一种批判的自由主义态度，他继承了威尔逊的独立探索精神，以自己的感悟和思考对美国文学和文化做出评论。当有些美国文人避居欧洲或哀叹美国的世风日下、人心不古时，卡津希望拓展美国的文化，使之堪与欧洲文明相媲美。

③ 并行的脚步：两种极端的批评

人类思想是受各种对立矛盾的推动而形成的，如果我们只从某个单一的角度对其加以解释，就会失去很多有价值的东西，进而造成误导。正如柯林伍德所说，每一种学说都是对某一问题的回答，要了解一种学说的特点必须明确它所针对的问题。对文化和思想进行分析时，不是要发现单一的精神或一致的观点，而是要洞察思想形成的过程中所受到的各种阻隔。就卡津来说，他初入文坛时面对的就是当时争论较多的美国现代文学的研究价值以及美国文化该往何处去的问题。当时出现了两种截然不同的文学研究方法：

一个就是曾经影响美国两代学人的“新批评”，另一个是来自左翼阵营的庸俗马克思主义。

3.1. 教条的批评：庸俗马克思主义批评

20世纪30年代的经济大萧条使阶级矛盾空前恶化，美国的不少知识分子都接受了左倾进步思想，马克思主义的唯物史观、无产阶级革命和社会主义学说广泛传播。在这样的形势下，马克思主义理论被引入文学批评，20世纪30年代美国最有能力的批评家都或多或少地受到马克思主义的影响。但倡导马克思主义批评的左翼学者观点并不相同，他们有的受列宁影响，有的认同普列汉诺夫，或托洛茨基，或日丹诺夫的思想，经常彼此论战，难以形成统一的意见。左翼文学批评家大多在《工人日报》、《群众》、《新群众》、《党派评论》等报刊杂志上发表评论，他们的思想多数散见于充满火药味的辩论文章之中，缺乏连贯性，较为系统的批评论著主要有四部：V. F.卡尔弗顿的《美国文学的解放》(*The Liberation of American Literature*, 1932)，格兰维尔·希克斯的《伟大的传统》(*The Great Tradition*, 1933)和《过渡时期的人》(*Figures of Transition*, 1939)，以及伯纳德·史密斯的《美国批评思想》(*Forces in American Criticism*, 1939)等。另外，詹姆斯·法雷尔的《文学批评笔记》(*A Note on Literary Criticism*, 1936)是较有见地的对左翼批评家的系统考察。

美国的马克思主义批评家大致可分为两类：一类是学院派的英语文学教师，他们自己没有多少批评经验，在大学里接受的训练也只是追溯文学作品的源头和背景，属于半科学化的传统；第二类则是有影响的杂志撰稿人，他们有时为美国共产党服务，乐于接受共产主义影响，也喜欢出版业的责任感。这一时期社会动荡不安，各种思想互相碰撞，使得出版业空前繁荣，城市里的知识分子希望摸索出一种积极的人生信仰，弄清自己生存的目的，马克思主义对于他们来说是可靠的历史指南、科学的行动计划，是混乱的资本主义世界唯一的平衡器。马克思主义在欧洲的大学、议会和工会中经历了胜利和失败之后，理论上的马克思主义开始栖身于纽约的出版社和杂志社，一批初出茅庐的作家往往利用马克思主义经典以及苏联样板的宗教式激情为自己创造一份事业。

格兰维尔·希克斯是较为典型的第一类批评家，从哈佛毕业后长期在大学任教，他于20世纪20年代开始批评生涯，到经济萧条时期转向对共产主义的信仰。《文学批评和马克思主义者的方法》（1932年）是他早期的马克思主义批评文章，这时他还承认一个作家的文学成就取决于他的感觉和洞察力而不是社会理论上的正确性。到《美国批评的危机》（1933年）时，他的批评观就变得比较武断，提出一部作品必须符合三个要求：第一，重要的主题，即小说必须与阶级斗争有关，否则就不能恰当地描绘生活；第二，强烈的感情，作家应当具备阶级意识，表现爱憎分明的阶级感情；第三，代表性的观点，也就是代表无产阶级先锋队的观点。这三条标准显然具有极大的局限，很难运用到对具体文学作品的分析中。

希克斯最具代表性的文论作品是《伟大的传统》，它的论述从南北战争以后开始，对具体作家的研究比卡尔弗顿更为细致。希克斯试图以马克思主义观点总结美国的文学传统，他认为霍桑、爱默生、梭罗等美国19世纪经典作家具有很强的个性，但他们的社会价值却较小，对新一代人没什么启发。但在这本书的最后他还是从这些作家身上发现了“伟大的传统”，称赞爱默生对普通人的信心、梭罗对虚伪和压迫的反抗精神等，他们创建的文学传统经过豪威尔斯和马克·吐温、加兰和诺里斯，传到辛克莱和杰克·伦敦，体现了一种对友情、正义和坦诚思想的渴求。希克斯认为这样的价值观在资本主义条件下很难实现，他希望美国文学反映正在蓬勃发展的革命斗争，形成新的美国文学的伟大传统。卡津对希克斯的评价可谓入木三分：

> 希克斯是当时一群年轻人的代表，他们在社会激变的潮流中迷失了自我，对传统的批评形式持有敌意，于是急切地投身于马克思主义，最终却把它绝对化了。……希克斯的局限性就在于他非常真诚严肃地评价别人，而他的评价对象的感受力却不知比他深刻精妙多少倍。[42]

如果说《伟大的传统》是典型的教授批评家所进行的马克思主义文学批评，那么《党派评论》的发展史则体现了正统思想的衰落。这份刊物由菲利普·拉夫和威廉·菲利普斯于1934年创办，第一期就宣布办刊宗旨是要体现革命无产阶级的观点。许多《党派评论》的早期成员都强调对共产主义的忠诚，在一篇题为《革命文学的问题和展望》的社论中还明确规定了革命的批评家们作为无产阶级运动的领导者和思想家的职责，强调要在无产阶级作家和资产阶级作家之间划出明显的界限。1936年该刊组织了对“什么是美国精神”的专题讨论，提出马克思主义和美国的传统是否能够相容，大部分撰稿人都尝试着把无产阶级的事业与美国本民族的革命和激进的传统联系起来，尝试着把马克思主义的思想修正为适合于美国的形式。《党派评论》停刊一年后于1937年12月复刊，这时编辑们宣布该杂志不再支持共产党，因为其极权主义倾向使他们对它失去了信任，该杂志将不再属于任何政党或任何组织。显然编辑们已经厌倦了许多无产阶级小说对生活的简化，他们开始关注资产阶级作家创作的现代派作品，承认这些作品具有较高的文学性。

1947年《党派评论》组织了一场关于社会主义未来的讨论，这时的希克斯用充满幻灭感的眼光来看待马克思主义，不再相信任何社会主义的方案。他希望看到一个新政党的出现，希克斯对革命所持的怀疑态度是战后激进主义者思想转型的主要特征。在当时《党派评论》的撰稿人里支持这一立场的有理查德·蔡斯和莱昂内尔·特里林，蔡斯强调人类本性和社会问题的复杂性，特里林的《自由主义的想像》(*The Liberal Imagination*, 1950)则提倡一种“诉诸人类理性的自由发展、允许一切思想观念的自由交锋、相信人类的良知最终会作出正确抉择的启蒙运动传统的发展。批评家的任务就是要让这种自由主义充分意识到思想的多样性和可能性，意识到其中所包含的复杂性和困难性”[43]。早期马克思主义批评家把文学视为实现社会目标的工具，至此已转变到对文本的仔细体察，并努力发现其复杂性。

其实早在1936年，詹姆斯·法雷尔就在《文学批评笔记》中反对马克思主义批评家们因为出现经济危机就只强调文学的功用和内容的客观性，完全排除主体和审美意识。他认为应当超越纯粹从功能出发的观点，承认文学归根结底是与情趣相关的，文学所体现的是多重性的价值观念。艾尔弗雷德·卡津呼应了法雷尔的观点，他在20世纪40年代初强调对文本的赏读和对意义复杂性的认识，这预示了战后对复杂性的关注。

3.2. 审美的批评："新批评"

当20世纪30年代的自由主义批评和激进的马克思主义批评开始衰落的时候，"新批评"[①]在大学里的地位却日渐上升。新批评家专注于对文本的细致分析而不是历史的研究，他们在30年代中后期发表了一系列论文和专著，其中最重要的有约翰·克罗·兰瑟姆的论文《诗歌：本体论笔记》(*Poetry, A Note on Ontology*, 1934)和文集《世界的肉体》(*The World's Body*, 1938)；艾伦·泰特的论文《论诗的张力》(*Tension in Poetry*, 1938)和文集《逆动的诗和思想文集》(*Reactionary Essays on Poetry and Ideas*, 1936)、《疯狂中的理智》(*Reasons in Madness*, 1941)；还有影响最大的柯兰斯·布鲁克斯与罗伯特·潘·沃伦合著的大学文学系课本《怎样读诗》(*Understanding Poetry*, 1938; 1950, 1960两次修改再版)。这一系列论著实际上形成了一个具有明显特征的批评流派，即兰瑟姆和他几个学生组成的"南方批评学派"，当时"新批评"这个名称还没有流行，卡津也称他们为"新审美派批评"。

这些南方批评家的政治、社会观都比较保守，1929年经济危机

---

① "新批评"在英美两国，尤其是美国有很长的发展历史，从艾略特和理查兹的早期探索到"南方批评派"的论争，再到后期"耶鲁集团"的理论总结，其间大约有半个世纪的历程。本文的这一节主要介绍30年代至40年代初期"新批评"的发展情况，也就是所谓"南方批评派"的主要思想，因为他们是卡津着重批判的对象，对他文学观的形成有重要影响。

爆发后，他们在《我表明立场》(*I'll Take My Stand*, 1930)中坦言了自己对社会、政治以及宗教的看法。他们和马克思主义者一样把30年代的社会经济危机归咎于制度的失败，但他们认为财产是社会秩序的基础，因此他们所要攻击的罪恶就不是资本主义而是工业主义，这样农民和工业主义者之间的对抗就代替了马克思主义的阶级斗争。他们把旧南方的种植园文化理想化，希望恢复旧南方的传统社会秩序以对抗工业化所带来的混乱，他们反对实证主义，痛斥物质主义的泛滥和宗教意识的淡漠，有学者把这样的“立场”视为保守的贵族发出的绝望呼喊。

既然工业化是万恶之首，而科学发展又是工业化的前提，这些南方的农业主义者就对自然科学和社会科学的发展持怀疑态度，因此他们尽量避免使用自然科学的术语，只是借助传统的修辞学术语，或者干脆自造新词，以期能把诗歌的语言和科学的语言区分开来。兰瑟姆在《新批评》(*The New Criticism*, 1941)一书中宣称：

> 诗歌作为一种文体其特异性是本体的。因为它处理一种科学文体无法处理的存在状态，一种客观性的层次，……诗歌意在复原那个我们通过知觉和回忆散乱地了解的更紧凑更致密的本源世界。根据这一假设，诗歌是一种根本的或本体的独特知识。[44]

兰瑟姆在这里强调诗歌是一种对客体的特殊认识，它提供的知识与科学真理不同，因此他希望建立“本体论”文学理论，把作品本身作为文学活动的本源。

这一观点是“南方批评派”的共识，它实际上是对浪漫主义表现论的反驳，浪漫主义者认为艺术是作者的自我表现，作品则是文学活动的对象或结果，而不是本体，这样作者的创作动机就显得非常重要，受浪漫主义思潮影响的文学研究必然注重收集作家的生平资料和创作背景，这种传记式批评从19世纪后半期起就是学院派批评的主流工作。新批评派通过强调作品“本体”的意义，对传统文学研究方法形成了巨大的冲击，他们把批评的眼光从作者转向了作品，拓宽了文学研究的领域。但是“纯批评”之说又使他们陷入了新的偏见，排除“非文学因素”的批评方法遭到了各方诟病，卡津尤其反感他们遁入诗歌的世外桃源，认为这是在危机时期放弃社会责任感的“不光彩的逃亡”。

新批评派虽然强调文学不同于科学，但他们却实践了一种科学化的批评方法，即依照一定的规范从事文学研究，像科学一样建立一套客观上可以转换的方法体系，他们反对不谈方法论只凭感受写文章的“印象式批评”，在这方面《怎样读诗》是使批评规范化的典范。第一版的《怎样读诗》不仅包含范例分析和辅导学生的具体内容，还在书后附上了讨论诗歌主题和技巧时可能用得到的术语表，像“反讽、悖论、构架、肌质”等典型的“新批评”术语都包括其中。这本书在美国大学的普及提高了学生对文学研究的兴趣，也有人认为新批评之所以能风行几十年，一个很重要的原因就是它宜于教学，是训练未来教师的职业训练法。战后美国大学教育日益普及，文学教学需要规范化的方式，学生希望学到一套批评术语和批评程式，而不是重个人感受的印象式批评。这就表明为什么《怎样读诗》、《怎样读小说》(1943年),以及柯兰斯·布鲁克斯与罗伯特·海尔曼合著的《怎样读戏剧》(1947年)是新批评派影响最大的著作。

"南方批评派"一向重视秩序,他们的批评工作就是赋予文本以稳固的价值标准,使整个文学活动形成一定的"教规",从而使阅读和批评成为一种稳定的有秩序的活动。在强调理性、自律方面他们与北方的"新人文主义"者不谋而合,只是"新人文主义"者以欧洲古典主义为标准,而"南方批评派"则希望恢复旧南方的宗教伦理准则。到40年代,南方集团陆续检讨当初坚持南方农业主义的错误,这象征着美国南北两种保守主义传统的最终汇合,保守的形式主义代替了保守的道德主义,继续与自由主义批评的抗争。

沉迷于新批评的人自认为生活在一个信仰缺失的时代,文学不再是重要的生活向导,所以他们迷恋形式,并假设诗歌就是诗学策略的产物。这种批评脱离社会实际,回避道德责任,只一味地纠缠于形式,限于新古典主义的窠臼。揭开这种批评的本质,它不过显示了批评者对社会现实深刻而又无可奈何的不满。在卡津看来,新批评表现了受挫的责任感、极端的偏狭和本末倒置,需要某种外部的权威作为它的依靠,使之得到充实。

苏德条约签订以后,美国的左翼知识分子普遍反对斯大林主义,许多人放弃了共产主义信仰,左翼文学也随之走向衰落。卡津认为文学信念不应当受政治倾向的左右,美国共产党虽然影响力下降,但左翼文学所揭露和探讨的社会问题依然存在,民主的文学需要继续为之奋斗。这时尽管"新批评"在大学的影响与日俱增,但卡津却坚决反对在一个社会动荡、人心涣散的时代将文学批评放回书斋。他认为这时的社会需要全新的、具有刚强气概的知识引导，而“新批评”只知保全艺术的完整，却让文学退守到密闭冰冷的人生角落，这是非常狭隘的思想。

卡津把“新批评”和庸俗马克思主义批评思想视为“极权时代的极权主义”，有批评家认为他的观点过于强调30年代的思想对立，实际反映了他急于批判，而不愿分析。卡津在40年代初总结前一个时代的思想，由于缺乏历史的距离感，因此观点有所偏颇，这恐怕也是在所难免。不过，“急于批判”也反映了卡津在第二次世界大战来临之际对人类生存状态的忧虑以及他急于改变现状的心情。

> 这一时期批评的危机实际上是整个美国文明道德秩序的危机，批评家将在这一时期起带头作用，他们寻找并运用新的标准，发动必要的社会力量，帮助创造辉煌的新文学。……这时批评已成为哲学争论的前沿阵地，想要重建这个世界的伟大思想家困在批评的战场上苦苦战斗，……批评家坚信他们都是整个文化的拯救者。[45]

卡津在这里对批评寄予厚望，对批评家能够发挥的社会影响充满信心。这一时期的卡津虽然看到理想与现实之间的差距，但他坚信批评家是“文化的拯救者”，他们能够发动必要的社会力量，重建这个世界。

感悟式历史批评：卡津的文学批评观

既然新批评和庸俗马克思主义批评都不是卡津眼中理想的批评模式，他在《扎根本土》中得出结论说批评的目的在于理解人。真正的批评应从文本入手，它离不开文本的艺术和技巧，同时批评又要超越文本，否则这样的批评就不值一提。他在《当代人》最后一篇中专论“批评的作用”，进一步展开自己的观点。他首先强调从事文学批评的人必须喜欢读书，对文学有着浓厚的兴趣和信念，批评应当是有感而发，而不是板着脸训人。真正的文学批评能够激发别人的想象力，引发新的话题，能够充满激情地表现人的本性，合理地解释人的命运。卡津认为波德莱尔的艺术观、萧伯纳的戏剧观、歌德的文学观、席勒的审美观、布莱克的个人宣言以及华兹华斯的《歌谣集》前言等才是真正有价值的批评文章。卡津本人正是在阅读与思考的基础上形成自己的感悟式历史批评。

卡津的感悟式历史批评首先重视的是个人对文学作品的阅读和赏析。卡津有着广博的文史知识，对欧洲文学经典如数家珍，至于美国文学作品就更能做到信手拈来。他的文学批评不仅仅是对某一经典名著详加分析，而是把一本本书、一个个作家深入了解之后，逐渐形成自己的观点和主题。在这方面卡津延续了西方人文批评的传统，这一传统在“纽约知识分子”中可以追溯到埃德蒙·威尔逊，在英国则可以追溯到约翰逊博士和马修·阿诺德，不过两位英国绅士都是捍卫传统的保守派批评家，而卡津则更接近美国的自由派。

感悟式历史批评的第二个特点就是关注文学产生的社会历史。这样的批评方法实际上属于西方社会—历史批评的传统。“据埃德蒙·威尔逊考察，严格意义上的社会—历史批评源于18世纪维柯对荷马史诗的研究，他的研究揭示了希腊诗人所生活的社会环境。……但使之完全确立则是一位叫丹纳的法国人，他的名言是：文学是时代、种族和社会环境的产物。”[1] 这种批评方法注重对文学作品中社会历史内容的阐释，以内容的真实性为首要尺度，当然对于何为“真实性”则是仁者见仁，智者见智。卡津对“真实性”的理解表现在他所提倡的“个人的现实主义”之中。

最后，感悟式历史批评强调对价值的关注。他重视文学作品对人性准则和道德规范的阐释，尤其是人的自我意识在当代社会经历的变化。在这方面卡津反对“新批评”只知教会学生“怎样阅读”，在美国大学中形成了古典主义的学究风气，此后的反文化者崇拜弗洛伊德对压迫的批判，把“新批评”“精致的瓮”炸成了碎片，文学理论只顾追新求异，却不仅丧失了清晰表达的能力，而且把美国青年引向了道德废弃论和无政府主义的行动。卡津的感悟式历史批评则反复思考人与世界之间的关系，不断重新界定文学的价值，观点也许大不相同，甚至前后矛盾，但对文学的人文关怀却始终如一，这正是文学的力量所在。

卡津的写作把文学当作道德和历史的见证，他对文学理论和所谓的文本化不感兴趣。他很少阐释作品，而是着力刻画作者的思想特征，把作者视为故事的一个人物或某一社会道德背景中的人。

在批评的形式上，卡津擅长通过对比突显作家的个性，他常常把同时代创作风格较为相似的作家放在一起讨论，让读者既看到他们的共同点又明白他们的不同之处。有时他也会把不同的艺术家进行对照，如对威廉·布莱克和贝多芬的比较研究，让人深入领会不同艺术形式在情感表达上的共通之处。这种研究方法是卡津文学批评的一大特色，再加上他浅显易懂、生动活泼的文字，如线条清晰的素描画一般，给读者勾勒了不同作家栩栩如生的脸谱，读后令人难忘。

1 方法的缘起：对科学主义的反拨

对于文学研究究竟是艺术还是科学这一问题，英国的戴·赫·劳伦斯曾说：

> 文学批评的作为无非是批评家条理分明地交代他所批评的作品使他产生的感受。批评决不可能是一门科学：首先，它有太多的个人色彩；其次，它关注的是科学所忽视的价值观念。试金石是情感，而非理性。我们判断一部艺术作品时依据的是它对我们真诚而基本的情感所起的效果，而非其他。[2]

劳伦斯的话是对西方文学批评传统的概括，然而19世纪80年代以来，美国大学开始受到德国的科学方法和达尔文自然主义科学思想的影响。这一时期美国的神学院开始转变为现代意义的大学，设立了“社会科学”。1883年成立了现代语言协会，此后，随着乔治·李曼·科特瑞治所倡导的纯历史研究的逐步推广，美国出现了大批纯学术的作品，如：威廉·葛拉汉姆·萨姆拉的《社会习俗》(*Folkways*)，科特瑞治对盎格鲁—萨克逊文学和英语语言历史的研究，以及西德尼·莱尼尔的《英语诗歌常识》(*The Science of English Verse*)等，这些作品或者完全脱离现代社会生活，或者将一切社会现状理性化，当时的整个学术界被科学方法所吸引，一时间形成了做学问的高潮。他们成了大工业时代精神生活脱离社会现实的典型代表。

到20世纪初期，美国大学里出现了一个奇怪的现象，即崇尚科学之风不但没能改变传统的保守主义学术思想，反而加强了传统思想，达尔文主义受到保守派的欢迎，他们把这一思想看作是对旧有信条的新论证。尽管神学研究在科学主义的时代名声不佳，但正统神学思想依旧盛行，维护放任自由的经济制度和损人利己的道德观念。文学研究也开始采用科学的方法，沉迷于“历史主义”的分类和方法论的分析，文学教授普遍瞧不起现代文学和文学批评。

1904年威廉·詹姆斯发表他著名的言论“意识存在吗？”此后就有越来越多的人反对学术研究脱离美国的现实。实用主义兴起之后，科学概念就不再是对外部现实的被动反映，而是通过经验获得的探索世界的逻辑工具。这一理论可以追溯到查尔斯·桑德斯·皮尔斯，他提出抽象的思想必须在实践中得到检验，否则就毫无意义。皮尔斯的思想影响了威廉·詹姆斯，詹姆斯又影响了杜威，最终形成了实用主义的核心思想：理论应当由生活本身去检验、阐释和决定。

威廉·詹姆斯的实用主义提醒哲学家认真对待自己的思想，因为只有经验本身才能保持他们思想的活力。詹姆斯想在哲学与社会之间建立联系，想要唤醒他的学术同仁对生活的意识，因为生活就在他们身边。不过詹姆斯也不是不顾一切地去寻求经验，而是希望以哲学研究追根问底的精神去把握和提升人的经验世界。

> 实用主义追求具体和恰当，追求事实，追求行动与力量。……它意味着开放的氛围和自然的各种可能，反对教条的、人造的和假冒终极的真理。……所以理论就成了我们可以依赖的工具，而不是对于谜语的解答。我们不是依靠着它休息，而是向前进，有时借助于它再造自然。实用主义使我们所有的理论不会僵化，它使它们变得灵活并让它们每一个都发挥作用。[3]

詹姆斯积极实践和追求某种目标的思想使得科学研究不再囿于描述性的历史研究，受他影响的美国学者如杜威、凡勃伦、比尔德等开始把科学的方法应用于对美国商业社会和文化的具体分析之中。如果说巴灵顿属于早期把实用主义方法运用于文学研究的学者，卡津则在他的基础上进一步以经验主义的态度从社会的角度对美国人的生活进行描绘。他们都看到了美国文学中的反叛精神，巴灵顿是以怀旧的态度对待这种反叛，而卡津则从美国作家的反叛中看到他们的追求——创造自己的传统。

正如詹姆斯所说，实用主义方法不是什么崭新的东西，它代表的是一种经验主义态度，“我们关于一个对象的思考，要达到完全的清楚，只需要考虑那个对象可能涉及了什么样实际的可以理解的结果——我们从它那里会期待着得到什么样的感觉，我们必须准备做出什么样的反应”[4]。卡津是以经验主义的态度来看待美国文学，看到美国作家通过文学创作表现对现实的困惑与反抗，体现了一个民族理解自我的努力。他的研究方法不是追根溯源式的考据研究，也不是机械的决定论，而是把个人经验与美国的社会现实相结合，既强调个人创造力的重要性，为艺术个性的发展留下了足够的空间，也重视“历史意识”，探索文学中人的各种可能性。

1.1. 文学展现了比科学更直接的现实

卡津的批评观强调文学认识现实的可能性。18世纪末歌德、布莱克等伟大的诗人就指出实验科学是不全面、不确定的，卡津赞同他们的观点，认为同科学相比文学给我们展现了一个更直接、更容易理解的现实，所以他的文学批评往往以作家是否反映了“真实”为标准。卡津不相信科学，但他所质疑的不是知识本身，也不是由知识所带来的征服自然的力量，他提出疑问的是用科学的方法所获得的知识，在这一点上卡津赞同浪漫主义诗人对待科学的态度。

> 华兹华斯不以为然地说详细的分析实则扼杀了事物的天性，惠特曼宁可默默地仰望星空，也不愿与才学精深的宇航员打交道。爱伦坡在他的十四行诗“致科学”中谴责科学夺去了世界的魔力，法国诗人兰波成长于深受爱伦坡影响的象征主义传统，他也抗议人类苍白的理性掩盖了宇宙的无限性。[5]

然而科学对现代社会的影响是显而易见的，就连歌德也从事植物学和光学的研究，从巴尔扎克到左拉等众多现实主义作家都或多或少地把小说与生物学相联系，20世纪著名的诗人瓦雷里写的一些诗好像是数学公式，象征主义者马拉美则宣称自从科学区分了理智与直觉，诗性想象的完整就被打破了。弗洛伊德对现代文学和艺术的影响是巨大的，他是卡津眼中具有原创性的科学家，因为他证实了想象力所具有的创造性，承认在创造性的艺术家面前，分析家只能缴械投降。卡津把弗洛伊德的思想视为从科学的角度证明了个人意识认识现实的可能性。此外，20世纪伟大的作家，如普鲁斯特、乔伊斯、劳伦斯、叶芝、托马斯·曼等也都在文学作品中赞扬人与自己深奥的个人经验之间有着越来越多的联系。不仅文学家重视人的意识，哲学家也同样认识到理性思维的局限性。

著名哲学家怀特海曾在他的《科学与现代世界》(1925)一书中肯定了浪漫主义诗人的成就，因为他们最早批判了对外部世界的机械论看法。怀特海注意到哲学曾希望通过理性，用一个固定的模式去规范人性和社会，到18世纪这样的哲学已发展到了顶峰，“这样的哲学它从根本上来说是二元论的，一边是物质，一边是精神，在物质与精神的中间地带——关于生命的概念、有机体、功能、瞬间的现实、相互作用、自然界的秩序等则是它致命的弱点”。怀特海说：“我们看到了对整个18世纪有意识的反叛，18世纪用科学的抽象分析去研究自然，而华兹华斯则用具体经验反对抽象科学。华兹华斯的一生坚决反对18世纪的思想方法，他所为之感动的是一种道德上的反作用力。他感到有某种东西被忽视了，而这些被忽视的东西恰恰是非常重要的。”[6]

怀特海的过程哲学、威廉·詹姆斯的激进经验主义、柏格森的时间概念和弗洛伊德的无意识理论都重视人的意识。他们的理论找回了19世纪科学所忽视或忘却的东西——“生命”、“功能”、“瞬间现实”、“相互作用”等概念，所以卡津认为这些人不仅是哲学家和心理学家，还是极好的作家，他们的著作《心理学原理》（1890）、《物质与记忆》（1896）、《释梦》（1900），不仅对20世纪文学的现代运动产生了极大的影响，而且也因此使他们自己成为现代文学的经典作家。

“在乔伊斯、柏格森和弗洛伊德的作品中，现代文学与现代科学已经开始携手并进，在这些高明的作家那里，文学和科学是彼此尊重、各有千秋的。”[7]卡津在这里所强调的是文学与科学各有侧重，科学把客观世界的规律性和秩序呈现在人们面前，文学创作活动同样有着巨大的洞察现实的力量。只不过二者在不同领域里探索，科学创造要受严格的逻辑和事实的框架限制，艺术创造却是自由的。在一定程度上说，想象力决定创造力，没有想象就没有创造，卡津的评论文章强调的正是蕴含在想象力中的创造性。

对于卡津来说，文学存在的根本理由就在于它事关精神，其中不乏人的幻觉、历史的成规、各种分类和论述。在文学中卡津感受到的是经验和生命的真实，看到的是意义的冲突、困窘和疑难，在他看来批评的目的就是要看到文学中人的生动形象，看到其中保存下来的人对世界之丰富和复杂的感知，以及对人的可能性的不屈探索，卡津的感悟式历史批评正是以此为基础。

1.2. 美国现代文学的研究价值

卡津从他感悟式历史批评的经验主义态度出发，看到了美国现代文学的价值就在于它的反叛精神，而反叛性正是现代艺术形成之初的力量源泉，从这个角度来看，美国现代文学是整个现代主义运动的中心。

> 现代艺术中一个最根本的要素就在于它的活力，在于接受挑战的能量，而不在于道德批评家所说的“绝望”。毕加索和史塔温斯基创造性的智慧和亵神的技巧早就能从美国作家身上找到，如门肯激烈的批判、辛克莱·刘易斯辛辣的讽刺、福克纳的原创性以及多斯·帕索斯的经验主义。这些能量的释放是现代运动中最有趣的一方面。……在一个高度紧张的工业文明中，人们强调快速有效，强调迅速改变别人的印象，生活好像与不断强化的暴力和快速行事一起前进，在美国的社会氛围和高雅阶层的影响下，艺术成了能量、变化甚至是动乱的代名词。正是这一点使得美国从一开始就处于“现代运动”的中心，再加上美国的生活逐步机械化，这就彻底改变了美国的薄弱传统、学院风气和美国艺术中的道德说教。艾略特曾说过，“神话”或传统感使得现代世界能够为艺术服务。也许应该更确切地说，只有能够同化现代世界的人——不一定以他自己的方式，但至少尽力去发现现代社会的术语是什么——才能在现代世界中创造艺术。[8]

卡津肯定了美国现代文学的研究价值，提出美国现代文学说到底是美国现代生活的表现，而文学研究不应该抛弃生活的维度。南北战争以后，资本主义工业化的进程以及科技的迅猛发展使美国的社会生活、思想观念和道德习俗都发生了难以描绘的变化，美国现代文学就是扎根于这种变化之中。城市化的发展改变了人们的生活方式，人们对生活意义的理解也随之改变，现代世界破坏了旧时的道德标准和宗教信仰，而新的标准尚未形成，美国现代文学就在19世纪末各种力量的纷争中形成了自己的风格，作家们对形成新世界的各种力量非常惊讶，他们把自己的困惑表现在作品中，形成了美国的“现代主义”。因此，可以说美国的现代文学是为了思想解放而进行的斗争，但是随着思想解放而来的并不是精神的释然，而是“隐隐的悲剧感”。这种悲剧感不是亚里士多德式的，甚至也不是霍桑式的，而是一种对暴力描写的痴迷，是从德莱塞到福克纳身上所表现出来的深深的受伤感。美国作家在“对美国现实的点点滴滴都加以吸收的同时，又对美国的现实表示出一种深沉而微妙的疏远”[9]。这种疏离感来自作家对现实世界的震惊，来自他们理想与现实之间的差距。新世界中各种力量此消彼长，新旧思想激烈交锋，作家们虽记录下自己所见到的“真实”世界，他们却对自己的出生地有一种隔膜感，都向往着建立一个无人曾经真正拥有的世界。

卡津在20世纪30年代末写作《扎根本土》时正值庸俗马克思主义批评走向没落，南方的新批评初露锋芒之际。卡津认为这一时期的美国文学批评陷入了危机，就像这一时期的社会和经济危机一样，都是美国社会和思想发生深刻变化的具体表现。庸俗马克思主义和新批评一个是纯粹的社会学批评，一个是纯粹的美学文本批评，卡津难以理解为什么研究文学与社会的关系就一定要排除对文学本身的研究，而对文学文本的分析却一定要丢弃本不可与之分离的人生。他认为文学批评应当是人与人之间的交流，而在30年代它却成了学院派技巧的展示或政治斗争的武器，作家与社会之间的关系要么被忽略，要么就被简单化了。

卡津的感悟式历史批评重视对传统的继承，同时又不忽略现实社会的作用，这一点尤其反映在他对门肯的评价中。20世纪20年代的知识分子渐渐认识到进步时代的理想主义者把文化和政治相结合的做法效果不佳，他们开始把注意力集中到精神生活的重建上，对美国社会发动了一场广泛的批评，其矛头直指美国文化的愚昧、盲目和粗俗。门肯是这一时期最突出的社会批评家，他支持德莱塞、舍伍德·安德森等具有激进思想的年轻作家，给他们灌输怀疑主义思想，在20年代享有很高的声誉。门肯对美国各种市侩传统观念进行了毫不留情的批判，其实他早在一战前就已经撰写了不少批评文章，指责清教主义道德观以及感伤主义、本土主义的狭隘思想，但在理想主义盛行的时代，他被视为与社会格格不入的讽刺家。战争摧毁了人们理想主义的玫瑰之梦，这时就需要有人抨击时事，替人们发泄心中的怒火，作家们于是有了更多的创作自由，门肯对美国传统的激烈抨击正好满足了时代的需求，他成了这一时期人们所需文化与文明的向导。卡津比较了同一时期欧美的不同文化现象，

> 欧洲文化的衰落威胁到思想的存在，艾略特在欧洲倡导新的传统主义。而在美国，门肯对所有的传统思想进行猛烈批判，大家没有视之为不体面或不负责任，反倒认为那是有益的。[10]

门肯的老师主要是崇尚欧陆“世纪末”风潮的詹姆斯·亨内克和万斯·汤普森等人，在他们的影响之下，门肯对美国的本土文化

和习俗都极为鄙视，缺乏宽容之心，在他的笔下，美国人没有鲜活的个性，都是茹毛饮血的奇怪的野蛮人。卡津认为：

> 门肯的写作技巧实则简单，他试图通过颠覆传统的偏见思想来表现自己的标新立异。对信奉新教的美国人，他自称尼采主义者；对坚持道德标准的人，他是无神论者；对狭隘的美国人，他自诩为世界的公民。门肯的世界是举止儒雅、具有欧洲风度的学者的世界，他以贵族的眼光来看待美国的一切，自然难以接受本国的文化。[11]

门肯的社会批评缺乏自觉性和系统性，卡津显然不赞同他否定一切的做法。尽管如此，卡津仍把门肯放在20年代的大环境中进行评价：

> 年轻的、处于成长阶段的现代文学相信反对斯文传统就是一切，……这时的美国人渴望从庸俗、狭隘、守旧的文化中解放出来，门肯的确是他们光明和力量的源泉。……他是伟大的文化解放者，中产阶级的征服者，他是先知和领袖，指导那些已经获得解放并打算为解放而活着的人。[12]

可见卡津的感悟式历史批评既融入了自己的个人感悟，同时也注意把作家放到社会大环境中，这样就避免了印象主义的随意和历史主义的刻板。

卡津谈到自己所从事的文学批评的工作时，说他在30年代后期

“爱上”了美国文学——这个当时并不时髦的话题。他说“爱上”而不是“主修”美国文学，这是因为他不想把自己的一生只奉献给美国文学。如果只阅读美国文学，在卡津看来就太狭隘了，他从不认为美国文学比英国文学、法国文学或俄国文学更重要，也不以为美国文学能够脱离英语和英国文学而存在，此外，美国文学还与19世纪初期的德国文学以及19世纪后期的法国与俄罗斯文学有着千丝万缕的联系。文学给卡津带来的是艾略特所说的“同时并存的不同秩序”，它包括所有伟大的戏剧家；对人性进行深刻批判的小说家托尔斯泰；伟大的诗人维庸、莎士比亚、歌德、波德莱尔等，伟大的哲学家和批判思想家蒙田、卢梭、伏尔泰、狄德罗、尼采等，他们如刀锋般开启了想象力的闸门。所以卡津对美国文学的重视并不是一种狭隘的民族主义，而是在普遍价值观的基础上重建美国文学的地位。

② 具体内容：批评的目的在于理解人

卡津的批评虽然看似与“新批评”分庭抗礼，但实际上有一点是他们的共同之处，即都重视对作品的细读与分析，双方的分歧只是在于细读和分析的具体内容和方法，然而这样的批评传统到60和70年代遭遇理论的挑战。有人把一战以后的美国文学批评比喻为“灰姑娘”，说它起初默默无闻，后来却显赫得耀眼，到20世纪60—80年代，“灰姑娘”穿上理论的外套，变得高贵典雅，令人望而生畏。这一时期法国著名理论家德里达、拉康、罗兰·巴特、米歇尔·福柯等从各自的角度出发，对文学进行了充满哲思的阐释，他们的理论对文学研究产生了极大的影响，美国批评界很快就接受了他们的研究方法，出现了一大批注重思辨的理论家，如：哈罗德·布鲁姆、希利斯·米勒、莫瑞·克里格等。理论的流行使卡津的批评观显得落后于时代，但他并不沮丧，而是愉快地“阅读那些已经多年没人翻看的书籍，随之产生很多不着边际的想法”[13]，卡津不知该如何规范这些不经意间获得的灵感，也许他根本就不屑于规范它们，因为在他看来：

> 个性化的东西其实就是批评家个人的深切体会，品位不可能也不应该是客观的，观点不是只有对错之分，一篇批评文章的价值并不只是由批评家的立场所决定。只要一个批评家全身心投入到一部作品中，从中产生自己的想法，他就可以持有任何一种在他看来合理的观点。[14]

卡津提倡感悟式的历史批评，重视文本分析中批评家个人的感悟，这种感悟看似“不着边际”，实则是批评家多年阅读、积累所致，其中蕴含了个人敏锐的思考和丰富的想象，这在卡津看来是从事批评工作的基本素质。

2.1. 批评家的智慧是思想和感情的结合

成为一名批评家的首要条件就是要阅读作品，“只有当批评家对一部作品进行了深入而有意义的体验之后，批评才是存在的[15]。”卡津自己就是一名坐得住冷板凳的读者，在他看来世界上最大的乐趣就是读书，套用弗洛伊德的话来说，这是他自己的“快乐原则”。

他每天从公共图书馆借阅大量图书，在读书的过程中他的内心产生了巨大的变化，这种对书本的个人体验是一笔不为人所知的财富，其中的自我提高和思想的自由翱翔是如此令人激动，只有把它付诸笔端，也就是从事批评活动，才能表达出沉迷书本时的万千思绪。那么又为什么要读书呢？在卡津看来，读书的目的是为了"了解一切"，为了博采众长、不断探索，既要读名著，也需要了解不受重视的作品，从中看到不同时期各有侧重的知识。

正因为卡津希望"了解一切"，所以他虽然是文学家，但他的阅读从不限于文学作品。"如果《扎根本土》只是对50年来的美国小说进行研究，它也会是一部比较优秀的文学史，而事实上这本书的成就斐然，它持续的影响力来自其广泛的主题，卡津研究的是现代美国思想的形成。他的评论不仅涉及小说家，还包括有影响的思想家、历史学家、社会学家和文学批评家。"[16]由于"新批评"只把自己的视野限定在诗歌，甚至某一类抒情诗的范围内，卡津不愿如此狭隘，所以他远离了这一派别。

批评家需要从不同的文学作品、不同的作家、形式、风格和传统中吸收不同的观点，通过模仿、运用他人所学及所知，对一件艺术品做出反应。批评应当是思想和感情的结合。

> 批评家的技巧应当建立在他对艺术品的直觉反应上，这种反应往往出自批评家本人的真实感受，所以才让人觉得既有趣又富启发性。这里的"反应"指的是能够为美好的事物而感到兴奋，能够从具体作品中看到美学原则的经典真理，这样的原则并不多且令人无可辩驳，却在艺术实践和深刻的批评见解中具有深远的

> 意义。……懂得(to know)而不仅是了解(to know about)才是批评的最高境界，这就需要培养学术悟性，从而能够对一部作品的美学成就和艺术特色有直觉的敏感。[17]

批评家通过阅读拓展了视野，对作品的“反应”体现了个人的价值判断和审美分析。如果说每个人都会有自己对文学的不同“反应”，都可能为某些作品而感动，那么要真正“懂得”一部作品就不是每个人都能做到的了。

> 每个人都有权利以自己的方式读书，有权利喜欢那些让自己为之兴奋的书，但如果妄自贬低未曾读过或没有真正读懂的作品，就显得非常可笑，比如利维斯把狄更斯排除在英国小说的“伟大传统”之外，布莱克墨尔贬低罗伯特·弗罗斯特和肯明斯，这些都是没有懂得对方的表现。[18]

卡津非常强调要读懂作品，这并不是说具体理解哪一句话，而是能与作者产生共鸣，要想与作者产生共鸣则需要有与之同等的智慧和才气。卡津一直觉得自己读不懂莎士比亚，而且认为很多莎学研究者也没有读懂莎士比亚。历史事件可以学习，但即使学业精进，卡津认为他自己还是不会真正理解莎士比亚，在他看来，只有济慈这样技艺超群的诗人才能真正读懂莎士比亚。济慈从未像其他评论家那样宣称莎士比亚是浪漫主义者，或是君主主义者，或是愤世嫉俗者，而是从莎士比亚纯粹的诗学思想中发现了自我。济慈懂得莎士比亚，只有伟大的诗人才会懂得另一个伟大的诗人，并能够模仿对方。这就好像是在瞬间破译了生存的密码，当一个人的疑虑被另一个人用清晰的语言说明了时，自相矛盾的重重心事因被解开而顿感豁然开朗。

卡津本人比较善于读懂美国作家，尤其是当代犹太作家，他对这些作家的评论能帮助读者理解像索尔·贝娄、伯纳德·马拉默德等具有原创性的犹太作家，看到他们的独特之处，而不是简单地把他们归为描写自我异化主题的犹太作家。这不仅因为卡津和这些作家出自同样的犹太传统，容易理解他们的作品，更重要的是因为他们对社会、人生的思考能引起卡津的共鸣。当然，基于个人"反应"的批评难免有偏见，卡津早年带着进步主义的左倾思想难免低估了福克纳、伊迪丝·华顿的文学成就；他认为杜威没有体会到"生活的悲剧"，这个结论也过于草率，甚至可以说是错误的。但卡津对此不以为然，在他看来批评家应当有自己的偏见。"批评"只是一个词语，而"批评家"却是有着真实情感的人，只要他说出了自己由衷的肺腑之言，他怎么可能不带有一定的偏见？

2.2. 批评家是"偏见"的维护者

如果一个批评家对所有的作品都能做出正确的反应，拥有完美的品位，他的批评文章反而不会受到推崇。良好的辨别力来自对理想的执着。

> 具有说服力的批评家以及能为一个时代订立标准的批评家一定是某一种艺术的坚定维护者，同时也是其他艺术激烈的批判者，比如约翰逊博士对玄学派诗人的评价就有失公允，歌德论荷

> 尔德林、圣伯夫论福楼拜、阿诺德论惠特曼、爱默生论狄更斯、亨利·詹姆斯论托尔斯泰、艾略特论雪莱、威尔逊论卡夫卡、特里林论德莱塞，都不太公平，这些批评家不但都有个人的“偏见”，而且还固执己见，有的甚至到了荒唐的程度。他们会把自己的不满和愤怒都发泄在假想的敌对观点身上，善于营造热烈讨论的氛围，因而能够激发新的艺术创作，他们善于发掘被人忽视的问题，提醒艺术家探讨新的话题。[19]

一个骨子里想着自己的时代，心中念着人类未来的批评家往往也是一个作家。卡津认为“作家”指的是“出自个人需要而写作的人，和以作家的心灵看待世界的人”[20]。作家的写作不是面向几个同行专家，而是面向公众，他写作的目的是为了表明自己的观点，并说服别人相信自己。他以戏剧化的方式列出自己的论据，也许逻辑学家会嫌他不够严密，学院派教授会说他不够清晰，但是从文学的伟大传统看他所做的道德辩护，就会发现他的“偏见”自有道理。一部好的批评作品不仅仅是一个人心血的结晶，它还源自不同的思想，会对很多后人产生影响，它以隐喻的方式连接古人和来者，这样它就把过去融入现在，成了一个特定时期的意象和某种特定文化的表现方式。

大众社会文学批评的特点就是要能满足大众了解文学的需要。人们很少读书，但又想了解文学，批评家就需要给他们做必要的介绍，过去受过教育的人喜欢把自己对文学的看法与批评家的进行比较，而现在的人只想听批评家对文学的解释，这样批评家就成为艺术品与大众之间的媒介，成了普及文学的作家。在卡津看

来，

> 完全以指导别人为目的的批评家不会是一名优秀的批评家，要想写出好的评论，批评家必须在阅读的过程中充分运用自己的智慧去感悟作品，然后再把自己的思想有条不紊地写出来，他可以进行分析、定义、阐释，但他为读者所做的一切首先要为自己而做。[21]

这就是说，批评家的文章首先要说服自己，让自己满意，然后才能达到启迪读者的目的。同时，批评家的“偏见”并不狭隘地否定不同见解，而是在坚持己见的同时欣赏其他具有独特观点的批评文章。虽然卡津并不赞同艾略特批评作品的结论，但他认为艾略特的文章字里行间都闪耀着思考和智慧的光芒，是真正有价值的批评，特别是艾略特对奥赛罗性格的分析以及对帕斯卡和蒙田的比较就是批评的佳作。艾略特对布莱克的评价确切地指出了布莱克与众不同的想象力，虽然卡津认为他的结论是错误的，但这并不重要，因为结论会随着一个人思想的改变而改变，重要的是文中的批判思想，这是批评家个性的显现，也是批评的关键所在。萨特认为多斯·帕索斯敢于运用大胆的技巧，是20世纪最伟大的小说家，而福克纳的思想则过于传统，扼杀了他笔下人物的未来。这样的评论也许难以使人信服，但萨特对《美国》和《喧嚣与骚动》的阅读融入了他自己的理解和坚定的信念，读者可以从中体验到他的批判思想，他的文章就是有价值的评论作品。批评家不像哲学家那样通过思考得出某个结论，而是通过思考对前人的文学经历进行批判。

威尔逊具有这方面的特殊才能，即使不同意他观点的人，读了他的文章后也会感到精神为之振奋。不过，具有讽刺意味的是，威尔逊从不愿充当艺术和公众之间的媒介，他只是把自己的观点表达出来。他勤于思考，善于写作，以奔放的激情和思想的力度使读者心悦诚服。特里林的《自由主义的想像》也出自同样的博学深思，特里林虽然思想比较激进，但他却看到许多激进的价值观被丢弃或滥用，甚至走向了自己的反面。

> 任何一个优秀的批评家的写作都是出自内心深刻的矛盾——现实存在的和他认为理当发生的事情之间有差距；他所接受的价值观和现存价值观相违背；过去与孕育着未来的现在相冲突。由于个人内心的挣扎以及与时代的斗争，批评家必然有表达的冲动；如此写出的文章可读性一定很强。[22]

以此为标准，卡津欣赏门肯、桑塔亚纳、艾略特、威尔逊、特里林等人的批评文章，尽管他们的风格各不相同。

> 文章出众的批评家应当以文学为生，他置身于文学，能够看到文学对人们行为、思想、乐趣和命运的影响。有些睿智的批评见于批评家的侃侃而谈，如哈兹里特、歌德、艾尔弗雷德·怀特海等，多亏有人记录下他们的言谈，后人才得以了解他们的批评思想；有些动人的批评写在私人信件中，如庞德写信给英国诗人劳伦斯·比尼恩讨论比尼恩翻译的《神曲》；还有的批评文章夹杂在

小说创作中，如歌德的《威廉·麦斯特》和詹姆斯·乔依斯的《一个青年艺术家的画像》。[23]

批评文章应当像柏拉图的哲学、马克思的社会学和弗洛伊德的心理学那样明白易读，而不应当过于专业化，只有专家才能读的文学批评在卡津看来没有多大的价值。

> 真正的文学批评能够激发想象力，发现新的问题，这是批评的伟大传统，是对长期确立的价值观进行总体批判的一个部分。……只要保持启蒙运动的批判精神，也就是阿诺德所说的“现代精神”，把所有的体制和信仰都置于批评的考察之中，我们就不会把审美的范畴只限定在美的、崇高的、正确的范围内。艺术中的现代精神不是指大家都认可现代运动的价值，而是每个人都应当自由地工作并取得个人的发现。[24]

自由思考和个人观点是卡津最为重视的批评素质，但这并不意味着批评家可以任由自己的想象驰骋千里，随兴发挥，甚至为了寻找独特的新观点而故作姿态。卡津推崇的是能对他人有所启发的真正的个人创见。

2.3. 批评家不是艺术家而是思想家

批评家对作品的“反应”固然重要，但卡津认为除非在极个别的情况下，一般说来批评家不是艺术家，而是思想家，真正的批评家有着宝贵的洞察力，可供不同的读者从不同的角度运用他们的思想。批评家与艺术家不同，他是在心灵中体验艺术，不是在生活中创造艺术，批评家对艺术的体验不是天马行空的灵感堆积，而是有板有眼的思想的舞蹈。

卡津认为范·怀克·布鲁克斯对马克·吐温和镀金时代的评价就典型地体现了批评家推己及人的态度。一战后的许多美国作家都特别关注南北战争以后作家的命运，由于都是战争的幸存者，他们与内战后的那代人同病相怜，不可避免地把彼此之间的相似之处简单化了。这两个时代都是较为突出的道德沦丧、物质主义至上的时代，在这两个阶段，美国的经济高速发展，媚俗的大众文化风行一时，政治腐败现象非常普遍，而作家们则纷纷逃离本土的文化传统。目光敏锐的布鲁克斯通过比较镀金时代和一战后的美国社会，深刻揭示了物欲横流的社会生活堕落的现象，但卡津认为他虽然认清了这一现状，却对它过于感伤，没有看到两个时代之间的不同之处。

布鲁克斯过于贬低美国内战以后的社会，使得镀金时代和弗洛伊德的自我一样成了被滥用的文学联想。布鲁克斯没有记录镀金时代的活跃思想，对这一时期的美国生活进行了毫无幽默感的谴责。

> 布鲁克斯没能看到镀金时代最糟糕的一面恰恰也是它最具活力的方面，即一个处于成长阶段的年轻社会所具有的原始轰动性，所以布鲁克斯看不出马克·吐温的生命活力以及他生活快乐的一方面，同时，他也忽视了精力旺盛的边疆生活和生气勃勃的边疆思想[25]。

内战后的美国充满了开拓边疆的积极力量和理想主义情怀，而一战后的美国则满是早衰的年轻人，他们在战后理想破灭，精神上疲惫不堪。在卡津看来布鲁克斯实际上是把自己的生活经历放到了马克·吐温身上。

> 布鲁克斯这种以己度人的批评方法实际上是一种文学虚构，他对镀金时代的看法并非是错误的，就像亨利·亚当斯对12世纪文化的阐释以及尼采对古希腊戏剧所做的酒神式呓语一样，他们都是文人通过自己的假设重述历史并以此激起别人的想象。[26]

批评家应当也必然从自己的角度阅读文学作品，作为读者，他的视角必然受到自己所处时代的影响，而作为学有所长的批评家，他又应当考虑到作者写作的时代背景和整个文学的传统，并以此为基础对作品做出恰当的评价，这其中“度”的把握就显得尤为重要。

布鲁克斯对镀金时代所做的文学虚构还算在卡津认为的“度”之内，而他对亨利·詹姆斯的阐释则超出了这个“度”之外。布鲁克斯把詹姆斯的小说、论文、书信等中的内容按照自己的意图拼凑起来，使读者相信他让詹姆斯所说所想的就是詹姆斯实际所说所想的，布鲁克斯其实是虚构了一个与实际的詹姆斯大相径庭的形象，卡津戏称它为“艺术创造式批评”，这样的批评意在追求一种艺术效果，实际是对原文的误读。

卡津虽强调批评中思想的重要性，但“新批评”之后美国的文学批评家日渐热衷于理论思辨，“后现代”的批评变得越来越标准化和体制化，对此卡津的看法是：

> 想象力才是批评家存在的理由。讨论抽象的问题需要寻找证据，而文学却不可能提供太多的证据，大家就从其他人身上寻找，企图用别人的观点来确认自己的观点，其结果就是文学理论远离了文学，成为不是文学的理论。……批评不是科学的，而是文学的分支。和其他文学表现形式一样，批评只能提供想象的真实，批评以内在的感觉做判断，依靠的是个人的品位和文化。[27]

批评观点不像科学真理那样需要人人遵守，如济慈论莎士比亚、麦尔维尔论霍桑，这些评论所涉及的领域可能与大多数人的生活毫不相关，他们可能对之闻所未闻。只有少数幸运者才能够得到文学的眷顾，奢侈地满足他们想象力的需要，而批评则比文学作用的人更少，如果说济慈对莎士比亚的反应要比任何一个科学家的发现更加个人化，那是因为文学只存在于思想领域，而对艺术规则的理解则是因人而异的。对别人有启发性的批评家总是善于以个人的方式运用文本，毫不怀疑自己基本的反应，他深信自己已经懂得该懂的内容。当然，要想成为伟大的批评家，这还不够。

> 他必须像约翰逊博士所说，把观点提升为知识，这样才能为艺术立法。能做到这一点的人微乎其微，艺术的立法者要比科学上的创新者少得多。[28]

卡津并不强求人人做立法者，在他看来批评家通过灵活运用别人的观点，逐渐形成自己的看法，如果这样的看法是出自真正的个人感悟，必定又会对他人有所启发。

> 只要批评的见解足够深刻，让人觉得有趣，它就能叫人知道写作是什么，甚至能激发新的写作方式，这样的批评就是有用的。有用的批评家能表明自己受到别人什么艺术力量的感染，同时也能帮助其他人形成新的观点。如果一个批评家身上显示不出艺术的力量对他生活的影响，他就不可能是有用的，无论他多么博学，他的评论都只是任意涂鸦。[29]

因此，卡津把学院派的权威批评排除在“有用的”批评之外，因为它们像科学一样，虽然建立了一套套方法体系，却不能激发卡津的思想。文学思想应当是对某一独特行为的反应，这种行为具有冲破现存体制、创造新事物的力量。

2.4. 批评的本质是关注人的理想

具备了一定学术素养的批评家如果对一部作品下某种判断，这是因为他心中有着某种信念，这信念就像一把尺，无论他衡量的对象有什么变化，这把尺自有它的标准。当然，对于一个优秀的批评家来说，他心中的这把尺并不是固定不变，而是会随着时代的变化有所微调，但总的来说，有些本质的东西会留存下来，其中反映了批评家所追求的未来，比如：陀思妥耶夫斯基的小说表明他相信罪人的赎救，马克思的著作显示了他对神圣的共产主义社会的坚定信念，而卡津的文学批评则说明了他的民主主义思想。

> 用想象力为生活而辩护，这就是艺术家生命的意义，批评家的工作则是要阐明和支持这样的信念，并同样为之奋斗。只要从文学对未来的想象这一方面我们就能理解文学是为了什么而存在。只有把想象力和历史感——对已然发生、当下发生和理该发生的一切都融入到对艺术作品的分析之中，这样的评论才有意义。每一部真正的艺术品都渴望得到世人的认可，都渴望成为艺术的一个组成部分，如果看不到一个艺术作品本身想要追求的目标，看不到其中蕴含着人类自身的渴求，那么我们的评论就会成为只有正误判断，毫无思想激情的工作。[30]

这就是说，只有关注人、关注生活的批评家才能真正看到文学的价值。麦尔维尔曾说过，小说应当和宗教一样，给人们展现另一个世界，但同时又让人感到与这个世界的联系，也许文学批评的作用就在于让人们看到这一联系。

> 要想描绘或判断艺术的能量，只有先看到人为之所做的努力，看到人相信自己能够创造未来的信心和希望。没有希望就没有力量，也不会有智慧和激情，我们每个人对未来的看法是我们生命不可缺少的维度。[31]

如果只是对某一作家或某一部作品下一个简单的结论，或者套用某种固定的程式来评价，这样的批评只显示了“被动的品位”(passive taste)，批评家的判断则是综合的，他可能会说某某作家是优秀的，但仍存在某方面不足，他会同意某一种观点，但仍能看到这种观点的偏见之处。“文学批评最大的特点就是充满激情地宣告人类的本性以及他们必将面临的命运。”[32] 批评是关涉个人学识和品位的活动，并不是向学生介绍文学的方法。人们从一篇动人的故事中感悟到的人生道理要远远多于最精彩的文本分析，所以在卡津看来，批评的本质是关注人的理想，关心人们希翼的未来以及注定的命运。

文学反映了不断发展的文化，作为一名对文学进行思考的批评家，就要以自己的立场参与文化的建设，而不仅是向人们展示“精制的瓮”中不经历阳光风雨的文学花朵。文学具有独特的力量，它甚至能改变一个人的人生。批评家应当是变化的中介，从对文学做出具体的反应到自然而然地挖掘出一个作家独特的力量，只要他充分了解自己研究的主题，而不是纠缠于批评的程式，他就必然会改变读者的思想。

从事批评工作必定要争论艺术术语的使用以及某一类艺术的重要性，只有当一个批评家和批评他的批评家以及挑剔他们的读者有着同样的文化背景，并关注同一问题时，争论才有可能发生，他们才能自由地发表不同的见解。很多经典的批评文章都是最先发表于报刊杂志，而不是专业刊物。为公共杂志撰稿的批评家希望拥有更多的读者，他们在每周一期的刊物上与读者对话，建立批评标准，组织思想论坛，汇聚各派观点，发现文坛新秀和曾受冷遇的重要作家。“在这样的批评传统背后有着大家的共识——话题是争论出来的，不同的人可以用同样的或彼此理解的术语进行讨论，并得出各不相同的结论。”[33]20世纪30年代以前，这样的争论主要围绕什么是人类存在的目的，文学批评属于整个思想争鸣的一部分，它包括威尔士和亨利·詹姆斯之间的争论、20年代美国新实验小说家与新人文主义者之间的龃龉，等等。

卡津在60年代初批评当时美国的文学课堂一味运用“新批评”的理论工具从事文学批评，形成了单调一致的批评模式，失去了思想的活力。他提倡旧式的批评方法，把文学批评视为总的价值批评的一部分，任何一个人类社会都需要这样的批评，卡津希望批评能够重获爱默生和阿诺德时代的公共影响力。

> 最近对文学批评的兴趣可以说在很大程度上是英美新批评家的努力。但他们充当了难懂的现代作家的阐释者。这些新批评家是现代文学先进的指导者，他们曾经最靠近现代诗歌，虽然不是有意为之，但他们却成了优秀的作家和大众之间的媒介，大众好像对文学一无所知，只听从批评家告诉他们的一切，这在大学中也不例外。新批评已经在美国大学中体制化了，现代文学也成了大学里的阅读经典，其效果与美国人讲究实用的气质相吻合。本科生从艾略特的诗歌或乔伊斯的小说片断中所得到的愉悦和他们研究一部汽车时所得到的快乐是一样的。[34]

然而，新批评原本的目的，特别是艾略特的批评文章所表达的思想正好与之相反，艾略特是20世纪英语世界最有影响的批评家之一，也是新批评运动的精神之父。为了反对之前的印象主义批评以个人喜好评判作品，艾略特强调要用诗歌本身的语言来解释和理解一首诗。对于艾略特来说，批评是对诗歌本身的分析，是从诗歌的上下文中理解它的含义，也就是把那些最难理解的部分给读者讲清楚。和所有真正的批评家一样，艾略特最主要的目的是希望通过理解诗歌产生愉快的感觉，或者说批评家通过理解诗歌与诗人产生共鸣，艾略特和约翰逊博士、柯尔律治、马修·阿诺德等伟大的原创型批评家一样，他们都会维护某一类文学而反对另一种文学。然而，虽然艾略特早期的批评文章极有影响，创造了一种新的趣味标准，但是就算艾略特是一个追求最高水准的批评家，他的批评也容易让人以为只要分析语言就能完全理解文学作品，其结果就是许多当代的批评文章用阐释的激情代替了过去对难点的解释。有些人学会了新批评考究的批评方法以后，就只知道艾略特提及的作品，他们往往丢失了批评的真谛，只想通过批评作品显示自己的独出心裁，而不是以批评促进对文学的理解。

卡津提倡文学批评不要局限在美的、形式的、文本的范围内，而是更多地关注作品中反映出的时代精神、道德观念和历史背景。虽然20世纪后期的西方文学批评不断向理论化、科学化的方向发展，但卡津的文学观所坚持的仍是人文的和历史的态度，正如韦勒克所说，至今我们还是面临这样的态度。

3 合理内核："个人的现实主义"模式

如果说卡津的感悟式历史批评指出了批评家的作用在于激发新的写作方式，那么什么样的写作方式才是他眼中具有创新思想的模式？卡津评论德莱塞的"现实主义美学"时做出的总结代表了他心目中理想的写作方式——“个人的现实主义”。所谓个人现实主义模式就是一个作家把对社会现实的描写和自己的个人经验结合起来，犹如用现实和经验织成一张网，网眼中充满了作家对陌生现实的疑惑和茫然之感，而他的疑惑和茫然既证实了现实，又使现实变得更加复杂。卡津的文学批评一直重视文学作品中所表现的这种复杂现实。

卡津的批评思想重视审美情趣与理性思考的结合，艺术思想与道德秩序的一致，文学想象与创新才能的统一，因此他的文学批评不仅重视作家对现实的反映，而且提倡在反映现实的基础上突破现实，达到创新。

3.1. 以个人意识感悟现实

卡津的批评领域主要在现代文学。虽然真正有规模的现代运动始于象征主义对维多利亚时代的反叛，但卡津对象征主义的评价并不高，他反对象征主义者割裂感性与理性、表达与理解的做法。在19世纪科学发展的高峰时期，象征主义诗歌为了同过于自信的科学物质主义抗衡，逐渐形成了一种实验性的风气，这种诗歌的意义只能暗中指涉，而不再反映或阐释现实。而19世纪初期的浪漫主义者却能够从个人经验出发去感悟现实，卡津把他们视为现代文学的开创者。

> 浪漫主义作家是第一批自觉的现代作家，他们发现传统的世界观、道德观限制了人的可能性。无论是歌德笔下的浮士德、雪莱的普罗米修斯，还是麦尔维尔的亚哈船长，典型的浪漫主义主

人公都懂得现实要比统治它的上帝所承认的更加神秘，更加复杂。这些浪漫主义作家都尽可能地从个人经验出发去感悟现实，浪漫主义作家中有些人已经成为典型的现代作家，如乔伊斯、普鲁斯特和叶芝等，他们的伟大洞察力就在于科学竭力要理解的世界必须由人来掌握，而不能弃人于不顾。一个当代社会学家曾鄙夷地把个性称为“无能的标志”，但叶芝却在《钟楼》（1928）中写道“死亡和生活都是无意义的/直到有人参与其中”。科学研究的是外在的、与人无关的事实，而现代作家早在18世纪就把人的意识视为通往现实的钥匙。[35]

通过比较象征主义与浪漫主义的不同，卡津指出了浪漫主义比象征主义高明之处。首先，象征主义与浪漫主义都相信个人意识的重要性，也都对语词的魔力表示敬畏，所以卡津认为象征主义与浪漫主义的不同在于形式，而不是信念。在惠特曼那样的浪漫主义者身上可以看到，浪漫主义诗歌中所揭示的一切“不仅与人的无意识一致，而且与整个世界的道德秩序相符，诗人的灵感也与上帝、社会科学和真理完全一致。而象征主义者大多自以为是自然的炼金术士，而不是牧师，即他们是制造者（假造者），而不是揭示者，对于他们来说诗歌不是与社会保持一致，而是与之唱反调”[36]。

其次，浪漫主义诗歌是开放的，而象征主义诗歌则是封闭的。密闭形象就诗歌本身来说是绝对的，而来自复杂的人类感觉的经验世界则终将是难以诉说的。象征主义者把感觉和有意识的理解对立起来，把诗歌与散文、诗人与社会对立起来，这样就把诗歌的想象从超验的变成主观的。他们对外部世界，对常见的人类经验，甚至对性爱都感到绝望，这些都成了他们诗歌的基本构成元素。华兹华斯、雨果和惠特曼所倡导的诗歌的启示作用在象征主义者那里被尊为魔力，典型的象征主义诗人——法国的马拉美、德国的斯蒂芬·乔治——都有自己的崇拜者，把他们视为魔术师，赞颂语词的神秘。马拉美甚至提出诗歌不是用思想写成的，它是用语词写成的。象征主义诗人把个人意识看作不为人所知的现实领域，因此他们往往把现代诗歌语言视为最基本的、不可简化的真理，诗人并不把自己的语词看作符号或指示对象，而是把它视为世界的直接意象。象征主义者的反叛精神固然可贵，但读者会觉得他们的语言难以理解，甚至感到诗人是故意把语言变得晦涩难懂。

> 象征主义者不仅把诗人看作高人一等，而且认为他们的思想别人难以理解，甚至用诗歌的形式也难以表达，（它只能暗示，）除非直接体验诗歌，否则就不能从外部理解它的深刻含义。对现代诗歌的阐释大多以象征主义的信条为基础，如果用它来证明所有诗歌的成就，那就是误读。由于依照艾略特和庞德的风格所创作的现代诗歌取得极大的成功，他们的追随者就像象征主义者那样把诗歌看作一种仪式。[37]

艾伦·泰特曾宣布诗歌提供一种比科学更高明的知识，一种本身就是“完整的”知识，卡津认为他这么说实际上是把诗歌本身看作一种宗教体验。象征主义者也持这个观点，而艾略特本人、约翰逊博士和莎士比亚都没有这么看。阿奇博尔德·麦克利什有句名言：“诗歌不应当有什么意义，它就是诗。”而19世纪及之前的伟大诗作不仅是有意义的，而且也是诗歌。

既然象征主义者使自己的艺术完全依赖于语词的魔力，他们为什么能够在19世纪末期取得成功？卡津认为这主要是因为19世纪末期“斯文”的诗人处于影响深远的浪漫主义诗歌传统中，难以应对科学的挑战，于是就遁入美的世界。这一时期未来的诗人，如艾略特、庞德等都还是学生，他们离开19世纪的英国诗歌，转向法国诗人朱尔斯·拉佛格和特里斯坦·科比尔的辛辣而怪异的诗歌，而其他人甚至包括后来的伟大诗人叶芝则在阅读《瓦尔登湖》的基础上写出了哀伤的田园诗《茵尼斯弗利岛》。在当时看来诗歌好像毫无前途，即将被小说所代替，而小说大多是以文献方式记录的自然主义小说，这些小说家都是赫伯特·斯宾塞的追随者，认为人的命运由外部事物决定，否定人的能动性。所以象征主义的成功在于它对科学主义的叛逆之声，在社会变动的时期反对传统总能引起别人的注意，但好奇心一旦得到满足，大家也就见怪不怪了。

象征主义诗人自视为牺牲者而不是观察者，在卡津看来他们缺乏对现实的把握，所以他们的诗歌很快就过时了。庞德曾说作家是一个民族的“触须”，必须与许多“榆木脑袋”作斗争。然而在19世纪末20世纪初，指导文学前进方向的“触须”却太微小了，常常看不见它的存在。当时美国的文学界有一种病态的观点，即诗歌就是反复重唱的民歌或者是歌颂帝国主义的热情活泼的散文。虽然在19世纪90年代有一批杰出的年轻诗人在诗剧中关注普罗米修斯的殉难，但他们很快就销声匿迹了，正如乔治·桑塔亚那所说，他们在缺乏艺术气息的美国窒息而死。这一时期埃德温·阿林顿·鲁滨逊还在纽约的地下室里工作，斯蒂文·克莱恩的小诗还被当作笑料，惠特曼的诗还被视为粗俗之作，而艾米莉·迪金森的诗作还被她最初的编辑们所“修改”，所以卡津指出这时英国浪漫主义的伟大传统已经被学院派追求美的风气所替代，形成了所谓“斯文传统”——把文学视为对心灵的安慰，而不是对现实的探索。

斯文传统不久就受到现代诗人的挑战。卡津认为在现代主义诗人中能够做到以个人意识感悟现实的作家是艾略特和庞德。他们的诗歌源于象征主义，却回归到波德莱尔对诗人的看法，即把诗人看作是对大城市生活充满讽刺的观察家。诗歌在象征主义者手中变得太神秘，而艾略特和庞德使他们的诗歌带上了辛辣讽刺的味道。象征主义者的特点是避世，而艾略特的诗却是自嘲式的。在《普鲁弗洛克的情歌》中，艾略特写道：“那些人声嗡嗡然的投宿处/ 不眠夜在只住一宿的旅馆里度过/ 还有到处牡蛎壳的那些满地锯木屑的小饭馆”，在他的诗中“街道一条接一条就像用意险恶的/ 一场冗长辩论/ 把你引向一个压倒一切的问题”。[38]在他早期的诗中不仅能感到他对波士顿斯文传统的鄙视，而且能看到现代大城市生活内在的空虚寂寞和死气沉沉，艾略特用戏剧性的嘲弄口吻写诗，达到了这一效果，许多人都从中感受到他诗歌的力量。艾略特克服了象征主义诗歌模糊恍惚、缺乏诗歌力量的缺点，写出了难以言表的现代人的体验。

在《普鲁弗洛克的情歌》这样的诗中，艾略特不仅表达了普遍存在的人生无意义的感觉，他还用深沉的讽刺挖掘了这一无意义中的意义，即只有嘲笑意义才是有意义的。艾略特早期的诗歌有一种故意的挑衅和戏剧性的智慧，他强调悖论、歧义和张力，

> 这些概念都是现代批评的陈词滥调了，但当年却真实地反映了艾略特诗作的特点。尽管艾略特自己常说影响他创作的是英国17世纪初期的戏剧家、玄学派诗人以及法国不受重视的诗人朱尔斯·拉佛格和特里斯坦·科比尔，但他的诗歌充满戏剧的活力和流行的无望感，正是这两点使他的诗令人印象深刻。[39]

庞德是卡津眼中更具原创性的诗人。1916年亨利·詹姆斯去世时，他作品的价值还没有得到充分的认识，庞德最早发现了詹姆斯的文学成就，庞德还最早冲破现实主义文献考据式的研究方法，强调福楼拜小说风格的重要性，正是由于庞德的影响，像乔伊斯那样具有原创思想的小说家才开始出现在美国先锋派的书评中。庞德不仅在许多方面都激起了艾略特的思考，而且由他发起的一场思想运动既影响了诗歌也影响了小说的创作。

> 尽管庞德本人并不写小说，但他却指明了文学创作后来的发展方向，这对小说产生了重要影响。20世纪一些最重要的小说家，如乔伊斯、海明威、劳伦斯、福克纳等，最初都是诗人，而其他人像詹姆斯、康拉德、伍尔夫、普鲁斯特等，虽然不写诗，却都给小说注入了诗歌的感觉。甚至包括对20世纪产生重要影响的19世纪小说家，如麦尔维尔，他们的小说之所以重要，因为这些作品具有诗歌般的感染力，语言表达自由而具有原创性，能够通过描写平常事件表现神秘和超自然的力量，而不是像通常说的那样，伟大的19世纪小说家因其真实地反映了普通人的生活和日常琐事而出名。

从卡津对诗性小说的赞赏可见他的“个人现实主义”模式强调的是“通过描写平常事件表现神秘和超自然的力量”，他的现实主义实际上超越了简单的现实，重视文学中所反映的人对未来、对神圣理想的诉求。所以在他看来，语言美固然重要，但最具影响力的则是语言的感受力，也许卡津会为巴尔扎克和德莱塞粗俗的文风而感到遗憾，但这根本不影响他们成为卡津心目中重要的现代作家，普鲁斯特、乔伊斯或劳伦斯的作品就更不必说。然而伍尔夫和乔伊斯后期的作品，如《海浪》和《为芬尼根守灵》，语言已经代替内容成为中心，语言的作用变成了表现“平凡”的生活，表现生活本来的样子，表现它的粗糙和偶然。这些作品的内容就是人类思想的内容——梦幻、向往、记忆、思考，它们只是对现实的模仿与重复，却没能揭示更深刻的内涵，所以卡津对这类小说评价不高。

> 现代小说强调“意识流”、“内心独白”、“叙事视角”或从某一观察者的角度组织故事，就像亨利·詹姆斯的小说那样，这一切都表明现代小说首先关注的是它本身。普鲁斯特的伟大小说《追忆似水年华》中，主人公也是小说的中心人物，他躺在床上，脑子里萦绕着他的梦想和回忆，因为普鲁斯特相信“在一个人睡觉的时候，他周身环绕着一条时间链，一根岁月线，万物皆有其序”。乔伊斯整个《尤利西斯》的故事都发生在一天之中，外面发生的事件都在人物的内心世界里回荡。如果说普鲁斯特的小说以睡者的思想开头，那么《尤利西斯》就是以一个睡着了的女人的夜想结束。普鲁斯特和乔伊斯的小说中人的无意识是通往现实世

界的桥梁，而劳伦斯的小说则把人的无意识视为理想之境，劳伦斯的小说看似描写性爱，实则赞美不受限制的理想境界，人在其中感受与世界最本真的联系。[40]

诗性的小说取得了辉煌而影响深远的成就。20世纪内容不易理解的小说——《尤利西斯》、《追忆似水年华》、《城堡》，它们在卡津看来与爱因斯坦的相对论、拉塞福的亚原子物理学和普朗克的量子引力理论一样具有启发性。但是，对个人意识的强调也有其局限性，躲在每部作品背后的“我”，无论多么希望把自我意识中的自由世界与俗常世界统一起来，他的思想也要受到自我意识的限制。从这个角度来看，没有哪一个故事不是由观察者想象出来，没有哪一个故事不是经过人脑的构思和表达，这就意味着诗性小说在重视思考的同时却轻视了现实世界。诗性小说如果在表达个人经验与反映现实问题之间失去平衡，它们就只是作家炫耀自己奇思妙想的媒介，而不是伟大的文学作品。

浪漫主义者虽然最早提出个人对世界的感知，但最伟大的浪漫主义诗人包括他们19世纪的继承人都没想在作品中创造戏剧性的效果。尽管乔伊斯最后的作品有着非常宏大的构思，但它却代表了没有活力的静止的艺术，它更像一幅画而不是一个故事，缺乏对人的矛盾思想的感知，我们在19世纪的伟大现实主义小说中却能够看到这种矛盾思想。类似的20世纪小说通常更重视巧智而不是文学的感染力。乔伊斯和伍尔夫的小说充满预言式的思想和展现生活的强大能力，但他们的小说却加大了高雅读者与通俗

> 读者之间的距离。狄更斯、巴尔扎克、陀思妥耶夫斯基都是为最广大的读者写作，他们既是受读者欢迎的讲故事的人，同时也是读者心目中的民族领袖，甚至连伟大的20世纪小说家最初也是在有名的小杂志上露面，为建立新文学而斗争。现代运动的重要人物——斯坦因、乔伊斯、艾略特、庞德——在他们早期的作品中让人想起旧式的革命。和现代革命一样，他们是领袖和发起者，而不是他们部下的兄弟。[41]

尽管卡津欣赏艾略特和庞德两位现代主义大师的才气，但他更希望文学能有广泛的读者，作家能够以自己的想象力影响大众，而不只是成为研究的对象。从这个意义上说，“以个人意识感悟现实”就是要求作家应当具有时代的自觉意识。卡津强调文学的现实性，反对风格化、抽象化和装饰性的作品。如果一部作品只是反映作者本人的心灵志趣，或者只是简单直白地描摹现实世界，它们都不是卡津眼中优秀的作品，卡津倡导“个人现实主义”的文学创作，希望作家能够扎根本土文化，在作品中融入自己对生活的感悟，而高明的感悟必定是源自生活又高于生活的原创思想。

3.2. 以个人意识超越现实

个人现实主义模式并不十分重视文学的形式，却强调在文学中反映人的生活。这里的“个人”是小说家作为社会中的人，而不是绝对的自我，个人现实主义表现的就是个人在社会中的“真实”感受，它既是感悟式的主观经验，又是对社会历史真实的总结与表现。所谓“真实”并不是历史事件或调查数据的罗列，而是通过描写现实状况表现作家个人对社会的疑惑，表现人在社会中的艰难处境。无论环境如何残酷，命运如何摆布，人总会对生活充满幻想，所谓“以个人意识超越现实”实际上就是这种向着未来的态度。正因为卡津重视文学作品超越现实的力量，所以他才会对“文笔拙劣”[①]的德莱塞倍加赞赏。

在卡津看来德莱塞之所以没有像厄普顿·辛克莱那样成为逝去的作家，因为他的“个人现实主义”中有着深刻的见解。德莱塞的作品对现实进行了客观的描写，所以尽管海明威的文学成就要比德莱塞大得多，但卡津认为在客观描写这方面，德莱塞要比海明威技高一筹。德莱塞身上有一种神秘的力量，他能够融入周围环境，然后又跳出这样的环境去讲他的故事，这就是他小说的艺术。卡津认为他对现实的客观描写在两个方面显得比较突出。一是表现了现代工业社会的沉闷、压力和各种社会势力。德莱塞能够从自己的经验出发，发现20世纪初商业社会的平庸机械以及人对远大理想的漠视。

> 伪客观的现实主义包括揭露黑幕文学、广告作品和纯社会文学，不带个人感情的事实调查很快就会过时，其价值值得怀疑。德莱塞从来不是这样的现实主义者，他在作品中编织的现实主义网虽然是五十年前的服装、房屋装修和经济状况，但这些现实直到今天都会引起我们的兴趣。德莱塞是一个能对新时代（20世纪）的现实进行加工的艺术家，因为他把这些现实都看作操纵人类命运的工具。他能够看到人——最本质的

① 索尔·贝娄曾评价德莱塞是“文笔拙劣的大师”。

赤裸裸的人——穿着我们现在穿的衣服，周旋于摩天大楼、火车、股票与证券之间。只有具备丰富想象力的作家才能把生活环境视为重要的事件，才能写出人在社会压力下所表现出的脆弱，才能真正描绘出决定人命运的社会环境，人只能在自己的环境中发挥作用，尽管环境对人的影响有限，但这个影响却很明显。德莱塞的小说之所以显得极为“真实”，因为他能让我们意识到世界并非总是如此，甚至至今尚未完全如此。[42]

这里有一个悖论，即德莱塞小说的“真实性”是建立在它的“非真实性”上，他写出了环境对人的压迫，但又让读者觉得“世界并非总是如此，甚至至今尚未如此”，人生再艰难也不至于是世界末日来临，甚至到今天人也没必要为世事难以预料而自哀自怜。

德莱塞的第二个特点是善于通过对客观事物的描写表现人在社会中的日益异化，揭示现代社会对个人毫不关心以及整个世界对个人命运的无动于衷。正因为德莱塞从人与社会的关系出发来表现社会现实，卡津才认为他的作品是对社会“真实”的描写，而不是很快就会被人遗忘的“伪”现实。

如果一个作家能够用自己的个人感悟去体验历史事件，能够把人们体会到却又说不出的工业社会的冷酷无情描写出来，那么这样的作家就能给我们创造“时代”感。……对伟大的现实主义作家来说，“现实”世界总是奇怪的，他们之所以对商业社会感兴趣，是因为他们知道这个世界不是他们的世界。[43]

如果一个作家缺乏对社会的疑惑和反抗，看不到社会对人的影响，这样的作家就没有反映真正的现实。不少美国当代作家只关心纯粹的个人或性解放的问题，拒绝对外部现实的思考，他们的作品在卡津眼中显得抽象空洞言之无物。

> 所谓“垮掉的一代”根本没有看到他们个人的奋斗与整个国家之间的联系，他们只是躲在家中，盲目地崇拜表面的自发性，目的是为了像作家一样生活，并能保留他们自以为是最后的一点自由。[44]

对于一些涉及同性恋问题的小说，卡津认为这些令人震惊的作品缺乏平衡而深刻的思想，意在让人同情作者的一家之言，却没有描绘值得读者反思的生动形象。卡津怀疑这些小说的创作动机，对这样的文学作品感到忧虑。

> 即使在优秀作家杜鲁门·卡波特的作品中，精打细磨的感性描写使得本该处于运动中的作品变成了静止的。而詹姆斯·鲍德温的《乔万尼的房间》对同性恋表现出了极大的同情，我们看不到巴尔扎克笔下的伏脱冷，看不到普鲁斯特笔下的夏吕斯，看不到诚实的同性恋反面人物！这样的作品带来的直接后果就是固定的叙述模式和时下流行的意思不明确的散文。先是作品中的主人公被关爱到了要窒息的程度，然后就是文体。《另一种声音，另一个房间》显示了探索新的创作方法的努力，但它只是回顾性的而不是探索性的。过去小说中的思想要比人生更具活力，如今小说变

得模糊、暗淡，只是技巧的展示。[45]

如果一部作品只是“回顾性的”，它就没有能够做到超越现实，超越现实的作品必然是“探索性的”，它总会寻求通往未来的道路。与他们相比，德莱塞的作品可谓深得社会哲学的精髓，是真正现实主义的杰作。

> 对德莱塞来说，人是自然世界不可分割的一个部分：正如自然规律能够反映个人的情感，一个人的同胞身上也能反映他的渴望与怯懦。德莱塞笔下的现代社会是一个有机体，因为他认识到虽然社会不能永远满足人的愿望，但社会本身是自然发展的：它会以自然的方式表现性、贪婪和社会野心。[46]

德莱塞的小说认识到自然的发展规律不受人控制，现代社会有它自身的发展进程，人在意识到这一点时非常痛苦，但同时德莱塞也说明宇宙中的一切都是有活力的，都能追寻新的生存状态。人在与生活环境、社会环境以及整个世界进行斗争的过程中，会对生活产生一些幻想，无论卡津对现实的理解是多么复杂或有些什么细微的变化，他一直相信人身上这些幻想的力量。在卡津看来“叙述的本质就是表现生活中的幻想，用事实来展现真实。无论一个小说家创造怎样的幻想，幻想都是必不可少的”[47]。德莱塞就善于运用他的暗示和对生活的幻想使读者迷失在他小说的世界中，为他小说中人物的命运而感动。

与德莱塞同时代的自然主义小说家往往用粗俗的言词描写当

时的生活以表现生活对人的敌视，德莱塞也赞同自然主义哲学，但他的作品却比其他的自然主义创作更加成熟。

> 对许多作家来说，自然主义哲学理性地表现了他们自己的冷漠和在现代社会中所体验的疏离感，而对于德莱塞来说，这种“科学”的哲学却把他和整个世界紧紧地连接在一起，就像当年进化论促进了爱默生和惠特曼的泛神论一样。[48]

德莱塞发现了大城市的美，他不是杰克·伦敦或弗兰克·诺里斯那样的半尼采式自然主义者，把自己的粗俗与浪漫混为一谈；他也不是厄普顿·辛克莱或许多无产阶级小说家那样的斗士，小说中描写的都是需要铲除的事物；德莱塞笔下可爱的现实主义描绘的是丰富多彩的城市生活。

> 他像一个静默旁观的人，从自己对世界的依恋出发去发现外部世界的重要性。……这种现实主义的美与它的悲天悯人（pathos）是分不开的，不同于照片中所表现的真实。……现代艺术中存在一种悖论，越是描写外在的不起眼的事物反而越能传达个人的情感。这种情感就包含在人对世界的依恋中，而世界却常让人自觉渺小。[49]

卡津对二战后美国历史的加速发展感到困惑和不解，大屠杀使他放弃了进步主义信念，但他并没有失去幻想，所以他才会从德莱塞的作品中看到一个对社会不满却又无能为力的美国人“悲天悯人”的情感。不仅如此，卡津还通过比较德莱塞和亨利·詹姆斯的“真实”，突出德莱塞的作品表现了与众不同的环境与人的关系。詹姆斯曾区分了提供“实例”的小说和展现“情境”的小说，“情境”小说充分表现了小说家与生活的各种联系，这样的小说反映了人对生活的总体感受。詹姆斯心目中的完美小说是通过情节的发展让人感到“情境”是小说中最根本的因素，小说中让人感到愉快的一切——地点、人物、行动——都是为了达到这个唯一的效果。而德莱塞的每部小说都是一个“实例”，塑造了各不相同的人物典型。我们读他的作品时虽然会意识到他的风格不统一，也谈不上才华横溢，但是“我们会发现德莱塞的兴趣在于人，在于和历史环境作斗争的人以及他们悲天悯人的情怀”[50]。

我们读完任何一本德莱塞的作品后都能感到其中注入了面对现实生活的勇气，我们不会在意打造出来的“情境”，却不会忘记一个又一个的实例——嘉莉、赫斯特伍德、珍妮、考柏伍德、尤金·维特拉、克莱德·格里佛斯、罗伯塔·奥尔登，等等。这位人称被无情社会吞噬了的悲观主义小说家、决定论者在卡津眼中却是另一番形象。

> 德莱塞给我们展示了各种各样的人物，他们象征性地与社会分离，以这样或那样的方式避免完全被社会所控制。……德莱塞的小说证明了历史不仅仅凌驾于人，它也在某种程度上解释了人。人在创造历史并为之受难的过程中变得更加活跃；无论我们怎么改变，现实本身一定有着一线光明。[51]

卡津所欣赏的实际就是德莱塞能够运用自己的想象力发掘现实中不为人所知的一面，德莱塞非常了解处于争议中的不同社会力量，亲身体会历史潮流的沉浮，并在此过程中找到一种创作模式，对现实进行了深刻的描绘，这种“个人现实主义”的创作模式又使他的故事具有重要意义。

如果说德莱塞的作品是个人现实主义模式的最好体现，那么比他年纪稍长的伊迪丝·华顿则截然不同。评论界多认为华顿是“从亨利·詹姆斯过渡到现代小说的一座桥梁”[52]。卡津却指出她“虽然对艺术充满激情，甚至不惜为之穷尽自己的一生，但她并不是伟大的艺术家，只是一个非同寻常的美国人。她以自己的经历参与建构了现代美国文学，但她的精神却与之疏离”[53]。卡津之所以有这样的“偏见”，原因就在于华顿对社会的看法不符合个人现实主义的模式。

华顿出生于19世纪60年代纽约的名门望族，那时的纽约依然是贵族社会，延续了殖民地时期的传统。在这样的社会中，人们不关心边疆的混乱生活，只为自己的良好教养而自豪，只为继承丰厚的遗产而感到心满意足。华顿从一开始就接受了当时社会的斯文传统，崇尚它的骑士精神，表现出和善、顺从的性格，但同时她又厌倦这样无所事事，假装斯文的社会。向往着能有所作为的华顿成了一名作家，虽然这件事本身就是对她那个贵族阶层生活的反叛，但卡津认为：

她成为一名作家因为她想活下去，这就是她的解放。但作为一名作家，她却不知道自己活下去的目的是什么。和她的老师亨

> 利·詹姆斯不同，她的创作不是出于专业的信念，不是出于对艺术和技巧的感悟，甚至不是出于对不同文化的比较与思考。[54]

卡津推崇的个人现实主义模式认为作家的创作应当出于个人的感悟，出于对社会、人生或不同思想的怀疑或反抗，但华顿的创作却并非源自于此，她只是想成为一名作家，拥有自己的事业，享有一份自由，她没想过以此交换什么。通过对詹姆斯和华顿的比较，卡津分析了华顿小说的内容。

> 伊迪丝·华顿作品的主题和亨利·詹姆斯一样，都描写了天真的年轻人到了一个比他们熟悉的环境复杂得多的社会中所面临的困境。詹姆斯着力刻画的是这一主题所反映的道德复杂性，他的作品大多是以戏剧化的情节来剖析两种截然不同的文化，而华顿则擅长讲述不同文化给人带来的伤害。对于詹姆斯来说，他笔下人物的情感问题表现了一个更广阔世界的语言、行为和本能——这些问题的重要性就在于它们都是心理问题，具有普遍性。詹姆斯把自己的作品视为一系列的问题，它们表明一个小说家的责任感和发现问题与困难的能力。而华顿成为小说家的目的是为了调节自己的心理，在小说中展现自我，抒发情怀。[55]

华顿的作品是她对自我的阐释，是为了逃避平庸而乏味的生活，没有什么了不起的社会关怀，这对于卡津来说缺乏了文学的使命感。虽然她的小说不乏对社会的反抗，但她的反抗比较被动。

> 华顿已经接受了自己必须遵从庸俗的新秩序这一现实，但她不愿接受资本主义价值观，她对社会的反叛不是接受一套新的价值体系，或重建新的社会，而是选择退守无声的英雄主义。因此从她小说人物的失败中，终究还是可以看到她对等级制的肯定和为出身高贵而感到骄傲。如果说失败是贵族在现代社会的必然命运，失败也标志着他们在精神上的胜利。这是华顿身上的悲剧感所在。[56]

卡津希望作家能从对现实的反叛中看到未来，而华顿的反叛则是肯定了过去，这违背了卡津对文学的期待，所以华顿的小说从创作的初衷、作品的内容和内在的含义来说都不符合个人现实主义的要求，难怪卡津对她产生“偏见”。

批评家的“偏见”反映了一个人的立场和价值观。尽管后现代主义思想家把“真实”、“真理”、“价值”等概念都加上了引号，对一切持怀疑、不确定的态度，但卡津一直坚持价值观的重要性。

> 好的文学批评应当具有积极的历史感，即总结出时代精神并鼓励人们超越自己的时代，从更宽的视角来看问题，以便创造一个符合自己想象的未来，就像马克思论古希腊哲学，尼采论悲剧的诞生，萧伯纳论易卜生那样，不仅看到人类的历史，而且重视人在其中的奋斗。[57]

文化有一整套道德要求，而在卡津看来，当今美国社会已没有任何东西被视为神圣，因而没有任何东西被认为是犯禁的。一种生活方式必须植根于“神圣的秩序”之中，也就是说植根于一种终极宇宙的概念——宗教之中，宗教的概念告诉人们什么是禁忌，是不应该做的。在一个自我放纵不再受到社会约束的文化中，民主社会还有可能生存吗？也许德莱塞时代的美国社会人们的行事方式比较率直，以小说的形式描写那样的社会还比较容易，而二战后的美国人生活富裕安逸，逐渐形成了一个自我满足的平庸社会，要想在这样的环境中创造出伟大的作品自然比较困难。尽管卡津对这样的现实并不满意，但他依然相信文学的力量。

> 无论我对这个时代有什么不满，我从没有对小说感到绝望。正如有人说过，小说不仅仅是形式，它是文学。……对于想象性的作家来说，价值必被视为真理，而不是主观幻想。……尽管避世的人很难彼此同情，但事实上小说能够找出并证实我们共有的世界，它能够展现人身上难以预见的可能性——即使它周围的一切都好像一片死寂。[58]

卡津努力跟上时代的步伐，寻找并发现了不少作家，包括拉尔夫·埃利森、纳博科夫、弗兰纳里·奥康纳、索尔·贝娄等人。尽管这些作家的创作大不相同，但他们都是个人现实主义的实践者，都把价值视为真理而不是可有可无。

卡津在纽约城市大学研究生中心的同事、英文教授莫里斯·迪克斯坦曾评价说，卡津的批评迥异于他人之处的，是其“对文学中的人更甚于对技巧或语言感兴趣，在卡津的著作中存在着一种惊人的、爆发性的生命力。”[59]卡津的文学批评寻求艺术性与思想性的结合，其目的不是为了阐释某个理论，也不是为了建构某种体系，而是为了理解处于社会中的人，他所关心的是人的生存状态以及社会的发展趋势。虽然二战期间的大屠杀和战后的大众社会屡屡挫败卡津的进步主义理想，但社会使命感和民主主义思想始终是光明之岸，是卡津心中不舍的梦想。

三 本土现实主义发展之路：卡津对美国现代文学的研究

雷纳·韦勒克在他的《近代文学批评史》中把卡津归入学者—批评家的行列，认为学者—批评家的贡献主要在于“重新发现美国文学及批评的成果。”[1]根据韦勒克的观点，学者—批评家的特点在于将学术研究与批评相结合，走出了严格实证主义的学院性学术研究。从这个角度来看，卡津的主要贡献则是确立了美国现代文学在文学史上的地位。虽然这一时期评论界已普遍承认美国文学的价值，也认识到美国现代文学是对维多利亚斯文传统的反叛，卡津却认为只看到这些是远远不够的，因为这会让人误以为只要反传统就是好作品，他希望能看清美国人“究竟在多大程度上拥有了自己的文学”，或者说他们“拥有的究竟是怎样一种文学”[2]。仅仅像门肯那样对美国一切现存的价值观念发动进攻，打破传统还不够，卡津更注重的是通过对思想史的研究，对形成美国现代文学方方面面的综合考察，以及对欧美文学不同之处的区分，看到美国现代文学的价值所在——美国人民主意识的上升，以及为此所做的斗争。

卡津在评论美国现代文学时，运用感悟式历史批评的方法，注重不同思想的发展经历，其社会背景及演变过程，深入分析了美国现代文学的特点和存在问题。他反对简单地把现代文学看作是“对占统治地位的特殊群体的攻击”，在他看来，这样的结论难以解释

“为什么现代革命最终显得并无实际意义，为什么有的人能给别人带来光明而自己却生活在黑暗中”[3]。卡津追溯了美国作家对本土商业文明所做的反抗，他们与现实的疏离，以及在这一过程中现实主义发展的二次高峰。卡津在《扎根本土》中提出了认识现实的方式。

> 人们对美国现实的认识是非常缓慢而不全面的，一代又一代人只能一点点地积累对现实的观察，随着一次次的观念革命，最终从零碎的认识中创造出新的思想。[4]

这就是说，人们对事物的认识过程是由一次次的观念革命积累起来的，每次都是小小的突破，经过几代人的努力，最终达到对现实的认识，而这种认识还往往是一面之词。卡津赞同爱默生的观点，认为每一代作家都应当在新的历史环境中绘制新的美国地图，写出自己在此时此地的感受。从这个意义上说，美国现代文学作品因其反映了当代的生活，确有它的研究价值。

> 一战后年轻作家一夜成名，他们难免洋洋得意，自诩为现代文学的创始人，十多年来，他们一直认为现代文学发端于他们20年代的创作，有谁还记得豪威尔斯曾为现实主义而奋斗？[5]

卡津通过研究19世纪末20世纪初的美国历史和文学，果断地提出美国现代文学并非源自欧洲传统，而是有着自身的历史渊源，反映了美国人思想观念的变化。卡津眼中的美国现代文学史实则是现实主义的发展史，在他看来，美国的现实主义作家也许有这样或那样不尽如人意的地方，但他们的确致力于重新发现美国，在国家民族命运的转折时期，现代作家们坚守自己的文学阵地，向世人坦言自己对美国的理解，他们的“个人现实主义”创作应当得到大家的肯定。

如果说威尔逊在《阿克塞城堡》中通过批评欧洲象征主义文学从而委婉地表达了个人应与社会保持一致，那么卡津的《扎根本土》就明确地提出了艺术应随着经济的发展而前进，美国的现代文学反映了美国的民主传统和社会的变迁，是真正的美国民族文学。卡津从进步主义的角度看到美国现代文学的反叛性，作家与现实的“疏离感”，表现了他早期的民族主义和乐观主义思想，他的研究推动了美国民族文化的重建。

1 现实主义的兴起（1890—1914）

美国内战期间，英国占据了其海外的贸易份额，战后美国转而把零散的资金积聚起来投资于国内的铁路建设和制造业，促进了国内经济的发展。随着西部开发渐成气候，越来越多的人从古老的海港迁到大草原的乡镇，美国文化慢慢分成两种：一是19世纪初期以朗费罗为代表的深受欧洲影响的文化；另一个则是镀金时代强调本土主义的边疆文化。这一时期的美国文学受到边疆幽默故事和新兴的西部文化的影响，逐渐产生了具有美国特色的现实主义和自然主义文学，卡津认为这一文学风气的改变于19世纪90年代初见端倪，美国现代文学应当始于这一时期。

南北战争以后，美国的经济迅速发展，物质主义思想蔓延开来，传统的勤俭自律的道德观也随之动摇，美国现代文学成长在这样的氛围中，见证了美国人思想观念的变化，在卡津看来第一个记录这种变化的不是众说纷纭的西奥多·德莱塞，而是一向温情脉脉的威廉·迪安·豪威尔斯。美国的现实主义虽然受到欧洲思潮的影响，但两者之间存在较大的差异。

1.1. 美国早期现实主义文学的特点：疏离感和平民主义

欧洲的现实主义和自然主义来自欧洲大陆的实证主义思潮，体现了文学流派的此消彼长，现实主义作家们以机械论为其哲学基础，把孔德、达尔文、丹纳等人的理论奉为圭臬，视福楼拜和易卜生为艺术典范，他们用自己的创作表明了文学由浪漫主义向科学客观性发展的不可遏止的潮流。在俄国，现实主义甚至激起了民族理想，在旧的信仰坍塌之后，现实主义摸索向前，宣告了艺术的尊严和对真理的追求。

美国的现实主义则是源自一代人对生活的迷惘，表明人们在工业社会的物质至上主义时代，不知所措的精神状态。尽管美国作家竭力写出自己对生活的感悟，发出自己的文学之声，可他们缺乏悠久的历史，几乎没有大师级作家可供模仿学习，美国现实主义发展的历史是一部“倒苦水”的历史，其最重要的特点就是简单、直白。

美国的现实主义以阴郁的语气讲述了土地给人带来的痛苦，19世纪80和90年代间阶级仇恨的升级，小镇生活的单调无聊，暴

> 发户所受的嘲弄以及城市无产者的痛苦。作为一种文学流派，美国的现实主义非常原始，早期的现实主义作家——埃德·豪、哈罗德·弗雷德里克、哈姆林·加兰——都只会一五一十地描绘农场的生活，而在一百多年前英国的乔治·克雷布就用这样的方法反对哥尔德斯密斯感伤的田园挽歌。美国的现实主义来自生活的方方面面，不是由哪一个人发明的，它是自然地生发出来。它没有一个中心，没有统一的原则，没有哲学基础，也没有人为它的诞生而欢呼，它建立在各种宗教信仰和道德禁忌相碰撞的时代，它在黑暗中摸索，却一直没有找到出路，这一点即使在美国自然主义代表人物德莱塞身上也不例外。[6]

卡津指出美国现实主义文学虽然在艺术成就上落后于欧洲文学，但它的思想性和民族性却并不逊色。早期的现实主义者如：卡罗琳·柯克兰、丽贝卡·哈丁、戴维斯、埃德·豪、哈姆林·加兰、亨利·富勒等作家具有艺术家的敏感，他们注意到美国人性格的变化，以极大的创作热情忠实地记录下自己的所见所闻，写出了具有地方特色的“乡土文学”，耕耘了一块属于自己别有特色的文学领地。尽管他们的作品屡受批评，但他们的写作却推动了美国的民族主义，让人们感受到时代脉搏的跳动，看到一个民族独特的生活方式，这一切都是一个思想成熟的民族发展健康的民族文学必不可少的条件。

加兰在他的自然主义宣言书《分崩离析的偶像》(*Crumbling Idols*)中表明，美国文学的历史就是美国人逐渐形成自己独特声音的历史。加兰盛赞西部的年轻作家们致力于建立一个美国本土化的、具有地方特色的、民主的艺术。在卡津看来，加兰对乡土文学的评价有一点是深中肯綮的：整个乡土文学流派（其源头可追溯到南北战争前的边疆文化）实则是在努力挖掘民族文学的不同来源，富有浓郁地方色彩的文学展现了美利坚民族独具特色的地域文化。与此同时，这些现实主义的先驱者又不得不充满迟疑地与新时代的各种力量做斗争。

有人曾说美国人在内战中失去了一样重要的东西——荣誉感，战后的道德堕落对美国人产生了极大的影响，甚至到20世纪上半叶仍深深震动着美国人的思想。美国内战后的第一代现实主义作家大多是农民和小城镇的居民，他们几乎被工业社会的现实所吞噬，他们知道的唯一反抗工具就是与前工业生活方式相连的杰弗逊主义。

> 早期现实主义者实际上也就是现代文学的先驱，他们对弱肉强食的资本主义秩序以及相应的伦理道德猝不及防，精神上备受打击。……早期现实主义者对内战后新的社会秩序感到陌生，与其说他们痛恨这样的社会，不如说他们感到迷惘；与其说他们能洞察资本主义的本质，不如说他们为世风日下而感到困惑。正是这样一种与社会的疏离感标志着美国现代精神的开始。[7]

卡津认为美国的现实主义文学能够由早期的实验阶段渐渐发展成为有影响的流派，一些学者起了重要的推动作用。其中比较突出的两位是哥伦比亚大学的德语教授哈尔马·豪斯·博伊森和亨利·富勒，他们精通欧洲现实主义传统，尽管对美国的现实主义不满，却竭尽全力对它进行研究。他们有着强烈的责任感，兢兢业业地把现实主义的信条传达给公众，卡津并不把他们视为二流作家。

富勒和博伊森都是正直的人，他们虽然被现实主义所吸引，但出于个人喜好，他们并没能全身心地投入到现实主义中去，而来自大草原的现实主义者则与他们不同。

> 中西部的现实主义者都与现实主义有着极为深刻的利害关系。作为平民主义者或平民主义者的儿子，作为西部的农民，他们使现实主义带上了社会运动的特征，无论他们缺乏别的什么，他们至少从现实主义中看到了真正为民主服务的文学。……在动荡的19世纪80和90年代，第一个对垄断资本主义发起挑战与质疑的不是产业工人，而是农民平民主义者。[8]

那时的美国农作物要依赖铁路的运输，农民们只好听任铁路巨头的宰割，受土地投机商的欺压，他们对自己的遭遇愤愤不平，于是就以原始的写作方式直言自己的悲苦命运，在美国现代文学中第一次发出了抗议的声音。平民主义者，如埃德·豪、加兰等人对逐渐形成的美国现代文学有很大的影响。他们的"抗议主义"(Protestantism)发展成为一种新的社会思想，一种对美国生活的普遍看法，后来的许多作家都自然而然地接受了他们的术语。20世纪初期的美国文学实际上反映了那一代人的尴尬处境，他们不得不面对现实与传统之间的张力，并竭力寻找新出现的垄断资本主义的价值。

现实主义者也许并不都是平民主义者，但他们都不知不觉地表达了平民主义思想，他们把20世纪的文学创作与19世纪的生活经验联系起来。替西部农民说话的平民主义者是新时期最早的现实主义者，他们最先大胆地公开揭露了财阀统治的危险，最早传达了内战后整整一代人的幻灭感。他们了解普通人的需要以及他们为生活而进行的挣扎，美国的民族文学最初就是受他们的影响，虽然很粗糙，但反映了普通人的生活。平民主义尽管有时显得有些笨拙，但它却代表了第一个对现代社会提出挑战的伟大力量。

> 从更深的层次看，平民主义的重要性就在于它代表了在新世界的缓慢摸索，对旧世界挥之不去的怀旧情绪，以及一腔无处抒发的激情，这一切都成为即将形成的新美国文学的特点。这不仅意味着平民主义影响了许多中西部作家的思想，而且表明对现行体制持不同意见的整个农业传统是现代的一股强大力量，它第一次明确了关于社会秩序的概念，很多美国作家都对现代的社会秩序感到疏远。谁能否认50年来美国文学中所表现的一直是隐忍、反对或逃避的思想，很少见对现行社会秩序的接受？现代美国作家努力创作富有时代气息、具有社会责任感的文学作品，赢得了世界声誉，谁能否认这是出自他们对现行秩序的反抗精神，更重要的是出自他们对现行秩序深刻的疏离感？[9]

内战以后的一代人认识到传统的新英格兰思想已经难以规范人们的行为，他们反抗斗争，感到失落，也找不到出路，美国现代文学正是在这样的背景下诞生的。现代作家的创作虽然写出了美国现实生活的各个方面，但是对于该如何在这里生活他们却好像束手无策。

> 斯文传统中的一切古老的禁忌和压制如今成了笑料，浪漫主义的残余也在一片讽刺声中得到彻底清除。现实主义文学运动带来了新的文化，建立了新的传统，其特点是直言不讳，敢于说出心中的不满，对一切充满好奇，个人享有充分的自由。尽管如此，在一些对应的作家身上都有一个通病——对美国的现实充满恐惧和不安，出现了悲剧的萌芽，如哈罗德·弗雷德里克和詹姆斯·法雷尔；斯蒂芬·克莱恩和约翰·多斯·帕索斯；埃德加·索尔特斯和威廉·福克纳；豪威尔斯和薇拉·凯瑟；弗兰克·诺里斯和约翰·斯坦贝克。[10]

19世纪80年代末期，虽然受到欧洲各种文艺思潮的影响，但美国作家注定要以自己的方式解放自我，这种解放在欧洲人看来是一种倒退，因为这时美国文学的艺术手法非常原始，美国作家虽然摆脱了旧式的清教主义压迫，却难以消除精神上的尚古之风，他们虽然纷纷到欧洲去学习，却仍然不理解文学与社会之间的关系。

对于同一时期的欧洲作家，悠久的文学艺术传统使他们能够自然地领略艺术的真谛，他们的作品既表现了复杂而痛苦的精神，又本能地追求完美的形式。现代美国文学却是在短时期内走向成熟的，文学背后的一些基本问题都还未涉及，作家们首先要做的是探求真实，宣告新一代人身上所残留的旧式冷冰冰的思想与他们所处的时代不相吻合。所以对于现代美国文学来说，新一代人的思想解放才是当务之急的事，艺术在这个时候负有重要的社会责任。

爱默生的思想已经难以满足早期现实主义者的需要，因为他所代表的文化与现实主义者所生活的世界相比，不啻为圣经中的史前世界。但卡津认为爱默生的思想显得更为现代，因为他虽然感觉到社会上令人不安的风气，他却能够超脱自己的时代，他虽然感觉到其他作家的不安情绪，但他却能从一个更高的层面看问题，很少有作家能做到这一点。大多数人都是在时代的影响下形成自己的事业，用诚实和勇气创造自己的事业。在卡津看来现代作家中接过了爱默生手中的接力棒的人是豪威尔斯，他首开现代文学之先河，是最典型的现实主义作家。

1.2. 现代文学的先驱：威廉·迪安·豪威尔斯

卡津在《扎根本土》中之所以把豪威尔斯视为美国现代文学的先驱，主要因为豪威尔斯对现实主义创作方法的坚持，这本是豪威尔斯受到多方批判的原因所在，不少批评家认为他的现实主义总是描写美国社会歌舞升平的一面，卡津对此却有不同的看法。

> 19世纪80年代，豪威尔斯的思想经历了巨大的变化。这一时期所有的美国人都开始艰难地面对工业资本主义世界的剧烈变化，豪威尔斯本人也经历了一系列生活和社交上的变化。在此之前他是一名温和、乐观、传统的作家，他的小说充分肯定了美国中产阶级的生活。在80年代豪威尔斯达到事业的巅峰，却同时发现自己失去了精神上的依托，从前他热爱美国，对美国文明的前景充

满信心，而这时他却厌恶这个国家，感到美国需要重新确立真正的平等，否则必将走向衰亡。[11]

尽管豪威尔斯曾说过“微笑的一面才是更为真实的美国生活”，但他在小说《来自阿尔丘瑞亚的旅行者》（*A Traveler from Altruria*）中描写了1850—1890年间美国生活的变化：

> 如果一个人在1850年失业了，他可以从事其他行业；如果一个人做生意亏本了，他可以在别的方面东山再起；要是这两样都失败了，他还有最后的选择——到西部去，清理一小块公共用地，与这个国家一起成长。可现在这个国家已经成年，公共用地不复存在，各行各业人满为患，想要转行没那么容易。过去自由地追求自己的生活的人如今不得不面对各种规则的束缚，他们在有组织的劳工和有组织的资本之间被碾成了碎片。[12]

豪威尔斯凭自己的良心和人文主义直觉敏感地意识到巨大的新生力量正在重新塑造美国人的生活。特别是1886年芝加哥秣市事件①之后，豪威尔斯在给父亲的信中说：“从历史的角度看，这个自由的共和国中，有五个人因为自己的思想而被杀害。”[13] 昔日资产阶级的民主理想蒙上了阴影，豪威尔斯由此开始了对现实生活的反思，他认为任何一个有良心或仁慈之心的人都会感受到这一时期有某种东西，某种气氛让人不能像过去一样生活。

① 在这次事件中，不知名的暗杀者向人群投掷炸弹，炸死几名警察、数名平民受伤。法官认为五个曾在芝加哥散布无政府主义思想的人有可能导致这一事件的发生，故以此为据判处五人死刑。

1891年，豪威尔斯应邀担任濒临倒闭的《世界》杂志主编，并从波士顿搬到纽约居住。豪威尔斯觉得纽约的生活极为有趣，因为那里有很多年轻的画家和作家，气氛非常自由，与豪威尔斯处于同一时代的亨利·詹姆斯则难以想象自己怎能呆在纽约那样嘈杂的城市，在詹姆斯的眼中，纽约是年轻人的天下。而此时的豪威尔斯虽已年过半百，却依然兴致盎然地走在纽约的大街上，甚至自称为"理论上的社会主义者，实践中的贵族"[14]。豪威尔斯从保守的波士顿搬到开放的纽约，这在卡津看来象征着豪威尔斯思想的转变。

然而19世纪90年代的著名评论家均表示厌恶那些充斥着现实生活问题的作品，虽然豪威尔斯一直与自然主义保持距离，但他却被误认为是自然主义者而受到攻击。此外，浪漫主义者也批评他的创作过于琐碎，内容沉闷。卡津分析了豪威尔斯声名日渐衰落的原因，主要由于现实主义创作在90年代取得第一次胜利后发生的变化。

> 现实主义不声不响地变成了自然主义，与其说它是一种创作方法，倒不如说它成了一种抽象的形而上学。……到了19世纪90年代，新生代的现实主义者要么来自中部边界地区，善写当地的穷困生活，要么就是受福楼拜、左拉等人影响的都市审美家、自然主义者。对于他们来说现实主义已不再是反对附庸风雅的声明或试验，而是成了与粗俗和无政府状态进行斗争的必不可少的武器。[15]

豪威尔斯对现实温和的批判自然显得有些过时。卡津指出豪威尔斯在19世纪80和90年代创作的社会小说并不是他最好的作品，因为豪威尔斯虽然在这一时期采用现实主义的手法，但他的目的在于道德教谕，而且他所强调的道德感是基于对单纯正义感的简单信任之上，所以他对现实主义的运用就受到这一点的限制。其次，豪威尔斯总把美国的中产阶级视为一个家庭，岂不知这个家庭中的叔侄姑嫂以及曾经快乐的年轻夫妇如今都已步入中年，对生活产生了厌倦之情，他们出现在豪威尔斯的小说中就像在参加一个葬礼，一个浪漫主义的葬礼，也是曾经给人希望的美国梦的葬礼。

豪威尔斯这一时期小说中的主人公没有反抗现行的秩序，而是以事实证明这一秩序的弊端。如在小说《仁慈的品质》(*The Quality of Mercy*)中豪威尔斯揭示了美国社会虚伪的道德观，正如小说中马特的父亲所说，挪用公款已是屡见不鲜，欠债不还则是天经地义，过去勤劳致富的想法已经不复存在。主人公诺斯维克是一个普普通通没受过什么教育的生意人，他挪用公款后逃亡加拿大，卡津认为豪威尔斯这部作品中写得最好的地方就是对逃亡中的诺斯维克的刻画，诺思维克实际上是整个社会及其商业传统的典型产物。他在逃亡途中独自一人拖着病体看管他偷来的钱财，除了金钱外，世上的一切对他来说都毫无意义，而他所得到的回报只有流亡生活的凄凉和无望。卡津认为“逃亡和堕落”是美国现实主义文学的一个重要主题，后来德莱塞的《嘉莉妹妹》中，赫斯特武德随嘉莉逃往纽约也表现了同样的主题。

过去爱默生、梭罗等人推崇的价值观虽然仍对基督徒的精神产生影响，但在这一时期物欲横流的社会中，传统的道德观逐渐失去了约束力，人们不再追求仕途成功，而是梦想一夜暴富。资本主义社会是一个充满机遇的世界，它的发展动力是“适者生存”的丛林规则，像豪威尔斯那样生长于简朴、勤劳的社会风气中的人很难认同此时垄断资本主义美国的现状。豪威尔斯经历了内战后美国生活的巨变，这几乎是场灾难，他的小说记录了那段经历。卡津认为豪威尔斯的乌托邦小说最充分地表达了他对社会的看法，小说中的人物都有一定的社会代表性，各有其批评所指，人物的谈话表现了豪威尔斯对社会的思考。在小说《来自阿尔丘瑞亚的旅行者》中，银行家告诉阿尔丘瑞亚：

> 应该说我们这一代人的理想已经有了两次改变。从独立战争到内战前这一段时间，伟大的政治家、政论家是最初大家公认的伟人；随着岁月的增长，我们逐渐有了自己的文化生活，这一时期的文化人有了相当的社会荣誉，像朗费罗那样的文化人成了普遍认可的伟人；内战开始后，士兵们征战疆场，他们自然成了此后10至15年人们心目中的英雄；内战以后经济开始繁荣起来，随着财富的增长，人们开始尊崇另一种英雄，我毫不怀疑如今美国人的理想就是能成为百万富翁，虽然这有点令人感到不快，但却不可否认现在最有钱的人才是大家最尊敬的。[16]

偶像的不同反映了美国社会文化的变迁，豪威尔斯是典型的具有19世纪式责任感的人，对他来说只尊崇有钱人的新的社会秩序令人难以忍受，他既为之感到担忧，同时也反思这一变化的后果。卡津同意布斯·塔金顿的看法，认为相比较而言“德莱塞的现实主义是俄国式的，而豪威尔斯的现实主义才是真正忧郁的美国式现实主义”[17]。豪威尔斯的创作要比其他现实主义者略高一筹。

> 他虽然自称为社会主义者，但他并不支持任何社会规划，也没有建设社会主义的愿望。即使在他生活最不如意的时候，他也能够以惯常的语气说出生活中总会有些有利的方面，这些有利因素最终会以某种方式照顾到方方面面。……新生代的现实主义者描写了工业技术社会的野蛮和人类所受的惩罚，其中大多表现了他们自己的苦难，而豪威尔斯则以寓言的方式、说教的态度讲述了那个时代的故事。他反复斟酌笔下的人物，他小说中的人物总是思考社会问题，他像托尔斯泰一样，不停地思考道德的人和不道德的社会之间的关系，并以此为终身事业。[18]

卡津对豪威尔斯的赞赏与他自己的信念有关，卡津在这一时期热切推崇美国现代文学作品，像豪威尔斯那样拥有大量读者的作家自然是他研究的重点。他甚至把豪威尔斯与托尔斯泰相提并论，这显然有故意拔高美国作家之嫌。

对豪威尔斯来说，现实主义只是质询或承认现实思想的一种方法，这种思想把人们，尤其是美国人联结在一起。随着新世纪释放出新的能量，有了新的兴趣、技巧和对现实新的不满，现实主义已经超越了豪威尔斯所能驾驭的范围，但这并不是说他被时代所淘汰，成了古墓里的僵尸。事实上，卡津认为豪威尔斯高高站在美国文学的分水岭上，他的现实主义连接了爱默生和左拉的世界，融合了美国文学中浪漫主义和自然主义的不同传统。

与豪威尔斯的成就相比，他的一点不足——缺乏认识事物的满腔热情——就显得微不足道了。豪威尔斯的不足在卡津看来恰好是亨利·詹姆斯值得称道之处。

> 詹姆斯以极大的热情衷心地献身于艺术事业，尽管这个世界对艺术的阐释持敌对态度，詹姆斯仍觉得人要有敏锐的识别力、强烈的渴望和不可遏止的对艺术个性的追求，这样才能自由地活着。[19]

詹姆斯身上的这股热情是豪威尔斯和其他作家所不具备的，卡津自己在写作《扎根本土》时身处庸俗马克思主义批评和“新批评”之间，他实际上就是以亨利·詹姆斯的创作为标准。他从詹姆斯身上所学到的就是艺术家要想了解不同人的性格、各种社会力量以及丰富的道德内涵，就需要进行长期的观察，要对复杂性有充分的认识，还要具备艺术家的直觉。卡津接受了詹姆斯的艺术标准——“以极大的热情去感悟”，他充满激情地推崇现实主义作家，因为这些作家能够提供一种创造性的文学模式，满足当时文化变革的需要。

1.3. 在颓废浪潮中崛起的第一代现实主义者：西奥多·德莱塞、弗兰克·诺里斯和厄普顿·辛克莱

19世纪90年代末豪威尔斯对年轻一代的影响日趋式微，文学发展出现了新的态势。应该说，19世纪90年代初期具有美国特色的现实主义就已经建立起来，其特点是对现实的反抗以及平民主义

的发展，反映了严重的经济衰退和东部地区对劳动力的争夺，同时也表现了镀金时代美国本土文化的兴起。到19世纪90年代末，美国经济又恢复了短暂的繁荣，尤其是1897年欧洲的小麦歉收为美国农业打开了新的市场，与此同时美国工业的发展已不再依赖欧洲资本。经济实力的增强使不少年轻人有能力踏上去欧洲游学之路，他们把欧洲最新的艺术和哲学思潮带到了美国。[①]豪威尔斯曾是美国驻维也纳领事，深受欧洲文学的影响，他那一代作家虽然吸收了欧洲文化的因素，却并没有被其淹没，而19世纪90年代旅欧的美国作家亦步亦趋地跟随欧洲典范，丢弃了自我，为欧洲现代主义涌入美国扫清了障碍。

从1896年民主党总统候选人布莱恩竞选失败到1901年西奥多·罗斯福执政，这一阶段的美国文学大多模仿欧洲的作品，"好像又回到了殖民时期，人们追新猎奇，铺张浪费，喜好浪漫和冒险题材的作品"[20]。这种对欧洲自然主义和颓废派作品不加选择的欢迎显露了此时向往一夜暴富的文化特征。美国人从古老的边疆生活一跃进入现代化，他们需要为自己制造一个浪漫温馨的过去。尚未出名的年轻作家则急切地投入欧洲颓废主义的浪潮之中，希望一鸣惊人。

> 颓废派指的是19世纪末各种革新思想和企图制造丑闻以出名的不安分的人。颓废主义只是一阵激情的爆发，卷入这一运动的人不过是思想比较活跃而已，他们并非一个有品位的流派。对

① 据美国海关的不完全统计，1892年以后，每年有九万多美国人从欧洲回到美国，他们是此后美国文艺复兴的先驱者。

于19世纪90年代欧洲的知识分子来说，颓废主义是艺术中出现的又一次模糊的思想解放，欧洲知识分子一直对科学的物质主义取代浪漫主义思潮感到不满。这一时期欧洲政治如日中天，而美国政局则日薄西山，正是帝国主义的假期。哗众取宠的低级报刊和低俗文学作品开始发展起来，现代艺术受到人们的攻击。到世纪末，欧洲各地都在追新逐异，寻找势头强劲的“现代主义”。[21]

在英国，这是低俗文学的时代，法国是象征主义如日中天的时候，德国和斯堪的那维亚地区则见证了瓦格纳和易卜生最后的辉煌，俄国文学也开始走下坡路，伟大的现实主义创作逐步衰落。在美国，镀金时代过后，文学也开始进入了更迭期，一批文学大师相继谢世，曾经参加内战并享受国家扩张和工业进步果实的一代人逝去了，年轻一代的作家只知效仿欧洲。

这一时期美国的艺术家大多因厌恶市侩的中产阶级生活而移民欧洲，许多作家客死他乡，如斯蒂芬·克莱恩在德国去世，亨利·詹姆斯逝于英国，荷恩长眠于日本，甚至还有两位诗人弗朗西斯·维勒·格里芬和斯图尔特·梅里尔放弃英语改用法语写作。斯图尔特·梅里尔……是法国象征主义运动的重要人物，但无论梅里尔怎样努力丢弃他的美国身份，他在思想上仍然是爱默生和布鲁克农场的后代，是一个生活在马拉美世界里的基督徒和社会主义者。[22]

对外国文学的兴趣动摇了旧式的本土主义根基，在颓废主义的时代美国文学进入了沉寂期，等待着新思想的出现。不过创造力不足的19世纪90年代对此后的美国现代生活却有着巨大的影响，这一时期有两位突出的小说家——德莱塞和华顿——为1900年以后的美国文学及生活指明了方向。卡津对华顿的评价不高，却对德莱塞青睐有加。德莱塞的小说描写了芝加哥这个具有象征性的城市中发生的故事。

> 他痛恨某些东西，但又说不出自己究竟恨什么，因为他所受的教育从未让他做好选择事物发展方向和发展结果的准备；他痛恨命运的不公，有时所有的努力就会莫名其妙地付之东流。他对命运的抗争并没有具体的目标，他并不知道什么是邪恶的，也不知道该如何去消灭邪恶，因为遭遇了太多不幸，所以他把不幸视为一个普遍原则。[23]

德莱塞看到的是一个对物质有着无穷欲望的世界，权力不再是工具，而是一种生活方式。德莱塞对于镀金时代物质成功的种种现象既没有表示赞同，也没有表示反对。

> 也许德莱塞在内心深处还有些羡慕那些金融家能够把美国梦变成现实，不过真正引起他注意的还是人的冲动。……他对社会现状的接受正是他作品的力量所在。既然他想象不出别的社会，他就把所有的精力用于观察现有社会。与他同时代的小说家往往把资本主义的邪恶归结为政治或经济的原因，而德莱塞却只看到命运的大手在翻云覆雨。……如果一个水平不高的小说家把

命运作为故事的中心思想，那他的故事一定会显得非常糟糕，他只会显得非常无知，而不是深刻。德莱塞在这方面比其他任何小说家都要杰出。[24]

卡津认为德莱塞的《嘉莉妹妹》在文学史上有着极重要的地位，因为它对19世纪90年代的新道德观进行了非常实在的解释，通过描写赫斯特伍德的堕落，德莱塞动摇了文雅社会的根基。他身上最了不起的地方并不是人们对他的争议，而是他居然慢慢得到大家的承认，这说明美国人逐渐接受了他笔下那个满目疮痍的美国，已经能够正视这样的社会现实。

德莱塞的命运和他成功的秘密就在于他接受自己看到的美国的现状，对于既无法回避又不能放弃的问题就深入其中去研究，接受那些大家公认为是正确的事物，渴望得到那些看似不可阻挡的事物。……德莱塞渴望解释“显然天命”的精神，保留并完善一种痛苦的爱国主义，即热爱自己所知道的一切，在他之前的美国文学史上唯有惠特曼做过同样的努力。[25]

与同时代的自然主义作家斯蒂芬·克莱恩、弗兰克·诺里斯相比，德莱塞的创作富有自己的特色。克莱恩开创了美国自然主义的先河，在他之前哈罗德·弗雷德里克和哈姆林·加兰也开始了自然主义的初步尝试，但他们的视角总局限于对地方事件的不满，而克莱恩的自然主义则没有任何传统的背景。他的自然主义既不是对90年代经济萧条的反映，也不是受欧洲自然主义的影响，“他是一个天生的自然主义者”[26]。克莱恩不承认自己受过左拉或托尔斯泰的影响，只是由于自然主义的悲观愤怒符合他的气质，他才被视为自然主义者，他在这个令他厌恶的世界上茕茕孑立，痛苦地寻找出路，以致最后客死他乡，卡津把他看作美国世纪末的象征，代表了一个即将逝去的时代最后的一丝余辉。与克莱恩同时代的诺里斯精力充沛，热爱生活，愿意学习一切知识，虽然他在“进步时代”之初就已去世（1902），但卡津却把他视为新时代的代表人物。诺里斯出于对左拉的崇敬而成为一名自然主义作家，但是他只接受了自然主义信条中喜好暴力的倾向和决定论思想，对于欧洲自然主义的哲学基础、科学客观主义的方法以及其中深沉的悲剧感，诺里斯统统视而不见，正如他自己所说，他想要的不是文学，而是生活。

无论克莱恩还是诺里斯都把自然主义看作19世纪的古典主义，他们以之来对抗浪漫主义传统和人能塑造自己未来的思想，而对于德莱塞来说，自然主义则是他对生活的本能反应。尽管《嘉莉妹妹》违背了传统道德标准，但德莱塞并非有意如此，他并不是故意制造轰动效果，他甚至没想到会引起震动，最出乎他意料的是赫斯特伍德的堕落竟然会摧毁高雅文化的根基。赫斯特伍德那样的人就是他在芝加哥常见的家伙，他们脑满肠肥，大权在握，德莱塞对他们非常熟悉，自然而然地把他们放进自己的作品中。德莱塞之所以最终得到大家的认可，并非他刻意追求，而是因为他用普通人的语言说出了普通人对生活的感受。

随着新世纪的到来，美国人意识到改革的必要性。西奥多·罗斯福政府制定了《公平交易法》，打击托拉斯及垄断经营，这种精神迅速传遍政界和新闻界，为现实主义小说家提供了动力。从前文学创作的种种顾虑在这一时期突然解压，各种充满反叛力量的作品如洪水一般涌现出来，一种积极的批判现实主义精神广泛地传播开来。

“进步时代”对于文学的重要性并不在于它本身标志着革命和变化，它实际上是催化剂，让一直呼吁新世纪到来的各种力量积极地行动起来。新的反叛思想必然会出现，因为二十年来整个美国思想的潮流一直是向着这一目标。然而，当新思想真正出现时，它并不是反抗运动的中心，而是一个中介。通过它，来自欧洲的各种思想借以交流碰撞，各种试验性的政治改革借此展开，所有建立全新的社会秩序的希望借此点燃，所有被长期压抑的疑虑、怀旧、向往和焦躁的情绪都随之表现出来。

> 从1904—1917年的进步主义时期，其时代特征要比“进步主义”一词的含义丰富得多。总之，从这一时期的社会小说中所反映的情况来看，“进步时代”并没有“进步”的特征，当时许多重要知识分子的思想根本不是进步主义的，这个时代的根本特点就在于它是一个激烈动荡的时代，是新旧思想分道扬镳的时代。改革思想虽然占主导地位，但却耐不下心来改革；思想看似革命性的，却又不具备革命的特点。美国人本质上是坚定的中产阶级，推动了社会主义作为一股政治力量的诞生，也看到了无产阶级革命队伍，如“世界产业工会”的出现，但美国本土的社会主义小说家，如杰克·伦敦和厄普顿·辛克莱却是那个时期最幼稚最浪漫的小说家。进步时代实际上是各种思潮——达尔文主义、帝国主义、社会主义和自然主义——共同影响美

国人思想的时代。如果有人以为进步时代就是一个惩治贪官、打击托拉斯和进行立法改革的时代，那么他就会疑惑为什么这一时期人们会热衷于惊险传奇故事和情节紧张的冒险故事。[27]

卡津对进步主义并不满意，他认为总是做着改革之梦的人实际是对帝国主义感兴趣，社会主义在美国发展最快的时期也是最为崇尚武力和盎格鲁—撒克逊种族优越感最强的时期。

罗斯福给这个时代定下了基调，他虽打击托拉斯却也仰慕威廉一世建立的德意志帝国，他指责有钱人作恶多端，但他自己特别重视健康，所以就广泛宣传“干劲十足的人生”。弗兰克·诺里斯也一样，他虽然写出了最有力的反托拉斯小说《章鱼》，却在别的方面处处显出对“庞大”的崇拜。杰克·伦敦那样的社会主义倡导者却也既宣传马克思的社会主义也提倡尼采的超人理论，他实际也崇尚帝国主义的强力和征服一切的欲望。……进步时代一直笼罩在权力和强力的阴影之下。[28]

卡津对进步时代的批评表现了一个典型的美国人对强权的警惕，他看到这一时期美国人不再赞叹边疆的前景和人人都能致富的民族传奇。工业大亨不再被描写成抢夺穷人饭碗的贪婪之徒，他们成了地球上的巨人，超人世界的超人，与巨大的美国相称的美国巨人。尽管从19世纪90年代末期美国就开始了帝国主义扩张并出现了偶尔的繁荣，农场主和失去土地的城市工人们依然保持他们的反抗精神，但随着垄断势力的不断扩大，中产阶级也开始意识到自己面临的威胁，改革之风从边疆吹到了城市，呼唤着“民主的希望”。但是进步主义所攻击的只是那些破坏了其他人自由机会的人，尽管进步主义并不清楚改革究竟意味着什么，进步主义思想就开始引导改革的进程，希望恢复旧日公平竞争的平衡机制。

> 进步主义根本的行动准则只有一个：怀旧。它的暴动只是中产阶级不安的条件反射式行动，因为中产阶级意识到，在共和国的外表下，在所谓完美体制和民主前景的背后，有一个新生的力量，一个“看不见的政府”，所以进步主义者批判经济体制的弊端和少数人的既得利益。进步主义思想只信任旧式的个人主义，它之所以能看到垄断带来的危害是因为垄断威胁到意志的自由。……别看垄断的力量很强，但公众舆论也很强大，揭露黑幕小说家正是抓住了这个机遇。……这时出现了一种特别的改革精神——用强力推行改革，思想和文学都出现了政治化倾向。[29]

新思想四处流行，社会变革即将兴起，文学则最先感应了对自由的追求，反对20世纪最初几年的小说中对财富的夸耀。

> 尽管许多作家的创作受政治目的的影响，而且也被政治表象所欺骗，但这些作品展现了这一时期美国人的生活恢复了生机。尽管这时人们对前途不敢抱有太大希望，内心仍感到不安，但有一点可以肯定，那就是新世纪的能量开始释放出来，美国文学开始进入充满希望的年代。[30]

在通俗杂志的鼓励下，许多自由撰稿人深入社会各个角落，寻找腐败和不公平的社会现实，以数据和实例揭发各种罪恶现象，俗称“揭露黑幕者”。[①]很多揭露黑幕者并没有对社会现状进行深入思考，他们只是完成任务式地曝光社会的阴暗面，而需要曝光的事太多，根本做不完，他们陷于日复一日的重复劳动，实际上从未真正理解资本主义国家的本质。

卡津认为揭露黑幕的社会现实主义者并不是真正的小说家，他们仅仅满足于掌握美国社会的第一手资料，乐此不疲地攻击社会的黑暗面。揭露黑幕者本希望用伟大的象征性史诗来表现发生在自己这代人身上的故事，但他们只是坐在城市的书斋里创作，大多以引人注目的标题和众多的事实数据来吸引读者，本质上仍是记者写的小说。

> 揭露黑幕者尊崇同样的理想——他们梦想过一种宁静的小镇生活，这实际上是在人口稠密地区长大的一代人对杰弗逊式小镇理想生活的翻版，是对过时的宁静生活与理想的怀念。[31]

卡津对揭露黑幕者评价不高，倒是对一位常被人忽略的英语教授青睐有加，他就是罗伯特·赫里克，卡津把他视为先锋现实主义者。毕业于哈佛、执教于芝加哥大学的赫里克本应是新英格兰正统思想的宣传者，但他在芝加哥的生活让他看到了典型的物质世

① “揭露黑幕(muckraking)”一词据说是西奥多·罗斯福第一个使用的，尽管他在公共场合总是否认这一点。罗斯福曾对他的继任塔夫脱抱怨说光揭露黑幕是不管用的，卡津赞同他的看法。

界的价值观，他的眼光便从书斋里看出来，开始了对商业和金融文化的透视。正是因为痛恨商业社会，他才坚持不懈地研究商业主义的精神内涵，试图找出中产阶级的优秀品质，所以他比揭露黑幕者略胜一筹。“他的全部作品是一个完整的编年史，反映了从1890年到一战前商业主义思想的出现，作品的主题只有一个，就是商业主义导致中产阶级灵魂的堕落。”[32]他看到的不是商业社会的粗俗，而是它的悲哀；不是权力带来的好处，而是它内在的空虚。赫里克的过人之处正是体现在他对商业社会的态度上，在于他哀其不幸、怒其不争的悲剧感。

揭露黑幕运动后期出现了一些社会主义小说家如厄普顿·辛克莱、杰克·伦敦等，他们不像揭露黑幕者那样维护传统的美国价值，而是希望推翻现有秩序，重建新的社会制度。

> 社会主义者常为有了自己的小说家而感到自豪，但他们也许应该考虑一下自己的思想究竟有多少被别人理解。还有一个奇怪的现象，主要的社会主义小说家都是那个时代最具浪漫气质的小说家。伦敦最大的愿望就是从资本主义社会倒退回健康、平和的原始边疆生活，而辛克莱则是最狂热、最天真的乌托邦主义者。这些社会主义小说家是典型的浪漫主义者，他们并没有真正了解自己所处社会的本质，也不知道革命的前途，却一味地追求社会主义革命。在罗斯福和塔夫脱的时代，社会主义还是个新鲜的外来词，人们对它的理解还只是浮于表面，在这样的背景下，伦敦和辛克莱作品中宏大的浪漫主义反叛风格难免让人感到社会主义只是一种新式的、广泛意义上的浪漫主义。[33]

卡津之所以把辛克莱视为与德莱塞、诺里斯同样重要的现实主义作家，主要因为他是美国现代思想的早期传播者之一。辛克莱带给现代美国文学的是一种个人和学术的反叛精神，这种精神使他敢于冲破一切障碍，创造出浪漫主义史诗，推动了美国文学走向了更伟大的解放。

> 《屠场》之所以会引起大家的注意主要因为它是最真实也最有力的揭黑小说，但辛克莱却把它写成了一部浪漫传奇，记录了生活的艰难和人们的挣扎求生。这本小说中所揭示的事实让辛克莱名声鹊起，因为他赋予揭黑小说前所未有的社会重要性。从那以后，肉类食品销售量骤减，德国人以这本书为依据向美国肉食品征收高额税收。[34]

现代作家的现实主义创作逐步发展，早期的现实主义作品大多是作家个人经历的实录，他们关注的层面主要在于个人的解放，到了20世纪初的第一次现实主义高峰时期，作家则有了更多的精神诉求，他们开始关注思想的解放。无论揭露黑幕者还是社会主义小说家，他们都对美国现实表示不满并提出了不同的解决方法，前者希望回归传统，后者希望开创未来，尽管两者都具有理想主义倾向，但他们毕竟开始了思想解放的历程，更为系统的解放运动还有待受过良好教育的学者的深思敏行。

1.4. 推动现代思想发展的优秀学者

进步主义时期大学里涌现出一批具有反叛思想的学者，如索尔斯坦·凡勃伦、约翰·杜威、查尔斯·比尔德、詹姆斯·艾伦·史密斯、弗农·路易斯·巴灵顿等人。他们和小说家一样，是知识界思想变化的象征，这种变化影响了小说的创作，同时也即将改变文学思想。这些学者对年轻一代的作家产生了深远的影响，而年轻作家正是此后美国文学繁荣的缔造者。如果说19世纪末期具有颓废倾向的美国作家只知模仿欧洲，失去了应有的创造力，那么进步时代的学者所强调的正是充满创造力的能量的释放，他们的注意力又回到了美国本土。但这一回归并不是重回镀金时代的西部边疆文化，而是在吸收了欧洲先进文化的基础上，进一步关注美国精神，提升本土文化。卡津画出了他们的群画像，表现了人物的不同特点，其中最为突出的是对经济学家索尔斯坦·凡勃伦的特性描述。卡津从凡勃伦的出身入手分析他的创作特色。

> 凡勃伦在他的专业范围内是批判美国传统经济学的重要人物，他是一位后达尔文主义者，把社会研究中的进化论思想和方法运用于对经济制度的研究，但他也是一个有着平民背景的西方作家。……他是一个挪威农民的儿子，与他那个阶层的许多人一样，为了获得自身的解放，他不断与敌对的主流文化做斗争。凡勃伦是一个受到双重异化的人，出于本能，他与东部的“金钱文化”相疏离，同时也与他周围的本土传统和语言相疏离。他不是挪威人，但他的思想却不可能与母国文化毫无联系；他是一个美国学

> 者，只在美国受过教育，但他说英语的时候总带点口音，写英语时也有不少困难，在他上学之前，英语一直都是外语。从凡勃伦生活中的矛盾和他的个性中可以看到现代社会的矛盾。从各方面来说，他都是一个茕茕孑立的人，……他不属于文雅的资产阶级文化和思想权威的圈子，但他却生活于其中，他不会得到文雅圈内太多的赞誉，这一点是非常清楚的。他为人傲慢，性格孤僻，行事奇特，且难以相处。[35]

卡津把凡勃伦描写成一个悲剧人物，由于凡勃伦自己的生活经历和性格特点，所以他才能敏锐地把握资本主义社会中表现技艺的本能与追逐利润的欲望之间的矛盾。这一矛盾是凡勃伦看待现代生活的基本模式，他认为这种矛盾不是资本与劳动力之间的矛盾，而是资本与知识精英之间的矛盾，因为知识精英是为资本创造效益的经营者，同时也是资本的牺牲者。

> 人们发现自己越来越远离满足原始本能所需要的经济、手艺和社会秩序，更具讽刺意义的是，人们努力调整自己以适应新的环境，却总是注定要受到制度的限制，而制度却是他们自己制定的。这一困境恰似古希腊悲剧中人在艰苦环境中的处境，如普罗米修斯给世界带来了光明，而自己却为之受苦。由于人们长期以来养成了浪费与贪婪的思想习惯，所以现代生活为之愕然。和亨利·亚当斯一样，凡勃伦对机器生产感到痛苦又不失敬意，但他并没有视之为文学象征，机器生产成了现代悲剧的中心。[36]

凡勃伦指出资本主义这架机器有自身的运动规律，它规定人的行为，强迫人按它的方式去生活，人的意志要反抗的，机器却要坚持。凡勃伦实际上已经意识到社会化大生产与强调个人主义的美国文化之间的冲突，只有一个迫切希望社会变革的思想家才会为变革是否可行而忧心忡忡。

卡津把凡勃伦列入那个时代杰出的作家之列，主要因为他超越了揭露黑幕的文献式记录，关注整个社会文明。一战前知识分子运动的主要特点是乐观主义、幼稚的理想主义和根深蒂固的改革主义，这些在凡勃伦身上都看不到，对于进步主义时期的学术争论，凡勃伦既没有受其影响，也没有直接参与，但他的思想却影响了兰道夫·波恩的早期作品以及格林威治村的文艺复兴。卡津认为进步主义者是中产阶级世界拙劣的修补匠，当时还没有人敢于挑战中产阶级的地位，唯独凡勃伦拒绝接受他们的思想。

> 凡勃伦的悲剧就在于众人皆醉他独醒，他能看到同辈人看不到的东西，却不敢断言未来的出路。尽管马克思主义者赞扬他对社会现状的批判，他却嘲笑马克思主义者的乐观；他一生致力于研究拜金主义文化，却反而加强了这一浮华虚荣的体制。他是一个自然主义者，比美国的其他自然主义小说家更具悲剧思想和细致的心灵，他最终把人生看作是一架疯狂的机器，人与毁灭他们的各种力量之间进行着永无止境的无效斗争。[37]

卡津联系凡勃伦的出身说明他对美国商业文明的讽刺，他怪诞的幽默和对马克思主义的藐视都是出于“他总是一个局外人，一个文化和社会的疏离者，总忘不了文化之间的差异"[38]。所以凡勃伦对唯利是图的商业文化感到憎恨和鄙视，也才能把这样的情感运用到自己的研究中去。在卡津看来凡勃伦早就提倡并超越了进步主义运动的原则，给这一运动提供基本价值观的人是杜威。

> 杜威与进步主义知识分子运动之间的关系只是他事业的一个阶段，但这一阶段却具有历史意义：他给兰道夫·波恩那一代人提供了具有象征性的价值观——建构的行动、全新的经验观和思想的作用。梭罗曾在《瓦尔登湖》中提出："学生不应享乐生活或仅仅研究生活，而应当真诚地活着。"杜威使梭罗的思想理论化了。……他积极地灌输教育原则和创造性行为。当时有一批人把自己视为老师，把进步主义美国视为课堂，杜威是他们当中的领军人物，他给当代社会的精英人群灌输了一种成熟健康的乐观主义，……他是一个思想家，希望建立人与社会之间新的关系，甚至希望建立一种新的社会，人在这个社会的框架中能够取得无限成就。……即使是爱默生也没有如此宽厚并充满希望地肯定人类的意志。……杜威的思想散发着健康、理性和理想主义的气息。[39]

杜威受到科学革命的洗礼，希望以科学方法为基础来重组社会，他相信每个人在社会上的自我实现就是人类逐步完善的开始，他愿意与社会融为一体，他的人文主义思想不仅关注个人的自由，而且更重视个人如何才能成为一个具有个人特色的社会成员，成为社会性与个体性相结合的人。卡津并不认同杜威的理想主义信念。

从深层次看，杜威的理论显得单调而幼稚，他虽然强调要有伟大而丰富的信念，强调要真正实现自我，但他的作品缺乏一种“边际暗示”（marginal suggestiveness）。大作家的作品通常是欲说还休，在未竟之言中隐含着对人生的剖析，只有细细读来才能慢慢品出他们的言下意义和言外之意。杜威的思想非常偏狭，他的人生观、社会观和文化观都非常狭隘。[40]

杜威的哲学是一种教育思想，他带着崇高的信念，在实用主义的基础上发展出工具主义理论。根据他的理论，只要有足够的耐心不断进行实践并尊重各项智力活动，就能够激发人的理解力并推动社会的前进，因此，每个社会都是自己的拯救者，每个人都是自己的解放者。

在杜威的思想中邪恶只是一个问题，一个需要克服的障碍，而不是人性的重要特点。叶芝曾说过，只有当我们体会到生活的悲剧时，我们的人生才刚刚开始。许多不如杜威的作家都充分了解这一点，而杜威却好像不愿承认人性本恶。

卡津把杜威看作对恶一无所知的理想主义者，这显然是有失偏颇的。卡津出于自己的左倾思想，认为杜威的哲学没有面对那些找不到出路的人，所以更适用于和平社会。

一战前的美国尚未受到世界大战的洗礼，更不用说法西斯主

> 义的蹂躏，整个社会都热切盼望着缔造一个新的共和国、形成一种全新的民族主义并拥有新的自由。杜威的理论在这一时期出现切合了时代的需要，他很快就成了新的人类解放的先知，预言现代理想体现在物质环境中，能够通过改造物质环境而实现。……希望与过去决裂的年轻人纷纷向杜威讨教基本的价值观，但从某种意义上说，他并没有什么标准，他的原则就是创造性的能量。和其他进步主义的年轻作家一样，杜威想要做的是唤醒人们面对现实、承担自己的责任。然而，在他把理论付诸实践的时候，他也难免表现出美国人根深蒂固的浪漫主义和过于自信的理想主义倾向。[41]

虽然进步主义是不同思想的汇聚，缺乏统一行动，但它却宣传了一个独特的主题思想——从经济的角度来阐释美国的过去。巴灵顿首先从这一视角观察美国的文学，凡勃伦后来从经济学的角度来看待资本主义社会的基本模式，詹姆斯·艾伦·史密斯则是从这一角度来阐释美国宪法。史密斯在《立宪政府的成长与衰落》(*The Growth and Decadence of Constitutional Government*)一书中指出，美国人对自己政府体制的本质知之甚少，他们所熟悉的只是政府体制的外在形式，而对其中的政治哲学几乎一无所知。史密斯认为，美国宪法只保护了有产者的利益，违反了民主原则，正因如此，司法才需要权力的保障。他直言不讳地指出美国问题的中心：美国历史表现了18世纪独立宣言的理想主义与一小部分立宪者的经济动机之间的冲突。查尔斯·比尔德则进一步指出美国宪法的制定是基于个人的财产权先于政府的思想，不过，比尔德用经验主义来探讨经济决定论的做法受到很多批评，甚至有人认为，他的作品让人感到美国的立国之父们为国家鞠躬尽瘁就是为了获取直接的个人经济利益。

比尔德从经济学角度来阐释历史，这是进步主义时期的典型做法。卡津认为这么做，往好里说，是给历史学家提供了一个全新的研究视角，而往坏处想，这种偏执的方法实际上妨碍了人们的思想，把美国的现实简单化了。在威尔逊总统执政的1913年，改革之风吹遍全国，一切现实问题都好似迎刃而解。独立宣言和“新自由”成为“显然天命”的新内容，具有反叛思想的人在它的指导下，依据进步主义信条，把美国历史视为对立思想之间的斗争：正义与邪恶的掠夺欲望之间的斗争；18世纪杰弗逊式自由主义理想与资本主义宪法之间的斗争；共和主义、民主经济、廉洁奉公与寡头政治之间的斗争。从这一视角出发，我们的确可以看到一个全新的美国思想史，甚至可以依据这种简便的进步主义二元论去重新阐释过去的思想。然而，这其中却体现了19世纪残留的天真思想：对现实直截了当地表示不满，渴望简单地解放一切，以为只要上帝要求揭露邪恶，邪恶就会消失；只要上帝愿意证明善良，善良就会随之而来。所以，虽然进步时代的反叛者有了许多新的发现，卡津认为他们仍需要从一个更长的历史中来看待美国文化并更多地了解自由主义的传统。

1.5. 复兴民族精神的理想主义

进步时代本身的社会运动要到1910年以后的文学才有所反映，卡津把1910—1917年称为“欢乐时光”。这时出现了许多新的出版商和杂志，格林威治村住进了一群波希米亚人，社会主义运动逐步展开，新英格兰、纽约和中西部地区纷纷出现了实验性的戏剧，艺术和摄影方面的实验性创作层出不穷。改革之风锐不可挡，现代性逐渐流行，到处充满了乐观的理想主义，人们积极地创造美国的未来，相信改革和教育能够去除一切社会弊端，卡津认为民主的人文主义思想成为这一时期美国文学的特点。

进步时代的社会改革带来建立全新共和国的希望，点燃了人们心中理想主义的火花，年轻作家受到鼓舞，大胆地开始现代主义的实验，芝加哥和纽约先后出现了文艺的繁荣。1910年以后，美国人心中产生了对文化的向往，特别是对美国本土文化的渴求，欧洲现代主义文学的大量涌入更刺激了这一愿望，实验性的新思想如雨后春笋般涌现出来。格林威治村就在这一时期应运而生，它是继康科德以后第一个大的美国文学社团。格林威治村的人有着共同的追求，他们并非远离社会规范，而是对传统价值观持怀疑态度，想要征服中规中矩的传统社会。

许多杂志都带着乐观的态度反映并阐释新时代的精神，他们鼓励年轻作家的创作。其中《短评》(Little Review)希望以艺术复兴美国的民族精神，发表了许多社会批评家和先锋艺术家的作品，如：范·布鲁克斯、兰道夫·波恩、刘易斯·芒福德、保罗·罗森菲尔德、沃尔多·弗兰克等。

> 正是这些作家复兴了惠特曼的精神，把它视为振兴美国思想的力量。……《七种艺术》的编辑们在艺术技巧和人与人的关系上具有世界主义精神，认为艺术应当赋予社会生活以意义，社会

> 生活应当以艺术精神为标准。……《七种艺术》的编辑们认为这一时期出现了新式的民族意识，这一新的自我意识将推动美国成为一个更加伟大的民族，超出19世纪预言家们的期待。这一时期随处可见人们对未来充满了希望。[42]

师从克罗齐的表现主义批评家斯宾加恩于1910年做了一个讲座，提出重视作品艺术性的“新批评”，反对当时美国只谈事实、缺乏审美眼光的学究式批评。在斯宾加恩身上可以看到20年代教授与记者之间的矛盾，他既瞧不起毫无品位、狭隘的学院派文学批评，也同样反对记者们缺乏想象力的作品简介，所以他不愿用自己的专业知识为现代文学服务。尽管斯宾加恩对现代作家不感兴趣，卡津仍把他视为现代批评的先驱，他为美国文学批评引入了审美的视角。斯宾加恩的问题就在于否定旧世界却又不愿全心拥抱新世界，陷入了进退维谷之境，作为转折时期的代表人物，他不知该站在反传统的门肯一边，还是该支持保守的白璧德。

当时对新思想感兴趣的是芝加哥一批有文学头脑的记者，如：弗朗西斯·哈克特、伯顿·拉斯科和弗洛伊德·德尔。他们把自己的书评专栏变成了介绍欧美新作的讲坛，这些作品很快影响了他们那代人。他们还在芝加哥办了几家报纸，专门介绍新思想，芝加哥的实验生活开始进入文学批评的视野，他们不停地为“现代人”说话，同时自豪地发现他们周围已经悄悄地兴起了本土文学。对于拉斯科来说，批评是为了区分真善美和邪恶之力而进行的浴血奋战，他的批评富有热情和勇气，但缺乏坚强的信念和对现实深入的了解，他所能做的只是为民族文学的自由创作摇旗呐喊，为其最终的产生而倍感自豪，除此之外他不知该做些什么。这些印象主义批评家全凭自己的喜好评判文学作品的优劣，至于思想的发展过程、艺术的演变等，他们一概不予深究。在卡津看来，这一时期最具人文主义思想和深刻道德评判能力的是范·怀克·布鲁克斯。

> 从整个进步时代乐观主义思想的大背景下看待布鲁克斯早期的批评生涯，不难发现他的影响既是有益的又是不幸的。布鲁克斯对美国文化的批判思想给予年轻作家一个信念和一个参照的标准，帮助他们认清自己所处时代的特征，但是一战后人们只记得他对美国生活的抱怨，却忘记了他号召大家行动的言辞。那时，布鲁克斯思想中最薄弱、最没有幽默感的部分成了新的幻灭感的主要内容。……如果说一战后布鲁克斯对美国社会的批判成了许多虚无主义者纷纷效仿的模式，那么战前他则使人们相信应当建立新的公民职责。他启发了一些批评新秀——那些敏感的社会印象主义者，如兰道夫·波恩、沃尔多·弗兰克、刘易斯·芒福德——他们既拥护新文学的出现，也期盼新社会的诞生。[43]

从一战前的批评家身上可以看到战前所有伟大的希望，其中最突出的是兰道夫·波恩。波恩的作品最典型地反映了美国生活的光明前途，他是一战前启蒙运动的完美产儿，是那个时代的化身。从他的第一本书《青年与生活》(*Youth and Life*) 到后来的《欧洲印象》(*Impressions of Europe*)以及一些关于教育方面的文章，波恩都对建立一个福音主义的未来社会充满信心，强烈支持实用主义、艺术、理性、欧洲的社会民主和实验性的学校。他像一台地震仪，对那个时代最伟大的希望和最悲观的失望非常敏感，因此他的创作中几乎看不到对自己的描写，只记录了那个时代的伟大发展。他对现代精神有着执著的信念，是一名敏锐而富有同情心的观察家，不过当美国不可避免地卷入战争后，他的失望之情溢于言表，悲叹进步主义理想被战争侵害了，曾经充满希望的世界（1910—1917）在毫无防备的情况下被击垮，而这样的冲击在从前提倡的理性和艺术中从未提及。波恩在其短暂的一生中孜孜以求美国的美好未来，他所受的教育让他对此深信不疑，但死于战争的波恩在临终前却深感教育欺骗了他，他发现在现实生活中将理想付诸实践时，最终的结果总是偏离了原先的理想。美国进步时代产生的理想主义思想在全球性的战争面前幻灭了。

2 伟大的解放（1918—1929）

第一次世界大战对欧洲和美国的影响大不相同。欧洲在战争中遭受重创，几乎陷于瘫痪，而美国只是参与了战争，从前的理想主义破灭了而已。更重要的是，战后欧洲又处于法西斯的统治之下，而美国则逐渐成长为主要的世界强国。一战后，欧洲人和美国人的兴趣与信念也大相径庭：欧洲陷入普遍的贫穷和绝望，20年代的绝望情绪是后来法西斯主义极端思想盛行的原因之一。战后一代人胆怯的变革无果而终，第二代欧洲人陷入了可怕的虚无主义之中，他们愤世嫉俗，怀疑一切，逐渐失去了对民主的希望。而对于美国的芸芸大众来说，1920年的世界比1914年更为富有和舒适，当然这时的人也不像以往那么幼稚，那么容易陶醉于理想主义的幻想。战后欧洲人的精神是病态的，整个社会陷入绝望之中，与此相反，美国社会则是一派歌舞升平的景象，这一时期的美国文学表现了他们成功的自我发现，出现了第二次现实主义的高峰。

战争使欧洲人精疲力竭，不想再关注更多身外之事；而美国人却对战争兴奋不已，以至于忽略了其中深刻的内涵，这就是这场战争的讽刺性。一战后，欧洲开始流行狂热的实验主义，随后就有了表现人与人之间难以沟通的欧洲式悲剧感，而这一时期的美国文学却取得了全面的胜利，文学运动不仅没有随乱世而消亡，反而具有奇特的新生力量。战争虽然改变了美国人的某些信念——那种广泛传播的理想主义，把美国建成崭新的人类社会的梦想，以及曾经标志着美国现代思想的互助共济精神都消失了，但门肯和波恩等人在战前所倡导的文学批评和反叛思想却引领了新生代的批评家。这一时期欧洲许多年轻作家死于战争，老一辈作家的思想则遭到毁灭性的打击，而在美国这样一个繁华世界里，战争让现代作家毫无顾忌地以脱离传统为骄傲。波恩那一代人所信奉的“美国生活的美好未来”已经消逝在战争中，战后又出现了新的思想动向。

这时的美国作家具有强烈的解脱感，旧秩序的束缚和殖民主义的阴影都彻底瓦解了，从前形只影单的社会反抗者、“秩序的敌人”突然战胜一切成为社会主流，这让他们感到非常振奋。美国作家们已经度过了最初的现实主义、批判现实主义和自然主义阶段，但他们还没能正确地评价他们的世界，而且他们对自己所从事的批判工作信心也不足。伴随着作家们解脱感而来的是责任感的丢失，他们以调侃的方式表达对美国社会的不满，战后的新文学对社会的痛斥是史无前例的，不过这样的谩骂没有恶意大快人心。卡津认为20世纪20年代同南北战争以后一样处于一个“镀金时代”，这一时期资产阶级疯狂敛财、维护清教主义、追求奢侈的生活，不少艺术家和知识分子在这样的物质主义社会中陷入了尴尬的境地，他们与环境格格不入，生怕自己独特的自我消融于大众之中。对于这样的现状，“门肯怒斥之，沃尔多·弗兰克感伤之，范·布鲁克斯慎思之，不过他们的目标是一致的——把美国建成一个有文化的国家”[44]。

从根本上说，作家们都是以不同的方式反对传统的中产阶级社会秩序，反对新英格兰传统和清教主义，他们是“少数的文化人”，对抗那些企图颠覆艺术和思想价值的阴谋。但是，他们同时又是全新的繁华世界的产儿，为自己摆脱了狭隘的本土主义而欢呼雀跃的新本土主义者，他们讥讽、戏仿维多利亚式的斯文传统，使之逐渐销声匿迹。在忘乎所以的20世纪20年代，人们自由地表达一切想法，包括小镇生活的痛苦、体验不同人生经历的渴望、过去不敢想象的对邪恶行为的尝试等。这一时期的美国作家急于向世人证明他们的写作才能，无论是讽刺挖苦还是宏大叙事，甚至包括对性的描写，无所不用其极，心理失调此时成了优雅的表现。反叛思想最终取得了胜利，“现代”精神终于慢慢形成了，从早期现实主义的奋斗至此已有了三十年，进步时代的理想主义也出现了十年，新文学最终引发了真正的思想解放。

经过几代人的努力，伴随着思想的逐步解放，美国现代文学终于渐成气候，涌现出大量风格各异的作品，形成百花齐放之势。对于笔耕不辍或遭受冷遇的中年作家来说，姗姗来迟的成功并不稀罕，门肯、安德森、刘易斯、詹姆斯·布兰奇·卡贝尔、约瑟夫·赫格希默、薇拉·凯瑟、埃伦·格拉斯歌等都属于这类作家。这一时期既有卡贝尔和赫格希默的唯美主义作品，也有凯瑟和格拉斯歌在技巧上的探索。战后崭露头角的新秀，如：菲茨杰拉德、肯明斯、海明威、多斯·帕索斯等，他们认为自己属于理想破灭的一代人，写作好像成了他们对抗中年作家的手段以及他们曾经参战的证明。

2.1. 第二代现实主义的代表人物：舍伍德·安德森和辛克莱·刘易斯

门肯的《偏见集》吹响了新的思想解放的号角，而舍伍德·安德森的短篇集《俄亥俄州的温斯堡：小城生活散记》(*Winesburg, Ohio, Tales of Small Town Life*)和辛克莱·刘易斯的长篇《大街》(*Main Street*)则给美国小说注入了新的活力，这两部作品都是通过对美国小镇平凡生活的描写，以戏剧化的形式表现了这一时期的思想解放，它们的出版象征着新的现实主义的出现。卡津把这种新现实主义称为“讽刺文学”。

第二代现实主义与19世纪80和90年代的早期现实主义有了较大的不同，这时的现实主义作家更多地是从现代思想中吸收养料，而不是向前辈的现实主义者学习。第一次世界大战结束后，思想的突然解放推动了第二代现实主义的出现，在自由放纵的20世纪20年代，现实主义创作比较普遍，现实主义作家已经不必为自身的存在而斗争。早年的挑战、反叛精神依然存在，但对现实的批判已经是一种普遍现象。

> 诺里斯和德莱塞都是某种理论上的自然主义者，他们采取反传统的姿态，他们是对权力感兴趣的自然主义者，而像安德森和刘易斯那样的人既远离自然主义也反对盲目乐观的浪漫主义。如果说他们的创作是一种反叛的现实主义，那么他们的反叛也完全是针对国内的情况。他们的现实主义从根本上来说是出于本能、朴素的现实主义，他们的想法往往不着边际，语言也絮絮叨叨。他们的现实主义之所以具有这样的特点，主要因为他们希望赢取行动的自由，关心的是普通人的生活，而不是像早期的自然主义者那样关心社会力量之间的冲突。他们想要写出普通人的经验，想要重现本土文化的所有经历，有时也戏仿，但常常是自己参与其中。[45]

这些现实主义作家并不是欧洲意义上的艺术家，而是平凡生活的参与者，为千千万万像他们一样的普通大众而写作，他们没有树立艺术丰碑的欲望，只想坚持自己的自由，描写自己熟悉的生活。这就意味着“他们把美国小说变成专门表现最广泛民主的题材”[46]。

第二代现实主义者在小说中展现的是活生生的美国生活，刘易斯、安德森、林·拉德纳、佐纳·盖尔、埃德加·李·马斯特等小说家笔下的人物无不是职员、店员、乡村小镇居民等小人物。第一代现实主义作家尽管也描写了普通人的生活，但克莱恩和诺里斯是希望借此证明他们现实主义者的身份，而德莱塞则是为了表现他深沉的悲剧感。第二代现实主义者之所以关注普通人的生活，因为正是在这些人的身上，他们才看到生活的本质，正是从琐碎无聊的生活中，他们才感受到人生的酸甜苦辣和其中深刻的含义。他们的美国读者也感同身受，在瞧不起巴比特的同时心里明白那就是自己的写照，看到安德森笔下的温斯堡小镇，所有的美国人都知道那就是自己生活的地方。在这样的背景下，与其说第二代现实主义者是以辛辣的笔调挖掘生活现实，倒不如说他们成了新的解放运动的代言人。这时的现实主义正是在表现个人追求这方面与第一代现实主义者笔下的黑暗世界大不相同。虽然刘易斯获得诺贝尔文学奖，但卡津却更欣赏安德森的文风，把他视为这个时代的领军人物，首先因为安德森强调个人的解放。

> 他作品的主题大多是关于个人的自由，表现了人们对自由的渴望以及获得自由的兴奋之情，他的作品也因此形成了一种难以捉摸的神秘主义色彩。他在作品中探索了一种独特的人与人之间的内在关系，一种难以名状且不自觉的狂喜之情，他好像突然揭示了美国人私下的生活。如果说刘易斯在他的小说中忠实而细致地记录了美国的生活，那么安德森所感兴趣的则是表象下面生活的本质，他说出了人们的恐惧与得意。刘易斯把小说变成了高级的新闻报道，而安德森则把小说变成诗歌和宗教的替代品。……安德森的作品中总有一个意象——把生活比喻成有好几扇门的房子，人们敲开一扇门，进去后却被另一扇门挡住去路，就好像在梦中一样。对于安德森来说，生活就是一场梦，他和他笔下的人物都好像徘徊在梦中的走廊上，不知房子的主人是谁，也不知该如何逃避。[47]

从清教徒踏上去往北美荒原的征途开始，美国人就充满激情地追求个人的自由与解放，企盼着能获得完美的精神生活。安德森在他的作品中以美学的形式沿革了这一美国传统，所以卡津对他评价很高。

其次，安德森还变革了小说的形式，他认为小说这种文学样式是舶来品，并不适合美国作家，他觉得更为松散的小说结构才适用于描写美国的生活。

> 格特鲁德·斯坦因和海明威等人采用新的写作方式，打破传统创作手法的条条框框，他们是有意为之，而安德森却达到了无所为而为之的境界，好像是生活本身赋予他新的创作手法。……安德森实际上属于旧式美国传统的工匠——比如惠特曼和艾伯特·平卡姆·赖德——他们常根据自己的瞬间感受去写作，而不是以追求某种风格为出发点，他们的作品生动地展现了他们对自己感受的坚定信念。海明威之所以嫉妒安德森，大概是因为他认识到这位老人的拙中藏秀，同时他也厌恶安德森的自我放纵和缓慢探索。不过有一点很重要，海明威和安德森的不同就在于海明威的小说故意追求一种风格和美学原则。[48]

安德森不断在生活中摸索新的写作方法，以一种简单拙朴的文风表现了他的与众不同。他之所以要运用新的文学形式只是因为看到了新的生活，所以他创新的本意不在于追求新的艺术手法，而在于追寻新的生活，这一点使得卡津把他放在美国文学史中较高的位置上。

最后，安德森是第一个把无意识引入小说的美国作家之一，但是他对无意识领域的探索与弗吉尼亚·伍尔夫、詹姆斯·乔伊斯等人的又不同。伍尔夫、乔伊斯他们想要在深不可测的人类心灵史中找到某种模式，某种规律，而安德森对此则毫无兴趣。

> 他感兴趣的是性对人意识的困扰，他笔下的许多主人公都因此挣脱了世俗的束缚。但是，他一旦让这些人从房子里跑出去，从传统和压制中解放出来，他们得到的解放往往就是自发的从商业世界中解脱出来。正是他们的孤独感才让他们在安德森的心目中显得很重要，他们自欺欺人的目的就是为了拼命保留虚构的传统。他们的胜利就在于他们的孤独感难免会遭到破坏，虽然生活在黑暗中，但他们必然会艰难地从微暗的幽光中走出来。安德森的成功也就在于他塑造了这样的人物。[49]

安德森和刘易斯的创作看似截然不同，但都具有反叛精神，都渴盼自由。刘易斯把自己完全融入到美国生活中，他的小说描写了真切的生活，几乎看不出雕琢的痕迹。他的作品虽然不及德莱塞的悲剧感强烈，但他所塑造的人物，如巴比特、雷恩先生等，成了大众的象征，他也成了具有公众影响力的人物。

> 在刘易斯20世纪20年代的早期小说中，他确实有反传统的倾向，大家很欣赏他辛辣讽刺的文风，然而到了30和40年代，他笔下的人物已经融于生活中，他曾经的反传统思想就显得很平凡，没什么大不了，这时再回头看他从前的作品就不可能看不出

> 他在小说中注入了多少本土思想，不可能看不出他实际上是多么依赖自己所讽刺的普通人的生活。……30年代的美国公众对希特勒德国充满恐惧，刘易斯对此的反应和他对20年代美国公众思想的反应一样，他只能抓住表面的恐怖和暴力现象，他根本想象不出法西斯主义的情形，他也没有真正努力去思考。刘易斯在1936年为这一时代敲响的警钟只是流于表面，与他在1920年的《大街》和1922年的《巴比特》中所做的没有什么变化。[50]

在卡津眼中刘易斯只擅长在歌舞升平的时候对美国社会作和风细雨式的批判。在他后期的作品中，他不再是一个讽刺作家，而是认识到自己与美国生活的关系。刘易斯后期的作品成了那个时代的道德宣言，其中塑造了不同于巴比特的主人公，从他们身上可以看到刘易斯所热爱的一切，如果说刘易斯从前曾非常轻松地讽刺巴比特，那么当巴比特们本身受到威胁时，刘易斯就冲上去保护他们。卡津在刘易斯的作品中看到的是来自小镇的反叛者的失败，他们最终还是向物质主义妥协了，"这是悲剧性的"[51]。

从卡津对刘易斯和安德森的比较可以看出，卡津所赞赏的"现实主义"并不只是对现实的简单模仿或讽刺，他重视的是其中所反映的个人对现实的困惑和反抗，也就是"个人现实主义"模式。如果反抗取得了胜利，卡津就称之为"解放"；如果原本反抗的人最终走向了妥协或寻求折衷的出路，他就视其为"悲剧"。

2.2. 技巧大师：薇拉·凯瑟和埃伦·格拉斯歌

19世纪90年末期模仿欧洲"世纪末"思潮的颓废之风不仅仅

是对美国狭隘的本土主义的反叛，而且显示了有闲阶级的心理状态。19世纪末期，美国终于出现了有闲阶级，他们不同于早年的殖民地贵族，而是在美国西部大草原上成长起来的真正的美国富人，颓废文学反映了他们的享乐主义精神。到了20世纪20年代，有闲阶级已经有意识地过着与众不同的奢华生活，他们开始追求巴罗克式精雕细琢的艺术风格。这时的美国作家已经得到世界的承认，他们中有的人希望创造一种与战后繁华生活相匹配的贵族文学，与此同时，战后滋生的怀疑主义认为世界已是一片混乱，讥笑嘲讽这样的世界是每个人的责任，于是就出现了一种奢华的怀疑主义，崇尚华丽、怪诞的文风。令卡津觉得不可思议的是，铜臭味竟然渗透到美国文学中，形成矫揉造作、故作姿态、暴发户式的豪华矫饰之风。美国作家彻底自由了，他们可以随心所欲地报道、讽刺、调侃美国的一切。尽管20年代的颓废之风很快就逝去了，但卡津仍看到它风头正劲时所针对的沉闷保守的美国文坛。

唯美主义者大都厌恶偏狭的本土主义和浪漫主义，对自然主义不感兴趣，也不喜欢美国式的理想主义，他们不但反对安德森和刘易斯的枯燥乏味和单调狭隘，也反对单一的文风，他们希望证明自己是世界公民，能够用不同的风格进行创作。这种创新意识一开始几乎受到普遍的欢迎，但长期的追新逐异只会让人倒了胃口。在唯美主义盛行的时期，卡津认为依然有两位女作家——凯瑟和格拉斯歌坚持走自己的路。

凯瑟很快成为一名自觉的传统主义者，而格拉斯歌则不遗余力地讽刺传统主义，她们之所以显得与众不同，因为她们把现代

> 小说的创造精神加入到对过去的探索中去。和战后的其他作家不同，她们把现代主义视为工具，而不是内容。[52]

凯瑟虽然来自西部，但她的价值观并不是边疆开拓者的农业价值观，她在内布拉斯加度过了自己的童年，那里有许多欧洲移民，因此她独特的文学素养大多是来自欧洲文化。在内布拉斯加这个不同文化汇集的地方，她学会了欣赏亨利·詹姆斯，同时也看到了美国西部的特色，这里的草原文化让她感受到变化中总有一些东西是永恒的。

> 虽然同时代不少作家也很怀念拓荒时期积极向上、民风淳朴、艰苦奋斗的美好传统，但凯瑟更多地怀念这一时期的社会秩序和人道主义，也就是当时人的品质，而不是制度。但是，由于美国人的生活中已看不到那样的品质，她开始认为那些品质已不仅是个人的特质，而且成了她用来反对当代人文关系瓦解的基本原则。[53]

凯瑟的传统主义和欧文·白璧德大不相同，她没有任意地以高人一等的姿态反对当代的一切。她所怀念的过去是一种信念，是边疆开发者身上所体现的理想主义和人道主义的博大情怀，它因其独特的魅力而使此后的一切黯然失色。“现代美国人都有普遍的、难以言传的失落感，这成了一种核心观念，而不是逝去的激情。”[54]边疆关闭了，不计功利的追求与开发精神也逐渐消失，人们不得不忍受与过去痛苦的分离，也抑制不住诉说的欲望。其他人不是迷失在新的物质主义世界中,就是讥讽或悲叹这样的社会,凯瑟却在这时全身而退,保持了她的尊严和一贯的风格。

> 崇高伟大与卑劣粗野之间的矛盾,满腔热情与贪心不足之间的冲突曾是凯瑟最感兴趣的话题,但过去她所思考的那些冲突最终看来只剩下失败,她在自己的作品中细致地甚至是开心地挖掘这一失败。如果别的小说家这么做,他的作品一定会显得矫揉造作令人作呕,而对于凯瑟来说,既然她不再害怕精神上的失败,也不会为之感到不安,她的作品就获得了新的力量和几乎辉煌的技巧。[55]

凯瑟虽然有些多愁善感,但她含义深刻的怀旧风格已经超越了简单的缅怀过去,她是以怀旧的方式追求更持久的价值。所以卡津认为她是想象力比海明威更深刻的艺术家。

凯瑟塑造了自己的传统并为之神伤,而格拉斯歌却是生来就受到社会传统的束缚,讽刺这样的传统成了她一生的事业。很难把格拉斯歌归入某一类作家,她起初是典型的南方淑女作家,后来却成了南方浪漫传统最辛辣的讽刺者;她既忠于弗吉利亚的传统又猛烈抨击它。格拉斯歌对美国南方最有价值也最具特色的观察就在于她看到南方的古老贵族死守着不切实际的幻想,认为他们的社会就应当是封建等级社会。格拉斯歌比别的现实主义作家更早地认识到南方生活的滑稽之处就在于幻想与现实之间的差距,她惊讶地发现周围的人大多不愿接受现状,但她并不完全认为这是不对的,有时她甚至觉得这样的想法很有意思,当然她也知道这是荒谬和可悲的。格拉斯歌之所以有这种矛盾的心态，主要因为她明白不能完全破坏南方人的幻想，因为这是一种文化赖以存在的特质之一，少了它，这一文化就会消亡。格拉斯歌虽然属于传统世界，但她对现实的理解却令人感动，因为尽管她瞧不起这个世界，她却能积极地参与其中。

2.3. 自由主义与新人文主义批评

从豪威尔斯和加兰到范·布鲁克斯和门肯，自由主义批评家为新文学的出现作了充分的铺垫，一战后自由主义批评开始立足文坛，充分阐明了新文学的重要性，到20世纪20年代新的文学思潮汇成了一股洪流，呼吁思想的解放。虽然自由主义批评主宰了当时的学术界，但是在与保守主义批评家白璧德和保罗·莫尔的论战中却明显处于劣势。保守主义批评家自19世纪90年代末就反对现代主义文学的出现，新人文主义的重要性并不在于它是一个批评流派，而在于新人文主义者的危机意识，到20世纪20年代末许多作家都开始具有这种危机意识。如果说自由主义批评家在学术界取得的胜利标志着战后时代的开始，那么急于寻求新的标准则标志着这一时代的结束。

除了像《日晷》那样的唯美主义批评刊物和流亡到国外的学者，20世纪20年代出现的批评家大多介于自由主义批评与新人文主义批评之间。

如果说以往自由主义批评家是敢于直言、具有独立思想的学者，那么这些引领现代运动的批评家则做出了更大的贡献，无论是学术成就还是个人修养以及创新思想等方面都令前人不敢望其项背。……也许在任何别的国家，“进步作家”都不可能在大众中有他们那样的影响力，其他地方的文学运动通常仅限于文学圈中，而在美国自由主义批评家具有广泛的文化影响力，享有较高的社会地位。[56]

因此，卡津认为文学新风的突然出现实则是受到战后思想解放的影响，具有新思想的作家很快就确立了自己的学术地位，同时又受到新的挑战，他们最直接也最重要的成就是他们对大众的影响，但是这时他们大部分人都开始瞧不起大众的低俗。

正是在这里我们从文学批评中感觉到战后的反叛思想，这种反叛思想首先表现在门肯的大胆言论以及作家对传统观念普遍的排斥中，更为明显的是，在学术上很多人表现出满不在乎、不负责任的态度，产生“震惊”效果的言论比比皆是，所以“尽管战后的文学批评促进了新观点、新思想以及与现代文学相辅相成的新方法的出现，但同时也败坏了批评的优良传统”[57]。这时的美国即使是最具进步思想的人也难免成为自己带来的思想解放的牺牲品，他们对社会现状总是略带不满。战后美国文学批评中偶尔出现的歇斯底里的想法并不完全出于偶然，不少人都把歪曲事实的荒谬言论当作睿智的思想，或把思想解放者的自信当作新的历史哲学。

自由主义批评家们迷上了科学，这一时期的批评不像30年代那样具有科学性，它只是被科学迷惑了，这时的分析方法并不具有科学价值，甚至非常自负地反对理性，却吸收了时髦的科学术

> 语。战后人们感到精神混乱、神经衰弱，这时的批评漫不经心地进行心理分析，明显体现了迷惘的一代把自己的痛苦怪罪于人脑让人捉摸不透。[58]

卡津在这里主要针对的是有些自由主义批评家在接受弗洛伊德精神分析方法时表现出某种简单化、绝对化的倾向，比如布鲁克斯在分析马克·吐温时把社会历史与心理分析相结合，这虽然是对传统批评方法的挑战，但布鲁克斯的分析说服力不强却又令人难以反驳，有诡辩之嫌，况且他自己也承认不太相信心理分析。卡津本人则比较反感心理分析批评，认为这种批评“既与艺术无关，也与心理学无关，它唯一的好处就是让分析者显得很有创造性”[59]。虽然这是自由主义批评家的不足之处，但这并不影响他们的重要性。

> 自由主义批评在20世纪20年代建立了文学批评在美国的地位，而且还促进了新文学的出现。作为新式诗歌、戏剧和小说的倡导者和发起人，自由主义批评家培养了美国人对现代文学的鉴赏力，现代文学的发展离不开他们的热情和支持。[60]

一战后创办的杂志为自由主义批评家提供了创作园地，他们正是在这些新杂志的沃土上耕耘劳作并取得了累累硕果。当时有很多自由主义批评家为《国家》杂志写文学专栏，并因此而出名。尽管这本杂志的发行量很小，但影响力却是巨大的，它吸引了年轻人的注意，而年轻一代的作家则是20世纪20年代文学创作的生力军。

> 作为中产阶级的敌对者,《国家》杂志的批评家并非有意要做“愚众”的敌人,他们和这一时期的许多作家一样,只是与大众生活保持距离,摆出一副高高在上的姿态。他们的确是革命者,但他们的革命不是出于习惯或理性思考,当然也没有什么深刻的革命理念,他们只是文化的倡导者。……如果说他们是虚无主义者,那是出于文学上的考虑;如果说他们是自由主义者,那是因为保守主义已经成了一个笑话。[61]

总的说来,现代知识分子是文明的精英,他们过于考究的思想远离了社会的粗俗目标,因而不再担负指导大众价值观的职责。战后的精神抑郁状态使得环境决定论大行其道,成为方便快捷的批评方法,但这种批评方法不像圣伯夫、丹纳或者巴灵顿那样对艺术与社会、文学与信仰之间的关系感兴趣。这种决定论起初只想描写社会的特征并确定艺术家在其中的位置,但很快这一批评方法就演变为哀叹艺术家生不逢时、命运多舛。

到了20世纪20年代,自由主义批评日渐衰落,各地的作家纷纷转向新的信仰,正是在这一时期,反对现代主义文学的新人文主义才逐渐为人所知。其实早在20世纪初白璧德和莫尔就发表了自己的代表作,倡导人文主义的道德批评,但在反叛思想流行的时代,他们是被攻击的对象,莫尔本人也承认自己是阅读的人少讨厌的人多。然而到了20年代末,这种传统主义思想却成了现代绝望情绪的先知和建立新秩序的理论依据。新人文主义者有一种建立标准的意识，相信秩序和外部权威的必要性，他们猛烈抨击文学中的自然主义和批评中的印象主义，审慎地提出文学要以人的责任感和贵族式的尊严为基础。卡津认为这些思想奠定了新人文主义的学术地位，因为在法西斯主义横行的20世纪30年代，新人文主义的社会责任感显得尤为重要。但是，虽然所有的新人文主义者都呼吁回归秩序，然而不同的人对秩序却有不同的理解。

> 对于老一辈的新人文主义者，如：白璧德、莫尔、诺曼·福斯特等人来说，回归秩序也就是维护从前的尊严和斯文传统；对于年轻一代的新人文主义者，如：奥斯瓦尔德·莫斯利斯、苏厄德·科林斯等人来说，回归秩序则意味着皈依绅士们所倡导的法西斯主义；而刚出校门的大学生虽读过本达、艾略特和法国天主教哲学家马里顿的作品，却迷上了新托马斯主义神学思想和马克思主义辩证法，对于他们来说回归秩序就意味着热情、亲切的美国自由主义批评的终结。[62]

因此，卡津认为白璧德和莫尔要比他们的追随者略高一筹。不过，卡津对白璧德的批评似乎过于苛刻，说他是“狭隘、吹毛求疵又傲慢庸俗”[63]还勉强说得过去，但要说白璧德“缺乏道德信念”[64]，这似乎太过分了。

2.4. 迷惘的一代

莫尔谴责多斯·帕索斯的《曼哈顿中转站》是“污水坑里的爆炸”，表达了他对整个现实主义和自然主义的不满，这自然会激起现实主义者的反抗，然而现实主义者虽然在反对新人文主义者方面立场一致，但实际上战后的现实主义具有不同的发展动向。

“讽刺文学”作家大多是中年作家，他们经过多年奋斗终于在一战后的自由气氛中赢得了声誉，功成名就的他们慢慢认同了美国的现实，对社会的讽刺也逐渐流于表面。而20世纪20年代与中年作家同时成名的青年新秀在战争中成长起来，他们中大多数人亲历了战争，了解整个西方的艺术，希望把自己的失落感和幻灭感表达出来。这些“悲伤的年轻人”又被称作“迷惘的一代”，包括菲茨杰拉德、肯明斯、海明威、多斯·帕索斯等人，他们与同时代的欧洲作家奥尔德斯·赫胥黎、路易斯·阿拉贡、厄恩斯特·托勒以及威尔弗雷德·欧文等产生了共鸣，他们的作品都表现了西方社会的道德堕落，因此“迷惘的一代”在创作上与欧洲作家更为接近，反而不同于本土的前辈作家。海明威虽然学习了安德森浅显直白的语言，但他们的风格却大不相同，菲茨杰拉德虽然跟辛克莱·刘易斯一样善于讽刺，但他们之间的差异之大，正如斯蒂芬·克莱恩不同于豪威尔斯一样。这些青年作家的人生从战争开始，此后就一直充满暴力和死亡的阴影，战争不仅使他们显得特立独行，取得卓越的成就，更重要的是战争使他们具有了艺术使命感，特别关注当代人的生存状态。他们的思想更接近乔伊斯，而不是门肯，他们既是现代主义的指定继承人，深受欧洲现代派艺术的熏陶，同时又是美国新一代艺术的朝圣者，以独特的表现手法使美国文学别开生面，产生了深远的影响。

迷惘的一代不仅迷失于自己所处的世界，而且迷失于美国的其他几代人中。也就是说，他们不仅对战后的美国社会大失所望，而且难以认同传统的道德标准，常常按照自己的本能和观感行事，用海明威的话说就是，他觉得好的就是道德，觉得不好的就是不道德。迷惘的一代从美国中西部一下子进入欧洲达达主义、毕加索和斯坦因的世界，他们远离了本土的传统，而这种疏远反倒让他们形成了自己的传统。他们是心甘情愿地迷失，这并不是他们的悲剧所在，相反，对传统的否定使他们具有拜伦式的魅力。卡津把他们视为主流作家，认为他们在描写自己的生活时，从不同的角度表现了当代的人性。

菲茨杰拉德的创作出自他的悲剧情绪和本能的洞察力，他的作品以深厚的文字功底和审美的形式为人们“提供了知识”，表现了“爵士时代”美国梦的幻灭。

> 他是年轻一代中第一位真正的作家，1920年出版的《天堂的这一边》宣布了“迷惘的一代”的诞生，他是美国战后反叛年轻人的代表，是美国国内焦躁不安的年轻人心目中的使徒。……菲茨杰拉德是自己所描绘的世界的一部分，虽然他厌倦这个世界却没有离开它，《了不起的盖茨比》之所以成功主要因为菲茨杰拉德熟悉盖茨比的世界，他自己就生活在那个及时行乐的时代。[65]

不是过来人不可能有他那样的感悟力，不可能感受到自我背叛的可怕力量，一个革命作家就写不出那样的作品。菲茨杰拉德从自己对生活的厌倦和对因果轮回的痴迷中看到了盖茨比所受的报应，他的悲剧就在于深刻的自我了解，他非常明白在这个绚丽富裕的社会中纵情享乐意味着什么，却又难以摆脱自己的境遇。菲茨杰拉德好像生活在一个童话世界里，这个世界一点一点地走向堕落和腐败，他却一直活在表面的绚丽中，其华丽的色彩逐渐褪去，他也一步步地走向终点。从盖茨比身上卡津看到菲茨杰拉德最终想要的东西其实很少，他并不奢望理解生活，而是去适应生活；并不妄想改造世界，只盼望能好好地活着。

菲茨杰拉德之后，迷惘的一代所写的故事大多是关于战争的题材，娴熟的技巧成了这一代人追求的理想。如果说菲茨杰拉德的人生观是消极的，海明威的人生观则是虚无的。

> 对于海明威来说，生活的最高目标就是通过保全艺术并使之变得更高雅从而保持自我。在一个人人受到迫害的社会中，唯有保持个人的特性方能苟且偷生，进而显出英雄本色。这时写作已经不是一种娱乐，而是一种生活方式。它出于人们绝望愤恨的情绪，战争对他们的伤害以及此后他们敏锐的洞察力。只有精炼的作品才能存在，只有说真话的作品才有意义，作家只有证明自己超越了周围的环境才能取得成功，艺术家的重要之处就在于诚实可信、勇气十足，并愿意忍受孤独。[66]

海明威在做战地记者和军人的过程中形成了独特的文风，以他特有的方式追求“真实”，他善于把自己看到的东西清晰明了地表达出来，使读者产生和他同样的感觉。卡津认为海明威几乎没受战前美国文化的影响，因为他所处的时代已经忘记了进步时代的理想，他希望在艺术中找到对生活的理想的解释，但他早期的小说就表现出很深的虚无主义倾向，这说明像他那样的浪漫主义者对社会是多么失望。

“海明威的创作原型就是把生活和战争进行对比，用一方来贬低另一方，现在生活成了战争的另一种表现形式，海明威的世界处于永远的战争状态。”[67]他的写作技巧和创作思想对20世纪30年代的作品有着巨大的影响。他首开暴力描写的风尚，是唯一影响30年代冷酷风格小说(hard-boiled novel)的作家，他对30年代的社会小说和左翼文学的影响也比别的作家都要大。卡津认为此前的作家除了德莱塞以外还没有谁有海明威这样的影响力，德莱塞也不过是在倡导现实主义的过程中，因其有勇气讲实话而成为别人的榜样；而海明威却是因自己的独特文风，而成为艺术技巧和生活观念方面的标准，他不仅想要说出自己瞬间的感受，还希望从亲眼所见的生活细节中提炼出明白易懂的思想，他的气质和梭罗相似，有着对自然的强烈感情。海明威虽然是当时整个美国文学的偶像，但在卡津看来：

> 从某种程度上说，海明威既标志着一个时代的开始，也标志着一种结束。如果考虑到整个迷惘的一代对艺术和社会的看法在海明威身上达到顶峰，他们只关注个体的生存状态却远离社会，我们就能明显地感到海明威对生活的看法实际上是战后思想的延续并达到了顶点，海明威并没有架起通往未来生活的桥梁。[68]

总结迷惘的一代的价值观并以此影响了30年代社会小说的是多斯·帕索斯。

> 虽然多斯·帕索斯直接连接了20年代与大萧条时期的危机小说，但他慢慢地把迷惘一代的挫败感从个人转向社会，社会才是他作品中的主角。他笔下的整个社会都在遭受痛苦和天谴的折磨，而迷惘的一代只涉及个人的痛苦。对于多斯·帕索斯来说，自从美国进入现代社会，每一代人都是迷惘的一代，悲剧的“我”成了现代社会悲剧的“我们”。[69]

多斯·帕索斯的作品具有强烈的民主意识，反对暴力统治和社会的丑恶现象，反对工业资本主义社会中人的退化，这样的反抗只有真正投入社会斗争的人才会具备，海明威和菲茨杰拉德都没有这样的斗争意识。有的马克思主义批评家认为多斯·帕索斯是一个社会主义斗士，但卡津不同意他们的看法，他认为要理解多斯·帕索斯对社会的兴趣，首先就要看到他与其他迷惘者的不同之处——他从来不会把“我”和社会分离开来，多斯·帕索斯最重要的特点并不是对社会运作机制的关心，而是对社会的堕落进行了不遗余力地批判。他希望把个人从社会中拯救出来，而不是建立个人在社会的地位或使个人凌驾于社会之上。因此卡津认为“多斯·帕索斯自始至终关心的是神圣的个人”[70]。

他对社会的关注仍是以个人为基础，他所欣赏的个人是爱默生式的个人，而不是海明威笔下的“硬汉子”。他强调人应当在社会的压力下保持个性的完整，但这样的人所表现的是爱默生的“自信”，而不是海明威的“诗化的人”。爱默生在日记中形容自己的话也可以用在多斯·帕索斯身上：他喜欢的是大写的个人(Man)，而不是小写的大众(men)。多斯·帕索斯所记录的不仅是一个逝去的时代，而且是一种个人主义、新教主义和个人反抗的力量，这一切对于20年代的人来说是完全陌生的。卡津视其为第一位新自然主义者，他的《美国》三部曲反映了美国现代社会的历史，记录了社会斗争和伟大的人民，但它是一部关于失败的历史，卡津认为这是美国人所写的最为悲伤的作品。

3 危机中的文学 (1930—1940)

从19世纪80、90年代开始，美国作家就希望了解并融入工业社会，但这样的努力总是屡遭挫折，他们经历了一系列重大的社会变革：从平民主义革命到进步时代的改革和第一次世界大战，以及战后爵士时代的奢靡之风。与欧洲作家相比，他们的作品似乎总是迟到的反抗，是没有完全成熟的标志——思想困扰、形式混乱、语气尖酸。然而到1929年，这一切都发生了变化，大萧条时期美国社会最重要的特点就是思想消沉，卡津认为经济危机对美国文化的影响大大超过对社会秩序的改变。从前美国人只要使自己的生活适应社会的发展，而这时他们的生活却受到社会的威胁，遭到了破坏，过去的美国人相信只要全身心地投入到工作中去，就能够获取大量的产品，然而长达十年的经济危机使这种“心安理得的物质主义”和对物质丰裕的向往受到了惩罚，人们找不到工作，失去了安全感，无法应对灾难的来临，恐慌成了这一时期的社会基调。

欧洲经济危机最大的特点就是所有理性价值观的轰然倒塌，当个人失去了他赖以生存的社会秩序，他的生存也就变成非理性的了。而美国人并没有失去他们的社会秩序，也就无从体验人的存在毫无意义的困境，他们之所以在经济危机的最初几年陷入恐慌、精神崩溃，那是因为他们对此毫无心理准备，因而没有任何防御能力。与内战后的经历相似，作家们起初只是急于表达自己的痛苦和孤独感，有笑话说美国的作家每隔五年就是一个新生代，就急着表达自己的“新”体验，不过经济危机对美国文学的影响是显而易见的，新一代人确实有着新目标、新思想，能够扫除20世纪20年代的浮华绚丽，他们大多是马克思主义者、风格强硬的自然主义者、社会学家和文献记录者。

面对分崩离析的社会现状，20世纪30年代的作家对社会有了不同的感悟，他们改变了创作风格，塑造了此前文学作品中从未出现过的形象。这一时期出现了两种不同的风格：一类作家是范·怀克·布鲁克斯、豪威尔斯、辛克莱·刘易斯和哈姆林·加兰的后继者；另一类作家则深受海明威和多斯·帕索斯的影响，他们与刘易斯和安德森的风格越来越不相同，这与当初刘易斯和安德森摆脱豪威尔斯影响的情形相似。文学被赋予新的责任，对社会的关注不只影响了文学创作，而是往往成了这一时期新文学的主要内容。写作已不再是考验技巧和能力的个性展示，它成了个人信仰的表白。

> 平庸的思想掩藏在装腔作势的政治信念背后，借此弥补悟性的不足，这时独特的感悟力反倒成了不道德的表现。带着个人的政治倾向，作家们以为自己的现实主义有了新的基础，文学找到了新的维度，即使一个人的创作超出了文学的范围，他的激奋情绪和怜悯之心也预示着更为成熟的人文主义。[71]

30年代颇具野心和想象力的作家为了使自己的创作得到承认，不得不强调自己作品的社会意义，即使他的思想只是随大流，没有什么创新之举，他也尽可能使读者相信他是在指明社会发展的方向。这一时期的作家感到了前所未有的与社会的疏远，但他们却怎么都不愿承认这一点，好像承认了就很可耻。受经济萧条影响的普通人失去工作后找不到自己的社会定位，失去家庭后也不知自己对社会有何作用，他们没有任何安全感，因此对社会的感觉就是分崩离析。作家则必须认同某种传统，具有独特的个性，这样才能生存，出于文学创作的需要，他们不得不故作胸有成竹状，他们不敢像普通人那样直言不讳，不知不觉陷入两难境地：既想重建社会又必须在现有的社会中挣扎生存；既要在作品中涉及革命的主题，又害怕运用这一主题。这一切都使30年代的社会小说充满怨恨之情，受整个社会恐慌情绪的影响，新生代的社会小说家往往产生憎恨和破坏的心态，这一点反映在这一时期的文章风格中。这时的文章充满口号式的语言和好战的情绪，火药味较浓。作家们积极投身社会，希望解放全人类，他们受到来自社会各方力量的摆布，为各类公共事务所驱使。

卡津认为经济萧条时期的纪实文章和社会学的作品往往比那些新的社会小说更有趣。在前所未有的民族自我审视的过程中，社会学家的写作享有较大的自由，他们考察社会变化的过程，把结果公布于众。30年代的散文满足了人们了解现状的需要，描写了大量关于贫苦工人的生活情况，如：为获取更多工资而不断流动的工人们、硅肺病的情况和靠救济金生活的人的心情等。大萧条时期的一代人终于跟上了时代的步伐，经济危机给美国作家们漫长的学徒期画上了句号。与30年代人们心中的惊恐不安和肩上的社会责任相比，此前所有的经历都显得微不足道，甚至连20年代文学的繁荣景象也不值一提。20年代曾是文学最具反抗精神的时期，然而卡津觉得到30年代再回过头来看，那也只不过是欧陆颓废之风的喧闹版本，是对美国文学狭隘之气的纠正。过去的作家虽然赢得了一定的权利，但只有30年代的作家才能恰当地运用这些权利。

这一时期美国文学的地位越来越高，而整个欧洲却因受到法西斯主义的压制，作家们难以自由创作。如果说从前西德尼·史密斯敢问天下"谁读美国书？"那么到1933年以后有谁可以不读美国书？长期以来，美国文学被视为英国文学的旁支，其内容狭隘，脱离了整个世界文学的范围。南北战争后，美国的作家们亦步亦趋地跟随欧洲思潮，一直对本国文学持怀疑态度，不断进行自我批评，他们到20世纪30年代才基本摆脱欧洲殖民主义的影响，形成了两大创作特点：一是以福克纳和沃尔夫等人为代表的反抗传统现实主义创作，另一个是以多斯·帕索斯和法雷尔等为代表的新现实主义作家，他们具有强烈的社会意识和唯物主义倾向。这些作家创造了全新的文学类型，赋予美国文学以巨大的力量，令世人震惊，这一时期的美国文学是全世界最自由的文学，它成了活力的表现——不计后果、坚持己见、善于创造，在不到五十年的时间里，美国文学的地位发生了翻天覆地的变化，从最初欧洲人屈尊俯就地阅读马克·吐温的"西部浪漫传奇"，到这时欧洲的年轻人渴望看到刘易斯和多斯·帕索斯的作品，美国作家终于得到了广泛的承认。

危机时期的文学创作与批评都出现了两极分化的现象。一部分人强调文学的社会性，还有一部分人致力于文学技巧的探索，于是文学批评中就有社会历史批评与形式主义批评的对立。小说创作则被卡津分为流于表面的现实主义和一种基于个人感受的文学作品，所谓流于表面的现实主义指的是这时的自然主义作品，而基于个人感受的文学则是指福克纳、沃尔夫的创作。当现实世界令人窒息，人的生存变得毫无意义时，人们急于寻找新的交流渠道。

3.1. 自然主义的复辟

卡津所说的自然主义者包括法雷尔、考德威尔、约翰·奥哈拉、缺乏想象力的现实主义者以及大多数无产阶级小说家，他们共同的特点就在于用激情来反抗社会，其中大多数作品质量平平，却比福克纳更具攻击性。从前的自然主义者描写自己看到的社会丑恶现象，意想不到地引起了强烈的反响，而这时的自然主义者则是故意制造震惊效果，希望以文学的方式在现代动荡的社会中保持平衡。福克纳虽然也采用自然主义的创作手法，但他的自然主义具有半哲学的特点，他对艺术技巧极为感兴趣，希望以文学的方式告诉读者分崩离析的社会现状。

> 30年代典型的自然主义者无论有怎样的个人经历，一般自认为出身贫寒，没有所谓文人的虚伪。他相信决定论——问题在于他是否相信别的任何东西——他相信阶级斗争决定论和警察手中警棍的威慑力量，相信没有物质的爱情，认为存在失业和饥饿现象的社会是堕落的。[72]

自然主义者表达了对社会危机的强烈反抗，毫不隐讳，不留情面，甚至亵渎神灵。他们虽然超越了战后老生常谈的理想幻灭感，但对人的价值缺乏了解，在他们的作品中看不到海明威对人类勇气的心理分析或者多斯·帕索斯对当代生活的道德批判，更不用说像劳伦斯那样对物质主义进行富有激情的批判或者如乔依斯一般对艺术技巧进行深入探索。年轻的自然主义者极尽所能创作具有震惊效果的作品，这在卡津看来不过表现了他们描写暴力主题的欲望，并非真正的社会批判。

早在1934年思想敏锐的左翼批评家霍勒斯·格雷戈里就指出很多左翼作家的粗制滥造之处，这些作家缺乏人文关怀，只有在没有社会压力的氛围中，作家才会把文学看作是人的需要。菲利普·拉夫曾说过，无产阶级文学实际上是扯着阶级幌子的政党文学，政治倾向起初引发了文学运动，后来却又破坏了文学的发展，在无产阶级文学的创作者笔下，文学并不只是文学，因而时常变得根本不是文学了。

> 美国的工人阶级文学从前指的是杰克·伦敦和厄普顿·辛克莱的小说以及阿图罗·几奥瓦尼提的诗歌，然而到了20年代，它已退化为米歇尔·高尔德、V. F.卡尔弗顿和约瑟夫·弗里曼的马克思主义批评，它根本不是一场文学运动，只是一种灌输政治思想的方法。[73]

20世纪20年代列宁去世后斯大林掌权，美共受苏联影响，随后陷入不同派别的权力斗争，从前令人向往的格林威治村文学社会主义试验只剩下美好的回忆。《群众》杂志于1918年停刊，《解放者》于1924年停办，除了极少数的几个中产阶级自由主义者还保持他们对社会的关怀外，所谓的马克思主义作家都成了政党宣传者，无产阶级文学则成了政治武器，文学中的怀疑精神衰落了。20年代的美共领导忙于分析革命形势，幻想发展工人阶级文学，他们希望获得中产阶级作家的支持，却又对他们不信任。

> 由于苏联没有明确无产阶级艺术的范围，美国的不少马克思主义者都同意托洛茨基的观点："无产阶级文学并不存在，因为无产阶级政权只是暂时的、过渡的政权。无产阶级革命的历史重要性和道义正确性就在于它奠定了文化的基础，而文化是超越阶级的，无产阶级文化将是第一个真正以人为本的文化。"[74]

具有讽刺意义的是，共产主义理想对美国作家产生影响的时候，极权主义的斯大林理论和实践却开始贬低个人的思想。在"社会主义现实主义"的时代，苏联作家忙于制定新社会的编年史，在他们眼中，无产阶级文学固然重要，但政治正确性却是更重要的。面对世界范围内资本主义的崩溃，就连中产阶级的文学社会主义者也唱起了救赎的高调。30年代初期，做一名马克思主义作家本身就能使一个人的作品显得崇高而严肃，只消几部戏剧、几首诗歌、几篇评论文章就能给资本主义的过去下个一败涂地的定论，卡津非常反感这样的文学，认为它们是廉价的作品，对思想正统的重视超过了对文学创造的考虑。

工人出身或成长于工人阶级家庭的作家，如：法雷尔、考德威尔、达伦伯格、坎特韦尔等，常常为自己成功地反对中产阶级社会而自豪，然而正是这样的社会才赋予他们写作的自由，他们之所以能写出描绘工人阶级生活的作品，其创作源泉恰恰来自他们自己的生活体验。正是基于这一点，卡津才把创作风格各不相同的达伦伯格和法雷尔、考德威尔和理查德·赖特等人都视为无产阶级自然主义者。他们虽然性情和政治观点不同，但都急于表达个人的强烈感情，这种感情如果不是因同情心引发，就是由惊骇所致。对于这些作家来说，写作并不是个性的展示，而是像艾略特所说的那样是非个性化的过程，作家的自我消融于作品当中。他们乐于描写凶杀、自尽、强暴、堕胎、饥饿等情景，这些暴力场景使他们的精神得到了有效的放松。

在自然主义作家中卡津最看重考德威尔和法雷尔，认为他们对“腐朽的资本主义”的记录有相当的吸引力，却与马克思主义没什么关系，他们的魅力来自自身的力量。法雷尔也许是卡津眼中最强有力的自然主义者，但他那种不加修饰的有力描写也表明自然主义已是强弩之末，只能靠发挥机械的能量硬撑着。法雷尔的创作靠的是强力，而不是想象力，表现了想象力对纯粹力量的让步，他对社会的如实描写以及他本能地相信暴力的作用都使他成为美国经济萧条时期的象征性人物。如果说德莱塞在最初的自然主义时期记录了美国的悲剧，他拙朴的文风正是个性的体现，并没有掩盖他作品的深度，那么法雷尔则是危机时期小说家的原型，危机时期的社会氛围与他的作品相符，而他对生活的态度则满足了当时人们制造震惊效果和咒骂一切的需要。

这一时期有一位作家的创作既不同于自然主义也不属于福克

纳和沃尔夫的新感性小说，为当代小说创作带来了一股新风，这个人就是约翰·斯坦贝克。他的现实主义不像萧条时期的小说那样充斥着恐怖事件，却也不乏对社会的关怀，他虽然留意到当代生活的可怕和混乱，但并不屈服于精神的迷惘。作为一名作家，斯坦贝克对写作技巧或实验性思想并不感兴趣，他的特点体现在与家乡加利福尼亚的关系上，他对加利福尼亚的描写简洁明了，不带个人偏见，形成了一种亲切自然的风格。对家乡山区生活的眷念使他对人的动物性本能产生同情，懂得如何区分人的动物性和社会性，也深深体会到普通老百姓生活的艰难。在卡津看来斯坦贝克是比法雷尔更为伟大的人文主义者，他笔下的人物虽然从未过上正常人的生活，却总想努力做到这一点。大多数社会小说家常常把社会的阴暗角落视为整个生活的全貌，而斯坦贝克得益于他的西部生活经历，总是对人充满信心，所以他既能看到开拓者残暴的一面，也没忘记他们光荣的历史。

《愤怒的葡萄》是一部成功的小说，它的社会影响力堪与《汤姆叔叔的小屋》相比。在这部作品中，斯坦贝克以戏剧化的手法展现了危机时期人们的痛苦经历，没有任何机械的暴力描写和愤恨情绪，无产阶级小说虽然反复强调经济危机给人们带来的深刻教训，但总显得毫无生命力，《愤怒的葡萄》却让人明白："经济危机是一次历史事件，它将被历史所理解，也会在历史中得到改善，历史将会记住它并从中吸取教训。"[75] 由于斯坦贝克能在绝望中保持希望，即使是在艰难的岁月中，他也能以健康的心态从广泛的意义上来看待人生的进程，卡津因此认为他是萧条时期最出色的小说家。不过他的人物塑造却不太成功，与他所揭示的人生真理相比，他笔下的人物较为平板，没能体现人生的复杂性。

3.2. 陷于危机的文学批评

20世纪30年代，与社会经济危机同时出现的批评的危机只不过是美国社会和思想界发生的重大变化之一，考虑到美国的批评思想向来与现实脱节，批评的危机本不值一提，但这时的文学批评却具有重要的象征意义，因为它象征着美国思想的迅速发展，面对全世界价值观的变革，美国文学批评显示了不同寻常的张力和决心。

随着20世纪20年代末自由主义批评的衰落，文学批评的价值观和特点也发生了转变，这一变化并不只是转向对社会的兴趣，在卡津看来美国的文学批评如果不是以社会的甚至是政治的思考为前提，这种批评又能算得上什么？美国文学批评传统的主流一直都包含对社会的思考，“从爱默生和梭罗到门肯和布鲁克斯，文学批评是一种大众哲学，是知识分子的良知，知识分子的一切。这种对文学的研究关注公民的权利，通常对文学文本的研究较少，而对孕育了美国文学的社会道德秩序进行深入探索”[76]。像爱伦·坡和亨利·詹姆斯那样只关心风格、技巧一类问题的批评家是少之又少的。在美国，文学与社会之间总有若隐若现的联系，正如一个多世纪以来美国的主流作家努力创造真正的美利坚民族文学一样，文学批评也一直尽力把美国的作家们联合起来，为共同的理想而服务。

1930年以后的文学批评的最大特点就是过分关注当时的社会危机，对社会危机进行了深入却又狭隘的探讨。批评不再从社会责任感出发对文学的价值进行充满激情的讨论，也不再强调文学在社会中的功能和重要性，而是带着救世的冲动，企图以文字去征服或消灭别人，从而达到解放人类的社会目的。这一时期的文学批评逐渐分化为誓不两立的对峙观点，彼此都看不上对方，以为只有自己对文学的理解才是有意义的。批评成了极权主义时期极权主义的代表，充分体现了这个时代思想的僵化和自负，不同的观点难以互相取长补短、彼此融合。美国的第一批现代批评家为反抗清教主义、物质主义而大声疾呼，他们为文学找到了立足之地，而到了30年代末，激进的批评家却好像是宗教战士，自以为再不挽救这个世界就会失去它。虽然他们自称文学要为信仰服务，然而他们越是表现出对文学的热情反而越暴露出他们与文学的疏远：庸俗马克思主义者把文学批评限制在社会学的一角，使之成为政治武器或只关心文学的阶级性与社会功能的分支学科；形式主义者则"把一切文学都归于诗歌，一切诗歌都归于他们所写的、所研究的诗歌，他们就像研究犹太法典的术士一样，把一切批评话语都归于对某一篇具体作品的技术性的阐释"[77]。在教条主义的社会学批评和纯粹的审美批评之间几乎找不到共同点，它们是极端思想的最好体现。

早在一战刚结束时，艾略特、新人文主义者和先知般的欧洲批评家的作品中就已流露出"新批评"的倾向，从中可见批评成了不同价值观相冲突的重要场所。英国的T.E.休姆号召建立一种新古典主义，回归哲学的二元论；艾略特警醒人们世界进入了一个新的黑暗时代，唯有信仰才能重建文明，拯救濒临绝境的世界；白壁德恳请人们重建秩序和道德以抵抗自然主义和民主社会的进攻；白壁德的追随者企图把他的理论运用到30年代的社会中，他们为了反对权威而建立新的权威，结果却成了公开的法西斯主义者。从20年代末新人文主义与自由主义的论战开始，学术界的气氛越来越紧张，大家都在绝望地寻找某种根本的思想，希望它能体现作者的信仰。这一时期的自由主义批评虽说颇有影响力，但观点基本比较温和，缺乏系统的阐述。自由主义批评曾经引导现代主义走向胜利，但到了20年代末也不可避免地失去了活力，自由主义批评的主将们虽然并没有完全停止写作，但他们已匆匆离开了批评阵地。

这时，寻求新的批评标准就不仅是批评潮流的此起彼伏，它首先表现了30年代社会的动荡，同时也象征着在美国实行了一个半世纪的自由放任政策的结束。批评风气的转变以及同时出现的西部文学危机，从表面上看好像是共产主义受到知识分子的欢迎，但其实际意义远远大于表面现象，因为正是在世界性危机的背景下，文学批评中的一些根本问题才凸显出来，如：随着科学的不断发展，文学却逐步退却，甚至只想回到纯粹的审美；再者，随着精神分析批评的流行，实验性心理学也迅速侵占了大量的文学领地。文学该往何处去？批评的目的何在？这些都成了这一时期不可回避的问题。马克斯·伊斯曼的《文学思想：它在科学时代的地位》(*The literary Mind: Its Place in an age of Science*)副标题就已经说明文学没有地位，否则这就不会作为一个问题提出来。如果说I.A.理查兹的《文学批评原理》(*Principles of Literary Criticism*)是从心理学家的实验室里扔到批评领域的一枚炸弹，那么伊斯曼的《文学思想》则是一个文人告别文学的演说辞，更是他告别批评的讽刺剧。他认为科学终将取代文学，作家尤其是批评家的时代已经过去，所有文学涉及的情感和心理问题都将由神经学家更好地接管，而文学所涉及的社会和经济问题则会由科学的革命者和技术专家去解决。

伊斯曼对文学的思考使大家对批评的功能产生了怀疑，不少批评家都提出批评陷入了危机，卡津认为他们实际指的是整个文明的道德危机，尽管有人怀疑批评是否算得上一种有效的知识形式，然而批评为自己所做的辩护正好说明它是最重要的道德行为和混乱时期的照明灯。由于希特勒一上台就焚书，再加上物质主义破坏社会秩序，威胁最根本的思想，批评家逐渐认识到自己的重要性，因为无论文学批评曾经怎样不受重视，它总是关注价值。当科学和新式的“进步”教育以及现代政治都忘记了价值的存在，批评就成了关注价值的最主要的现代知识。整个世界处于恐慌和无序之中，甚至连最基本的学术活动都受到威胁，这时批评已成了哲学思考的前沿阵地，重要的批评家都致力于重建这个世界。

> 只有看到批评有着如此崇高的目的，甚至可以说是野心，我们才能理解危机时期文学批评超常普世的精神，不同流派的纷争以及各类或深刻或肤浅的认识。这时批评最大的特点就是具有严格而正统的责任感，坚持必要的价值观，强调简朴与自律。但是太多新出现的批评家都深陷于对文学局部因素的深入阐发，甚至形式主义者也不能免俗，他们曾经给当代文学研究注入技术方面的真知灼见，虽然对文学充满热忱，最终却窒息于形式研究的狭窄空间。然而他们往往自认为不仅培育了自己所需的文学，还挽救了整个文化，但实际上他们的努力基本是无果而终。[78]

马克思主义者和形式主义者都鄙视现存秩序，都对自己可以重建新秩序充满信心，比较一下V.F.卡尔弗顿1932年的作品和南方形式主义者兰瑟姆在同一时期所“表明的立场”，就可看出他们对建设新世界的向往与自信。除此之外，马克思主义者和形式主义者犹如地处两极，观点极为不同，典型的马克思主义者坚持审美价值机械地受社会因素的控制，而形式主义者则强调审美价值高于一切。

由于美国没有一个历史批评的传统供本土的马克思主义者沿用，因此在红色的30年代，美国的马克思主义批评既猛烈抨击“新批评”，同时也攻击马克思主义本身，这一点就不奇怪了。马克思主义是伟大的现代思想，具有无穷的魅力和普遍的关怀，无论别人对它怎么评价，它都是自新教改革以来资本主义社会中最能打动人的思想。然而庸俗的马克思主义批评家并没有把马克思主义看作是一个工具，运用它时应当发挥人的想象力，具体问题具体对待，而是把马克思主义视为行动的号角和不可能出现偏差的晴雨表，这实际上是把马克思主义教条化了。卡津由此认为20世纪30年代马克思主义在美国知识界的流行只是一种现象，而不是一种批评思想，它产生于传统思想瘫痪、人们普遍感到动荡不安的时代。

马克思主义理论是人类在现代科学上的主要探索之一，就像哈维发现血液循环、达尔文发现生物进化论一样，它是现代思想的起点而不是终结。尽管马克思主义理论的某些具体阐述也有不尽完善之处，尽管有人声称坚决反对这一理论，但他们实际上都不知不觉地受到马克思主义的影响。[79]

马克思主义理论之所以在30年代吸引美国作家的注意，主要因为马克思主义点燃了他们心中的热情，让他们看到重建新秩序的希望。马克思主义理论虽然并没有使他们产生像欧洲工人阶级那样的革命激情，却让他们对自己的思想以及知识分子的作用充满信心。然而，如此深刻的思想为什么很快就被庸俗化了？

马克思和恩格斯提出了一些普遍法则，追随他们的马克思主义者则想竭力证明这些法则，或将其应用到不同的领域。然而，人类思想和体验的“个体”是多么复杂而深刻，要想把一两个普遍规律应用到千变万化的具体事物中就难免空泛，有滥用之嫌。既然人类文明是如此丰富，套用普遍理论就必然举步维艰，30年代的一些批评家生硬地把马克思主义普遍理论运用于具体的文学领域，他们大而空的文学理论自然难以说服别人。马克思和恩格斯几乎没有制定现成的文学理论，他们只是提供了做学问的样板，并把希望寄托在后人的学术修养上。他们奠定了人类历史上最伟大的一项基础工程——社会主义革命，相信这场革命会给人类带来永远的和谐与友善，因此他们很自然地把文学艺术放在文化这个笼统的范畴中，认为文化是基于物质生产关系之上的人类活动，它的发展过程反映了经济和各阶级之间的斗争。[80]

马克思和恩格斯并没有说艺术作品的产生是一种机械的决定论，他们没有想到因为说文化是位于经济基础之上的上层建筑，这个比喻会被理解成文学是物质生产活动的副产品。实际上，经济因素并不是唯一的因素，恩格斯在临终前的一封信中曾说现实生活中的生产和再生产最终构成了历史的决定因素。卡津赞同埃德蒙·威尔逊的分析，认为这里的"最终"既可以指时间上的最后一次，也可以指人类行为和文化方面的根本动因，马克思和恩格斯并没有对此作进一步的解释，因为他们根本没想到，自己强调文学艺术的物质基础会被人强行用来混淆艺术发源的社会性与艺术的审美价值。

对于一个真正的马克思主义批评家来说，马克思主义理论是他的指南，而不是现成的公式，他自己仍必须具备才智、学识和良知才能从事文学批评。从文学与社会的关系进行研究是文学批评中最需要发挥想象力的领域，马克思主义批评家必须说明文学与社会究竟是什么关系，这样的研究又有什么价值。左翼批评家们最初想要表明文学是如何深深植根于人类的生活经验，这是值得称道的，但他们最终却认为只有科学马克思主义者才懂得文学史，只有他们才知晓通往救赎之路，这样左翼文学批评中就出现了许多武断的话语、假扮文学欣赏的政治判断以及不切实际的空话大话。

> 这样的思维方式源于人们急切的心情——一种迅急莽撞的热情，只有那些生活于恐慌与混乱时期的人才会有这种寻求安全感的急迫心情，它总是诉之于口号和程式，最终却将满腔热忱化为平庸，其实这种所谓的"马克思主义批评"从一开始就带有深深的不安情绪，带有挑战和互相攻击的内容。……因此从这样的

批评中所见到的不是一系列批评的成果，而是一个公共事件，一个社会现象，是新政时期美国历史的一个片断。[81]

在20世纪30年代的美国，与马克思主义批评同样狂热的形式主义者总想追寻失去的权威，他们瞧不起民主社会，以自己与社会的分离而感到骄傲，卡津认为这实际上标志着他们在庸俗的商业主义、自然主义和自由主义等各种力量面前的失败。他们在晦涩的现代诗歌中找到了自己的位置，执着地探索诗歌的技巧与形式，这在卡津看来是一种政治策略，它切断了文学与生活的联系，是一种颓废的唯美主义思想。"新批评"的这种唯美主义倾向是对当代生活的抵制，而传统唯美主义则是对生活的逃避，因此"新批评"的唯美主义实际上反映了保守主义的政治态度，其中饱含了对社会的强烈不满却又对此无能为力，它表现了一种受挫的责任感和失落感。

他们自以为是当代社会最后的聪明才智，不再相信文学的重要性在于它对生活的指导。他们迷恋形式，绝望地认为诗歌是文学的精华和价值的宝库，是"诗学策略"的产物。他们所谓的"策略"就是诗歌创作的方法以及对诗歌每一部分进行细致分析和评价的方法，它成了人的智慧受到打击后尚能发挥作用的最后阵地，只有那些攻击型的人才会需要它，因为他们想赢，策略本身就是它的目的，是语法学家的乐园，是那些不断斗争却从来没有希望获胜的人所需要的。[82]

表面看来，“新批评”好像是对美国松散的印象式批评的抗议，是对批评逐渐沦为历史学、社会学附庸的抗议。新批评家深入研究文本本身，这的确为美国文学批评的发展作出了贡献，然而他们对形式的膜拜却夸大了形式在艺术综合因素中的重要性，形式成了失去规范的世界中最后的规范。兰瑟姆、泰特、布莱克莫尔和伊沃尔·温特斯等人已经把形式看成一种神秘的终极价值，一种被神化了的标准，说到底就是对某种难以言传的理想的模糊向往。他们认为一个规范社会的目标就是指导它的民众把本能体验转化为审美经验，即使一个现代诗人或批评家缺乏宗教基础和传统意识，只要他远离社会，就没什么问题，因此他们眼中理想的社会、艺术、行为和宗教都是为了同一个目的——逃避社会责任和道德操守。他们所谓形式的概念是某种完美纪律与和谐的意象，卡津认为他们实际上是极端的新古典主义者。

自休姆和艾略特开始，不少严肃批评家都追求新古典主义的批评方法，但与新批评派的古典主义思想相比，艾略特反倒像个浪漫主义者，因为新批评派把艾略特、休姆、理查兹等早期古典主义者的观点推向了极端，他们完全丢弃了情感的因素，把诗歌看作是“认知”的对象，而他们的“认知”只是零碎的感受，并非权威的断言。他们不像古典主义者那样寻找道德的完美样板，甚至没有向别人学习的想法，新批评派的思想在卡津看来是随心所欲、支离破碎的，显示了他们发自内心的厌倦和挫败感，他们自以为在批评的深度和精确性方面无人可以企及，而掩藏在傲慢自大背后的恰恰是他们的恐惧心理和厌世情绪。

既然“新批评”是如此颓废、保守，那么它又为什么能在大学文科教育中迅速普及呢？这主要有两方面的原因：一是随着现代科学的发展，心理学、社会学等新兴学科对文学领域不断渗透，“批评开始寻找它在科学方法上的立足点，希望得到大学学术权威的认可”[83]，而文本分析的方法正好符合文学批评科学化的趋势，非常适合接受学术资助，故而在大学中扎下了根；二是随着马克思主义批评的衰落，当时的文学批评分化成文本分析和商业批评两类，商业批评只是为报纸的文学副刊写写评论，难以与新批评的学术优势相抗衡，由于缺乏有效的竞争对手，“新批评”得以大行其道。

“新批评”的文学研究方法固然是科学的，对文本的分析也很深入，然而它却忽略了一点——文学对于人的重要性。新批评派失去了对文学最基本的兴趣和信念，他们虽然提升了文学批评的学术地位，却牺牲了人对文学的需要，也就是文学作为先知、历史和精神食粮的作用。诗歌像一只鸟，试图飞出分析的网，而网却越张越大，越织越密，最后批评家本人也被困在了网中，徒劳地挣扎，却逃不出网的范围。

批评家成了工程师，把批评打造成了一门科学，剩下的地盘则被报纸上有关文学的信息瓜分了，批评家就这样把自己的位置让给了记者和工程师。20世纪30年代初期，批评家带着希望和热情出发，在抛弃了幻想的同时最终他们也抛弃了批评本身，只有少数批评家仍坚守批评阵地，不时地发出自己的声音。这些批评家包括埃德蒙·威尔逊、特里林、路易斯·博根、哈里·莱文、菲利普·拉夫等人，在这些作家身上，批评保持了它一贯的活力与美国的传统。

3.3. 新情感主义的代表：福克纳与托马斯·沃尔夫

表面看来，20世纪30年代的美国作家都在寻求对抗危机的社会现实主义，实际上他们内心深处是极度恐惧和敏感的，正是一部分人内心精神的痛苦促进了新情感主义的出现，福克纳和托马斯·沃尔夫是新文学的代表人物。福克纳是这一时期新小说家的先驱者，早年有人称他绝对不是"南方现实主义者"，而卡津则认为这一可笑的标签也同样可以贴在乔治·凯布尔和托马斯·沃尔夫身上，并没有看到福克纳与南方的特殊关系，也没有理解他小说中所反映的这种关系。

> 如果在别的什么时代，福克纳一定会成为世界上伟大的浪漫主义小说家，从某种程度上说他现在就是一个浪漫主义小说家。福克纳深入观察了南方人的生活和行为方式，他的作品具有史诗般宏伟的文风、毫无顾忌的言辞和爱伦坡式的恐怖气氛，但是在这些特点背后还有另一个方面，即他对南方没有一个基本的、设想好的概念，所以他对南方传统既景仰、接受又感到厌恶。[84]

对于他生活的南方社会，福克纳是既爱又恨，为之喜，又为之悲，但他却很难想象一个与之不同的社会秩序。对福克纳来说，南方既是一个有着受挫经历和美好回忆的地方，同时也是世上所有仇恨与恐惧的象征。福克纳既扎根于这样的传统，但又不屈从于它，他对南方的迷惘、愤恨之情都是源自这样的矛盾心理。在卡津看来福克纳对家乡的爱与恨是一种无法说清的复杂情感，一方面他痛恨自己生活的那片土地，另一方面他也恨自己竟然对家乡有如此的敌意。福克纳的矛盾心理也体现在他的技巧与内容的不协调之中。

> 他活跃的思想、卓越的技巧和创造力在现代美国文坛无出其右。作为一名思想家，福克纳参与建构了南方传统及其衰落的神话，但他又非常沉闷，他的愤怒也很平常，往往毫无意义，显示了某种不负责任的野心和被激怒的阴郁思想，也表现了他冷漠的态度。[85]

通过对福克纳愤然激烈的表达和沉闷普通的内容之间的对比，卡津提出福克纳对形式的关注使他成为一名技巧大师，但他杰出的想象力并不是出自他对社会、传统等有意识的批判，而是表现了福克纳“精神上的张力（psychic tension）”，福克纳总想赋予他的作品以一种“狂野、兴奋和不相称的强烈感情——这种强烈的情感有着无所不包的巨大能量，但这样强烈的感情却似乎不知来自何方”[86]。正因为福克纳的写作技巧和他“装腔作势的文风”[87]，所以他的作品才能从不同的角度加以阐释，不同的观点都能从他的作品中找到证明。

> 对某些社会和道德批评家来说，福克纳的作品似乎既表现了某种难以言表的道德堕落同时又不情愿地对这种堕落加以评论。对某些同情南方的读者来说，福克纳似乎是一个传统的道德主义

者，更不用说是个迟来的新人文主义者，致力于重建“南方的社会—经济—道德传统”，他天生就拥有这一传统。对于许多批评家和本科生（没有哪一个小说家有福克纳那样频繁的引用率）来说，他似乎是在小说中发出了独特的哲学家的声音。因为福克纳的语言流畅，作品太多，所以大家很容易把他的即兴之作当作是社会哲学，把他的浮夸晦涩当作是蕴涵着复杂的意义，甚至把他的被动顺从当做远离社会、进行反思的睿智之举。[88]

夸张的文风只是卡津对福克纳作品表示不满的一个方面，另一方面就在于福克纳对人物的塑造。

福克纳笔下的人物和整个世界之间隔着一片黑暗的天地——它遮蔽了阳光，也遮蔽了他们正常的思想行为，我们难以充满自信地了解这些人物的特点和他们彼此之间的关系。……一种近乎怪诞的力量表现在与环境或人物的缺乏联系上，那是一种游移于空洞之中的伟大。[89]

尽管福克纳创造人物的能力很强，但他笔下的人物却并不具有各自的特性，福克纳在他们身上熔铸了相似的特点。

他们都靠暴力为生，有着阴郁而令人惊恐的强烈情感，总是陷于恐怖的氛围之中，那些暴力行为和可怕的强烈情感都是福克纳强加于他们（他们总是做着福克纳的手势，带着福克纳的愤怒，也和福克纳一样乱用代词）。……他笔下的人物都神经兮兮

> 地活着，所以从根本上来说，这些人物一点都不生动，没有表现出个性特征，而是看似一个荒诞奇异的整体。……最后，我们好像总在读同一个故事，所有的故事都有着同样的程式，都是在诅咒，都屈服于同样神秘而凄惨的灭顶之灾。[90]

福克纳在他的人物身上倾注了自己的情感，他总是“努力表达难以表达的思想，希望写出人的无意识的历史，并表达一种关于南方的终极而恐怖的概念，这一概念似乎存在于不为人所知的地方”[91]，所以卡津从福克纳的作品中得到的印象就是过于夸张，福克纳把约克纳帕塔法县和密西西比河流域的一切都夸大了，因为“他对约克纳帕塔法县，对南方，或对整个人类的生存没有足够的信心和力量，也缺乏平和的心态”[92]。福克纳心中的世界要大于真实的生活，而不是与生活有着明显的联系，卡津把这一切归于福克纳精神的痛苦。

> 福克纳为痛苦所困扰，他的艺术发出的就是痛苦的声音——这是文化的痛苦，是他的文化的痛苦，更多的痛苦甚至就在于他与那个文化之间的关系。福克纳深受南方传统的影响，同时他又想要猛烈而粗暴地规划这一传统，这是一种令人备感痛苦的失衡关系。一味地根据自己的意愿去超越某些根本的人生困惑，最终必然带来痛苦。[93]

因此福克纳笔下的人物并不是现代悲剧的主人公，而是表现了福克纳本人的痛苦和他精神上的张力。福克纳还有一个重要的特点就是他引领了暴力描写的潮流，他吸收了自然主义对暴力和恐怖场面的描写，但同时他又代表了反抗自然主义的力量，很少有作家像他那样运用许多自然主义的写作手法，却与自然主义大相径庭，甚至也不同于传统现实主义的创作手法。

> 说到底，福克纳小说中的暴力描写并不是对社会的批判，而是表现了他内心情感的挣扎，就像托马斯·沃尔夫小说中的情感主义表现了他理解自我的努力，而亨利·米勒的愤慨则出自社会对个人精神的压制。他们的作品无处不在的“我”，其中表现的精神痛苦，以及运用的夸张文风都表明他们并不像形式主义者那样公开宣称反对现实主义的创作手法，也不像伊丽莎白·罗伯茨、凯·博伊尔和凯瑟琳·波特等人那样过于讲究技巧。他们也许并没有意识到自己对现实主义的否定，但他们的创作却标志着一个精神痛苦、浪漫感伤的流派的出现，也许根本不能称其为“流派”，因为他们并非源自同一传统，创作思想也各不相同。……但福克纳和沃尔夫都在小说中反映了备受伤害的个人主义，以自我为中心的浪漫主义，都用夸张的文风生动地表现了自我的力量，这是当代文学思想史中最重要的现象。[94]

尽管福克纳和沃尔夫的风格并不相同，但他们的作品却发出同样的恐怖之声，他们和超现实主义者以及追求精神完美的当代诗人一样，表现了在一片混乱缺乏安全感的时代个人所感到的孤独。肤浅的现实主义文学只记录分崩离析的现状，而福克纳和沃尔夫却能看到潜藏在当代社会和思想中的邪念，对暴力的描写表现了他们因此而感到的困惑。他们的创作反映了一个受到过分压制的社会中，精神压抑的人们所爆发出的强烈情感，他们为普通人生活的艰难而感到揪心，为同胞们所受的侮辱和侵犯而打抱不平。他们善于进行深刻的自我剖析，但并不是伟大的宗教领袖，可以说他们并相信宗教，但他们却有着强烈的宗教情感，正是这种宗教情感使他们能够理解当代社会人与人之间的疏远。“新情感主义”作家在美国文学史上有重要的地位。

> 如果说惠特曼是第一个伟大的美利坚民族诗人，马克·吐温是西部传奇的最先记录者，麦尔维尔是美国式神话的创造者，那么这些新情感主义者则是记录厄运的专家，他们以史诗的形式记录了道德的堕落和社会的崩溃。[95]

至此，美国现代作家长期以来与社会的疏离已经达到一个高潮，他们心中有着根深蒂固的危机感，他们的作品主题总是与个人相关，表现了“我”与社会的冲突，即孤独绝望的个人在看到世界崩塌时情感上所受到的强烈冲击。他们夸张的文风是美国式的，从中可见惠特曼和麦尔维尔的传统，正如霍桑的怪诞故事不是哥特式，而是土生土长的美国式一样。

3.4. 美国民族文学的重新发现

在前所未有的危机时期，美国人逐渐了解自己的传统，1930年以后的美国民族文学从纪实地反映大萧条的现状开始到力求追溯美国的传统达到高潮，它在很大程度上是美国人民的故事。这一时期的美国文学表现了一个民族在自我发现过程中的重要体验，起初只是关注社会问题，后来逐渐发展为社会小说，接着又继续创造新颖的作品，或者沿用传统的形式充满激情地记录当代美国人的经历。这是一种全新的文学，有些作品比较狂热，有些还不成熟，甚至有些根本没有问世，但这些作品大多忠实地反映了美国的生活。它们是经济萧条和世界性危机的产物，其创作动机是描绘美国的概貌并切实拥有这一片土地。这些作品反映了人们的集体无意识，是一个民族、一个国家的自传，尽管其中不乏机会主义和天真幼稚的想法，但这些作品都带着喜悦的心情研究美国，并为觉醒了的自我意识而感到骄傲。

美国现代文学无论采取什么形式——不管是反对20年代的怀疑主义，认为那不过是无聊的传奇故事，还是反映失去土地的人的悲惨生活——它们都表明了一个民族的自我省察。这样的自我反省非常普遍且长期存在，好似一股过去受到阻碍的力量在这一时期喷发出来。虽然创作思想并不统一，但作家们表现了同样强烈的倾诉欲望，他们执着地去了解美国，热爱他们所知道的一切，这种对美国的感情是前所未有的。从没有哪一个民族如此渴望了解自我，19世纪上半叶，欧洲的观察家们曾把美国的蓬勃发展视为世界第八大奇观，到20世纪30年代美国再次成为引人注目的话题，无数观点各异的思想家们都把视线落到它的身上。大家关注的问题仍然是“美国人是什么样的”，不过提出这一问题的已不再是置身其外的人，而是美国本土的思想家，讨论的话题也是关于美国的，显示了美国人自我认识的欲望。这种欲望之强令人感动也让人惊讶，因为它表现了一种非常天真的思想上的一致性。

1932年，艾伯特·杰伊·诺克发表了一篇充满讽刺的论文，题为“爱国者的回归”，其中预言“任意否定一切”的20年代之后将是“任意肯定一切”的30年代。他预言30年代的文学将表现一种机械的爱国主义，仿效过去最糟糕的作品，是语言晦涩、内容肤浅、缺乏才智的文学。但卡津对30年代的文学却持肯定的态度。

> 虽然新民族主义精神的确导致了前所未有的对民族传统的肯定，但这种肯定不是1932年的任何人能够预期的，因为这一新民族主义精神的核心包含了为后人树立英雄式榜样的决心和质疑当代社会道德堕落的需要，30年代作家正是出于同样的创作冲动才报道了美国各方面的生活，其中不少作品都表现了条件反射式的爱国主义情怀和饥渴的传统主义文化，甚至在战争逼近之际仍不放弃对传统文化的追求。……新的传统主义者身上最突出的一点就是，无论他们有什么不可避免的狭隘与片面之处，他们希望回到过去的目的是为了更好地建设现在。[96]

卡津把这一时期美国作家的民族热情视为特殊历史阶段的产物，这时的民族自我发现不是一种盲目或狭隘的民族主义，而是由于欧洲受到法西斯主义的侵略，美国突然变成西方文化的聚集地，人们才形成的一种自我意识。

1933年以后，美国几乎与欧洲断绝了来往，但这一时期有许多欧洲的知识分子移民美国，他们带来欧洲的传统文化，欧洲的过去就在美国继续向前发展，这对于唤醒美国人认清自己的传统产生了深刻的影响，因为这意味着美国人对民族传统的研究依照的是欧洲模式，同时也出于他们自己对全新世界的责任感。

> 随着许多杰出的欧洲思想家移居美国，美国开始孕育一种新的世界文化，由此产生的自豪感促进我们追寻自己的文化。……不管是好是坏，这一新的民族主义渗透到美国生活的各个方面，它是一种新的历史意识，赋予当代思想与经验以新的意义。也许我们对当代的经验还不能充分理解，但理解这一民族主义思想就能帮助我们看清一些东西。[97]

揭露真相的作品往往是机械的事实报道，所以比较直来直去，一般人会认为这些作品的文学价值不大，而卡津则指出它们反映了美国作家努力在危机时期寻找现实生活的本质，这样的努力正是一个悲剧时期的特点。

> 30年代的美国文学证明了人们在危机时期深切感受到重振美国思想的迫切性，也许只有这样才能在过去的基础上建设一个更好的社会，也才能为新社会的文学创作做好准备。整个30年代充满危机和失败，社会气氛紧张，人们摸索着寻找出路，却又迎来新的战争。这个时代许多杰出的思想家都处于痛苦之中，产生了极端思想，人们渴望对已经了解的一切进行分析，期盼着能在美国建立必要的安全感。正是在这样的背景下，人们认识到尽管这一时期的美国文学已经取得世界性的胜利，但它仍很少为美国人民服务，也很少涉及近在身边的话题——美国本身。[98]

大量的社会研究和新闻报道都勾勒了美国的疆域，编撰了美国的大事记，对美国做出了自己的解释，这一点非常重要。艾伦·泰特认为小说是不纯正的文学形式，因为它太像历史，然而卡津却提出“在一个处于剧烈变化的社会中，文学很难脱离社会去追求想象的真实，严肃小说本身想要把握未知领域的努力遭受挫折”[99]。危机时期的人更愿意了解历史，看到历史的不断变化，这时的文学家难以应付社会危机带给他们的压力，作为普通人，他们在挣扎求生的过程中精神受到了伤害，在创作中缺乏必要的自信与陌生化手段去控制自己的情绪。20世纪30年代末40年代初许多作家都不想从事小说创作或者心安理得地放弃在作品中注入自己的想象，因此这时出现了大量描述性和历史纪实性的文学作品，从中可见作家大多不想追求文学想象的天地，他们只是进行事实报道，不对现象背后的本质进行分析。小说创作在这一时期衰落了，无论是小说的思想内容还是出版数量都大大减少。在艰难的革命时期，整个社会动荡不安，文学家自然难以安心创作，也许正因为不断出现令人震惊的事件，道德和思想都需要沉默静思，纪实性的作品才消极地记录现实，以冷嘲热讽的态度表达愤怒的情绪。

纪实性作品的特点可由与之相关的两个方面看出来：一是“新政”时期的政策，二是照相机的使用。“新政”时期罗斯福政府大胆实践，采取一系列措施保护大众的利益，建立了一个强大的政府。其救济机构“工程进度管理局”(Works Progress Administration)，为各行各业提供就业机会，使救济工作摆脱了施舍的尴尬，缓解了失业给个人带来的痛苦。该管理局在艺术和公共事务等领域内做出的贡献尤为显著，它资助了纪实性文学对社会各界的调查，这类文学作品就同“新政”本身一样，重视公众的意见，在实践中不断地摸索和学习。“20世纪30年代每个人都在学习，学习并摸索出路，学习的过程就是这个时代最重要的经历，”[100]这一时期的文学，尤其是纪实性文学，相应地反映了这一社会特点。

> 纪实性文学记录了学习的过程，反映了美国社会意识的觉醒，这一时期美国社会最大的特点就是强烈的自我意识，这是严肃认真且稳重扎实的自我认识，并不仅仅是综合的理解。从这个角度来说，纪实作家和游记作者最重要的工具就是照相机。[101]

纪实性作品往往借助图片说明事实，因此照相机得到广泛应用，照相机快门所记录的历史瞬间不仅描绘了美国社会，同时也微妙地反映了作者是有意还是无意，是不愿还是不能超越材料的限制。因为相机再现的只是现实的碎片，所以相片上的美国存储的只是单个印象，难免片面，如果纪实作家只是在最低的层次上利用照相技术，那么他们对社会的报道必然是肤浅的。詹姆斯·阿吉是这一时期最为重要的纪实文学作家。

> 不仅因为他选取了独特的材料，具有深刻的道德思想，而且更重要的是他反对只让事实说话，不加入个人判断的做法。阿吉起初是典型的纪实作家，后来则激烈批判那些被动、机械的记录，他的厌恶情绪非常强烈，实际上他的作品甚至带上了福克纳小说的特点，即表现了深受伤害的个人情感。[102]

照相技术对严肃作家的影响主要在于他们拍下了变化中的美国，他们利用照片从不同的角度反映了这个国家的现状，证实了他们所受到的“教育”。

> 美国展现在纪实作家面前供他选择。即使他看到的美国只是他愿意看到的那一部分，那又有什么关系？他形成了自己的模式，而这个国家则有着各种各样的模式供不同的人选择，所以无论哪种模式都能找到相应的解释。安德森发表于20世纪30年代初的《迷惘的美国》是一种模式；德莱塞的《美国的悲剧》又是另一种模式，德莱塞的模式总是悲剧性的。[103]

危机时期的记者、纪实作家、游记作者等用移民生活、贫困现象以及社会动荡拼凑了一幅美国文明的概略图，但这些只是历史的一个方面，整个美国文明要比萧条时期人们所了解的更丰富，也更伟大，它等待着人们去发现。由于新政时期政府出资雇用艺术家从事研究，新的民间艺术和乡土文化才得以发展，这唤醒了美国人对本国文化资源的意识。作家们得到资助后就开始依照各州的旅行指南去绘制美国的地图，一大群社会记录者和旅行家恢复了美国式的历史意识，歌颂美国丰富多彩的生活和壮观美丽的山河，好像第一次见到这样的美国。虽然像“工程进展管理局”这样的政府机构只是扯了幌子的行政救济政策，它却推动了几千名兴趣、特长各不相同的人一起描绘自己的祖国，一点一点地形成了伟大的现代史诗。

为了写出不同地区的特色，美国作家们依据政府在地质、地理、气象、民族、历史、政治、社会、经济等各方面的指导，写出了前所未有的具有深刻思想和地方特色的作品。卡津因此认为承担公共项目的作家表现了集体创作反映美国历史的全面性，他们的作品为整个20世纪30年代定下了基调。公共项目指南成了一个知识宝库，是美国历史意识觉醒的象征，指南中的具体事实和现象只是形成历史的基础，这些事实与调查记录和20世纪30年代的描述性和历史性文学作品一样，提供了历史的原材料，它们是关于美国文明的调查统计表。

卡津对公共项目指南评价非常高，认为“它所涉及的美国生活领域之广，其思想之深刻，学院派历史研究无一能与之比肩，文学作品也鲜有类似的佳作”[104]。公共项目指南之所以在卡津心目中如此重要，主要因为它重新唤醒了人们对美国的过去的兴趣，指出了重申美国传统的必要性。这一时期的美国文坛“发出了一致的歌颂民族精神之声”[105]，对美国充满感情的重新发现推动了历史题材作品和传记文学的出现。

20世纪30年代末期人们的不安全感及其所激起的历史感背后有一股新生的民族主义的动力。19世纪90年代也曾出现过一批历史小说，但“那纯粹是中产阶级浪漫主义的作品，并非出于对历史的兴趣，只是想给工业时代的繁荣续上一个勇于冒险、辉煌荣耀的过去”[106]。20世纪30年代的历史作品则有其独特之处。

> 不是要“逃避”到过去的时代，而是要收集一个对现在有用的过去。它的特点就在于非常奇怪地照原样反映现实，以严肃的

态度尊重过去，不加以任何批判，希望利用过去好像过去从未被利用过一样。……这类作品最突出的特点就是它的客观性，其目的不是去粉饰现实，而是全面地看待过去。[107]

卡津此处利用了范·布鲁克斯“有用的过去”这一概念。布鲁克斯在运用这一概念时重在“过去”，他后期的思想强调对新英格兰精神的回归，而卡津在借用这一概念时强调“有用的”，目的为了：

不能舍弃任何赋予我们生活以意义的价值观，要勇敢地面对邪恶而不是屈服于它的淫威，这些都是如今迫在眉睫的任务。全世界都在等待，等待出现新的秩序。在这个转折时期，尽管前进的过程很痛苦，但现在我们所做的一切，我们所相信的一切都有助于形成未来世界。……只有那些没有自己的文化也不相信文化存在的人才会讨厌人与人之间的差异，厌恶对想象力的探索。对于其他人来说，过去就是过去，美国现代文学记录了人们曾经创造的一切。随着时间的流逝，人们会看到越来越多的真相。当一切成为过去，也许人们才能看清它的全部面目，我们已经看到现实慢慢变成历史的过程，但我们仍然没有看到它的全貌。[108]

在前所未有的精神危机时期，卡津满腔热情地希望美国现代文学能够创造一个“有用的过去”，为新秩序的产生做好准备。当卡津批评布鲁克斯对现代作家“吹毛求疵”时，他确实还“没有看到现代文学的全貌”，因为不久以后，他也变得“吹毛求疵”了。

四 现代的终结：卡津对美国当代文学的批判和对现代文学的再思考

卡津原指望20世纪30年代的纪实作品和历史小说能成为战后新秩序“有用的过去”，希望战后的批评家能在前人的基础上进一步推动现代运动的发展。然而二战以后，美国批评家的日子却过得越来越“轻松”，读者不再对他们提什么要求，其原因就在于越来越多的人认为文学不会影响他们的未来，很少有人还相信文学具有指导社会和道德的作用。文学之所以失去了原来的影响力，有多方面的原因，其中之一就是“新批评”在大学的盛行，学生在老师的指导下知道了“如何阅读”以后，他们的阅读范围就只局限在少数经典文本之内。另一个原因就是战后美国社会文化氛围的变化，卡津通过对现代文学的深入阅读得出结论，伟大的现代运动到20年代末期已经终结。

1 对美国当代文学的批判

卡津在《扎根本土》中充分肯定了美国现代文学对现实的反叛，然而到了20世纪50年代，他从整个西方文学的视角再看现代主义的兴起时，虽然依然把美国文学视为现代运动的中心，但他已经确信现代运动的创新思想已经枯竭，伟大的现代主义者虽然树立了现代文学的丰碑，但他们的黄金时代已经过去，艾略特的后继者建立了"新批评"的权威，在大学中体制化了的现代主义失去了反叛精神，它的活力也就消失了。

1.1. 现代主义的体制化

现代文学在创作形式和内容方面都突破了传统，虽然成就斐然，但其弊端就在于艰涩的内容使普通读者对其望而生畏，新批评家因而充当了难懂的现代作家的阐释者。新批评的发展大大超出了它的始作俑者艾略特和庞德的本意，卡津指出艾略特和他的一些追随者之间的区别就在于他是个新天主教徒，而他的追随者则是传统的自由派。通过分析艾略特和庞德的创作，卡津深入剖析了现代运动的特点及其走向衰落的过程。

保守的美国批评家保罗·埃尔默·莫尔难以理解为什么艾略特的散文与他诗歌的风格完全不同，他的散文论述文学批评的问题时非常重视秩序和信仰，但他本人的诗歌却属于20世纪20年代反叛性的作品，非常"混乱"和无序。艾略特的回答是诗歌表现了世界本来的面目，而批评则阐明了世界应有的样子。"世界本来的面目"不仅表现在艾略特最著名的诗《荒原》的内容中，而且表现在这首诗表面的混乱中，这表明了艾略特（以及他的仰慕者）内心的矛盾思想，说明他们所处的时代既是一个信仰的时代也是一个混乱的时代。艾略特常把"现代世界的混乱无序"与其他时代进行比较，艺术在过去不是宗教而是为宗教服务。在《神曲》的规整结构和仪式般的象征主义中，艾略特发现了他最心仪的秩序和复杂性，他希望以此来与现在相对抗，这就是他所强调的"世界应有的样子"。

艾略特强调现代文学必要的困难和复杂性，因为他相信现代生活中文化的贬值和信仰的动摇破坏了正确的标准，所以有必要在象征性的文学作品中表达复杂而深刻的人类经验，这样才能描写出现代生活的无序。1923年在一篇赞扬乔伊斯的《尤利西斯》的文章中，他说：

> 乔伊斯先生通过运用神话以及把现在和过去并置的手法，追求一种新的表达方式，他这种方法必将成为后人效仿的对象…… 这是控制和把握混乱无序的当代历史、赋予其以意义的一种方法…… 我们不再运用叙述的方法，而是采用神话的方式。我真的相信这种方法向前迈出了一步，使得现代世界可以为艺术所理解。[1]

艾略特在这里表明只有通过晦涩和复杂的手法才能表现——暗含着彻底改变——现代生活的动荡不安和怀疑一切的悲哀。艾略特对“荒原”和居于荒原上的“空心人”感到恐惧，他把现代文学视为对生活的批评，竭力向并不情愿阅读的读者解释这类文学的力量。当代人的经验中最明显的特点就是逐渐失去了宗教信仰——失去了对天意的、神圣的和神秘事物的信仰。艾略特的《荒原》中把引用的经典宗教文学和现代的无序现象放在一起，以此把读者的注意力引向失去的权威，引向曾有的体制。在艾略特的眼中，文学作品必须非常正规，就像教会那样形成一定的等级秩序、教义和仪式，集中一切力量和决心把人从主观情感的混乱中解救出来。如果说卡津对艾略特诗歌中所表现的“世界本来的面目”并不否认的话，那么他对于“世界应有的样子”就和艾略特的看法大相径庭。

> 艾略特对当代社会的绝望成了现代文学和艺术中最基本的主题，这种历史怀旧感典型地表现在福楼拜的短篇集《三故事》（1877）中，福楼拜在这个短篇集中描写了从异教信仰开始到当代世界人的堕落。而《尤利西斯》却没有厚古薄今，乔伊斯的这本巨著和20世纪重要的文学作品一样，深刻地揭示了当代人类经验的无意义，人失去了基本的价值观，历史上宗教曾赋予人的存在以奇迹般的感觉，如今这种感觉已经没有了。……尽管一个人可以同意艾略特所说的宗教在当代的衰落，但他把传统视为宗教的同义词，这就使他所倡导的批评运动变得有些多愁善感。一战前，艾略特和庞德一起开创了实验性的、不顾后果嘲弄一切的现代诗歌；战后，他又违背历史潮流，倡导对过去的忠诚，以一副高高在上的姿态挑剔当代的一切。艾略特的追随者反复强调现代的“混乱”和“异端”，这些现代诗歌的保卫者否定了文学的力量和勇气，把现代作家描绘成过去的替代品。[2]

卡津同样看到现代世界的混乱和宗教的衰落，但他对这样的现状持怜悯的态度，并仍然寄希望于未来，而艾略特则把希望放在过去，企图倒转历史的车轮，这是卡津不能容忍的。

> 艾略特的历史观是封闭的，他认为秩序必定是贵族的、等级制的，这就贬低了现代运动的真正价值。现代作家相信个人意识，这一革命性的信念不仅是美学工具而且是哲学和宗教上的成

就。乔伊斯曾用布莱克的话自称为“宣传永恒想象力的牧师”。普鲁斯特和他之前的华兹华斯和布莱克一样，把想象的世界描述成人类可以进入的唯一的永恒世界。劳伦斯通过对性爱的描写赞扬了人能够超越平凡的经验。[3]

艾略特的怀旧在卡津眼中具有独特的讽刺意味，因为20世纪没有哪一个学文学的学生会忽视美国人，如艾略特本人、庞德、斯坦因、海明威等所起的巨大作用。美国作家被迫用自己的语言应对这个混乱的现代世界，因为他们的文化起源于法国革命和美国独立战争后的现代世界，缺乏传统思想，所以一个美国作家“很自然地以零散如行星般的语言（in planetary terms）——以他本来的样子去写作，用他能够具有的才能去写作，而不是用他可能生活在12世纪的样子去写作。”[4]这一社会背景是现代文学创作一贯的推动力。一个像庞德那样的美国作家会很自然地认为所有传统都属于他。艾略特的《荒原》和庞德的《诗章》混合了语言和传统，他们的世界观与《草叶集》和《白鲸》一样都是典型的美国式世界观，所以卡津认为想要建立一个“现代”传统的渴望始于庞德《罗曼司精神》中对法国诗歌的关注，以及他后来的一系列作品，包括《挑唆》（1920）、《怎样阅读》（1931）、《要革新》（1934）。

卡津对艾略特不满的第二个方面主要在对待传统的态度上。由于艾略特认为传统总是那些失去了的东西，而卡津却认为美国人并没有继承什么传统，如果说美国文化有什么传统，那就是美国人总想创造自己的传统，比如艾略特的诗歌就开创了现代诗歌的传统。卡津由此得出结论，艾略特的批评思想中所阐发的“世界应有的样子”表现了他对过去的向往，这与他自己所创造的现代诗歌的传统不符。

> 艾略特对“混乱”、“异端”等词的偏好，他对劳伦斯那样具有革命性的作家进行了粗暴的批评，这些都违背了他自己诗歌中所表现的复杂的个人经验。在艾略特对乔伊斯天赋的赞赏中实际上混杂了一个美国人对传统教育的嫉妒。艾略特的新天主教主义与其说是一种宗教激情，不如说是对文化的鄙夷，让人想起亨利·詹姆斯的怨言，他曾抱怨美国没有国教、没有牛津和剑桥、没有贵族。流放可以是时间上的，也可以是空间上的，而艾略特好像既是时间上也是空间上的流亡者。[5]

从卡津对艾略特传统观的批判中可以看出他在二战后依然强调美国现代文学的重要性，强调美国作家的反叛性使他们处于现代运动的中心。“流亡的美国人比如斯蒂芬·克莱恩、亨利·詹姆斯、庞德等都表明即使一个美国人到了国外去学习，他依然要煽动变革，依然要把他的美国特征强加于欧洲的艺术传统，因此创造了一种全新的艺术形式。”[6]

美国的这种“新”文学基本上是关于它自己的故事，因为它不仅是美国人创造出的最好的作品，而且典型地表现了现代人在不断适应现代问题的过程中，他们的感受所发生的变化。美国人缺乏传统，还要面对现代科学的挑战，对于欧洲作家来说，美国人不自觉地预言了他们自己的斗争。所以卡津认为只有把美国文学置于整个欧洲思想的背景下进行考察，我们才能理解为什么劳伦斯会认为现代世界始于惠特曼，为什么意大利的小说家会把翻译和阐释美国文学作为他们与法西斯独裁者进行斗争的一种方式，为什么海明威会成为意大利关心艺术“真实”的作家心目中的上帝，为什么萨特会为《美国》的经验主义而感到兴奋，他甚至把约翰·多斯·帕索斯视为20世纪最伟大的作家。

20世纪20年代是现代艺术在全世界发展的最高峰时期，这是俄罗斯最后的自由时代；也是德国实验戏剧和实验绘画盛行的伟大时代；还是用英语写作的真正的天才作家——叶芝、劳伦斯、乔伊斯等最后辉煌的时代。在卡津看来，实验主义无论在哪里都没有在美国的发展那么符合时代的需要，美国人第一次有了自己的民族文学，从19世纪80年代开始，这一民族文学就处于酝酿之中。到20世纪20年代美国第一次有了现代戏剧、现代诗歌，甚至有了发行量很大的杂志，如《时代》因其具有的文学和先锋实验性风格而备受欢迎，《纽约人》形成了讽刺和精炼的风格，体现了这个时代的特点，这时的美国人以自己是艺术家而自豪。20年代美国形成了许多文化中心，这标志着一个真正的复兴，这一时期著名的先锋派现代主义在文化上对门肯所谓的“愚众”产生了越来越大的影响，而“知识分子”则成为人文主义本身的先锋派。

20世纪20年代中期是现代作家和艺术家的黄金时期。自18世纪开始，哲学家和诗人摧毁了旧的统治制度，追求自由、挑战权威、向往自发性的和个性的表达，这一切构成了现代主义的根本思想，到20世纪20年代，现代主义的发展达到了全盛时期。这时现代主义作家不仅取得了成功，而且也实现了自己的向往，面对新的世纪，他们已经能够充分表达现代的含义。到这一时期，有的名字已经永载史册:海明威、乔伊斯、艾略特、毕加索、布拉克、史塔温斯基、巴尔托克、福克纳、布莱希特、马尔罗、叶芝、瓦雷里、纪德、塞利纳、科莉特等。这一时期普鲁斯特出版了他13卷《追忆似水年华》的最后一本,这部巨著犹如历经几百年建成的大教堂矗立在现代主义的大地上。这一时期在立体主义、达达主义、涡纹主义、未来主义等各种流派的倡导下所形成的“趋势”、“潮流”、“为理想而斗争”以及“反叛行为”都已出现,现代人已经达到了他自由的顶峰。

这一时期现代主义者的自豪感非常重要,因为尽管《荒原》中表现了“绝望”,托马斯·曼的《魔山》提醒人们可能会出现分崩离析的世界,但事实上20年代是艺术和社会都不断发展的时期,人的个性得到尊重,生活水平普遍提高,这就为艺术的活跃提供了必要的保障。人们在这一时期感受到自由的气氛,率性而为的可能性以及进行公开批评的愉快氛围。这一时期对“风格”非常强调,出现了新式杂志,人们普遍接受现代家具和功能型建筑,了解经济的力量,也越来越向往奢侈的生活,这实际上反映了追求唯美的作家对从前的现实主义感到羞耻。对风格的强调说明艺术家的自信多么依赖社会的普遍发展。

一个群体的创造性活力就在于批判——18世纪的百科全书编撰者互相鼓励,一起批判旧体制中的迷信思想;浪漫主义者共同努力反对18世纪的理性主义,现代主义的作家如萧伯纳、门肯、纪德、科莉特则表明了反对“道德主义”所取得的成就。在美国新一代作家的成功可以追溯到“巴比特”一词带上了轻蔑之意开始。在门肯的抨击和萧伯纳的嘲笑声中,19世纪终成过去,斯文传统被踩在脚下，过去的神明全部打倒。这一时期代表性的小说都反对小镇生活（至少在美国文学中是这样的情况，如：《大街》、《温斯堡小镇》等），接受繁华的大城市生活，如《曼哈顿中转站》、《了不起的盖茨比》。具有代表性的女主人公都是"解放了的"女性；具有代表性的斗士都反对管闲事的人和书籍审查员。20年代成名的一批作家如：德莱塞、安德森、刘易斯、海明威、维拉·凯瑟、菲茨杰拉德等，他们有一个共同的特点，即都是来自中西部地区的乡下人，到大城市寻求新思想以批判旧有的价值。这一时期具有代表性的话题是关于自由的讨论。

> 20年代不是现代主义的开始而是它发展的顶峰。作家和艺术家批判维多利亚的传统，好像维多利亚时代依然存在，然而这时现代艺术的危机，甚至可以说是颓势已经出现在第一次世界大战的凡尔登、伊普雷战场上。在那些可怕的屠杀中，欧洲最后的理想主义和政治希望都消失了，从那时起，即使看起来很正常的社会也不是真的很健康，它就像精神出了问题的人，虽然有时显得很沉静，但说不定什么时候就突然神经失常，爆发病症。[7]

卡津在这里表现了他对战争的反思，从前乐观坚定的民主理想逐渐暗淡下去，他看到20年代所追求的事业在到达成功的顶峰后已经逐渐衰落。文学运动的兴起往往有其针对性，当它所反对的事物已经成为过去时，它所追求的效果就达到了极致，失去了存在的理由。当一场文学运动取得成功时，这场运动也就结束了。

> 现代艺术在一战前才是真正处于上升期。雅各·巴赞在《艺术的能量》一书中指出，战争结束后，现代艺术中出现了一种痛苦、自怜的情绪或者显得冷酷无情、感觉迟钝，这些并不是现代主义的特点，而且也背离了现代主义的初衷。比较一下同一位作家在战前和战后的作品，如门肯、纪德，对照一下战前思想单纯的作家，如法国的夏尔·佩吉、美国的兰道夫·波恩与达达主义的不同之处，就可以看出20年代创造了一种独特的冷酷无情的文风，这一点可以从流行一时的海明威的艺术中看出来，还可以从艾略特诗歌的变化中看出来，艾略特的诗不再是讽刺的，而是疯狂地寻求拯救。[8]

冷酷无情的风格只会慢慢萎缩，而不会扩展，从海明威一生的创作中可以看出，冷酷无情的风格使得作家只局限于自我意识的小圈子中，局限于早期的创作思想之中。海明威从没放弃著名的海明威风格，这种对自身传奇的关注已经成为现代艺术的标准。30年代就可以清楚地看到现代艺术的“危机”，或者甚至可以说是现代艺术的“终结”，这一时期出现了愚众、神气十足的有钱人和斯文传统，与品德高尚的维多利亚人相去甚远，他们很容易成为作家攻击的对象。接着就出现了30年代的经济萧条，共产主义变成了冷酷的斯大林主义，纳粹主义变成了冷酷的种族大屠杀。

1914年，第一次世界大战开始后，英国的外交大臣格雷伯爵看着泰晤士河两岸的灯光，曾发出感慨说整个欧洲的灯都熄灭了，他们这辈子不可能看到它再次亮起来。卡津认为到30年代所有人才开始明白现实究竟有多么黑暗。这一时期许多20年代的作家都去世了，乔伊斯则几乎完全失明，他成了一个“为芬尼根守灵”的狂乱独白者和歧义制造者。

> 到这时人们能够感受到20年代作家的痛苦，维拉·凯瑟、辛克莱·刘易斯、舍伍德·安德森早期都曾为得到认可而奋斗，但即使得到了认可，他们仍感到自己是局外人。典型的30年代作家是奥登，他宣称人与世界之间的联系已经断裂，30年代的美国文学主要是政治文学、“无产阶级”文学，是一个痛苦的时期。许多作家误入歧途，没有认识到如果屈从于某一类计划性的文学写作，他们就等于签订了一份死亡认定书。在30年代或40年代没有认清这一点的人到了50年代迟早也会看清这一点。[9]

卡津在《扎根本土》中曾对30年代的纪实文学寄予厚望，充分肯定了当时政府组织的写作计划；而到了50年代，他对大萧条时期的美国文学有了新的认识，看到30年代实际上是现代运动的结束，作家自己就公开拒绝追求自由和自发的个性表达。在卡津看来，无论现代主义意味着什么，它一定不代表对自由的恐惧。二战以后，作家纷纷放弃了文学中的政治理想，现代主义运动已完全成为一种体制。刘易斯、奥尼尔、纪德、艾略特、福克纳和海明威都获得了诺贝尔文学奖，现代文学成了大学里的经典文学，从前的异教思想已成了学院派的陈词滥调，现代文学和艺术不仅成了学术界讨论的话题和大众品位的标准，而且也成了它自己的传统。年轻作家不能肯定自己究竟是不是属于现代文学运动的一部分，看到周围的人都推崇现代性，他们不知道自己是否有资格把僵化了的现代性当作敌人加以批判。现代的一切——现代文学、现代家具、现代住房、现代品位、现代广告——都成了当代的敌人，更糟糕的是，现代主义作为一种固定的写作方式已经成为参与现代的一种标志，而不是创新的标志。有人以为现代艺术可以从现代政治、现代科学以及现代人中分离出来，这就使得“现代”这一词汇变得非常枯燥乏味。

> 把文学当作宗教来阐释的现象大家已经见怪不怪，然而把文学视为圣事却是可笑的，这意味着人对物质世界的控制如魔术一般。也许马拉美说得对，“人在艺术中活着，就好像活在宗教中一样。”现代文学也许已经成为一种体制、一个教派，但对于许多人来说，如今它不过是一阵激情。随着现代生活越来越有组织，越来越非个人化，文学也许只是一种奇怪的人类技巧而已。具有创造力的人所寻求的最重要的东西就是他持续的创造力，是他的作品在宇宙中存在下去的可能性。……文学作为一种活动本身就是有生命的。在正常情况下，文学的生命力不可能永远存在，因为文学不可能是一种过于“纯粹”的艺术，一旦文学陷入自足的领域，它就会失去自身的意义。现代文学已经失去了自身的活力，因为它的活力来自对旧有体制的批判。[10]

50年代的卡津认为二战前的美国社会依然是自由和自信的，1914—1935年期间的现代文学是人在自由社会中发出的最后的骄傲之言。现代主义文学虽然探索了新的文学创作技巧，但他们晦涩的文体也加大了普通读者和经典文学之间的距离，同时也促成了英美新批评在大学里流行了几十年。新批评本是指导学生如何阅读文学的扫盲运动，最后却发展成一场轰轰烈烈的批评运动，这是卡津始料未及的。

1.2. 美国文化的分裂和当代作家的平庸思想

如果说盛极一时的现代主义运动带来了美国文学的辉煌，也推动了“融多于一”的美国文化的建立，那么随着现代主义的衰落和新批评运动的推广，到60年代美国文化又有了新的变化——出现了大众文化与精英思想的分裂，文学与批评的分治。“文化”这一概念变成了比社会本身更“高雅”或更“斯文”的东西，也就是与工业主义和大众社会相对。卡津把“文化”与“大众”对立的现象归咎为维多利亚时代思想家的影响。

> 文化一词的出现是为了应对新的社会现象，而不是为了逃避它。浪漫主义诗人如布莱克、柯尔律治等都非常关注社会恶习，他们之后伟大的维多利亚时代救世主义者如约翰·斯图亚特·米尔、马修·阿诺德、卡莱尔、罗斯金和威廉·莫里斯等都对文化提出了不同的见解，揭示了英国工业社会的丑恶、贫穷与绝望。他们的文化观都敌视工业主义和民主社会，他们希望另寻出路，而不是在接受工业主义和民主思想的基础上进行社会改良。他们的文化观逐渐发展成与社会对立的思想，进入一片理想的天地，成了可怕的工业主义现实和无知大众的对立面。这样的文化观发展到今天就成了逃避社会，而不是创造新社会的思想。[11]

文化“逃避社会”，与“大众”脱钩，这就对文学产生了重要影响，文学丧失了普通读者，减少了公众影响力。在卡津看来，新批评之后大学批评理论的盛行与大众的“反文学”不无关系，批评家不再是大众与文学的媒介，他们遁入大学，形成自己的学术圈，自认为是“高雅文化”的代表，公众则成了“低俗社会”的象征。当时的不少学者都把美国文化的分裂归咎为大众的愚昧所致，而卡津却认为知识分子应当对此负责，因为他们才是文化的制造者，大众只是无可奈何的接受者。

> 如果说“大众文化”一词有什么意义，它就意味着社会不断提供的各种机遇，如果没有这些机遇，美国的许多知识分子将一直淹没在“大众”之中。……本该是制造庸俗赝品文化的知识分子受到谴责，因为消费者只能接受这样的文化，他们别无选择，然而现在的情况却是大众要对赝品文化负责，因为他们象征了“社会”，而知识分子自己则是“文化人”。[12]

C. P. 斯诺在《两种文化》中提出当代的科学家和人文学者代表了两种不同的文化，未来属于先进的科学文化，而文学必定会越来越不重要了。卡津赞同这一观点，并分析了个中原因，他把文学的衰落归结为人们普遍失去了自由，建立在技术革命和集体化大生产基础上的新型社会没有给传统的个人留下追求文学的空间。

> 美国人口与财富的迅速增长对社会产生了深远的影响，有闲阶层普遍被电视和廉价杂志所吸引，美国人迅速分为两个阶层——有文化者与没文化者。越来越多的人失去了对文学的兴

趣，或只读些劣质的文学作品，他们以为文学与这个时代没什么关系。还有一些人虽然声称对文学感兴趣，实际上却知之甚少，哪怕对一本书都说不出所以然来。与此同时，那些在某种程度上与文学关系最密切、也最关心文学的人，却对美国社会的未来失去了希望。[13]

卡津认为这一切与其说是对政治绝望的结果，倒不如说是经济发达带来的影响，然而，他又不得不承认20年代同样是经济高速发展的时期，那个时代创造了优秀的现代主义文化，而60年代知识分子的活力已经被这样或那样的焦虑所压制。卡津相信这是因为：

> 我们和其他人一样，正在经历不断加速的历史进程，所以才不能正确地抓住每一时刻，看不清正在发生的一切，也不知道所发生的一切会在何处停止。……我们以飞快的速度奔向未来，没人能说出究竟是谁创造了未来以及在创造什么。无论一个人年纪多大，他都不可能感觉不到事情的发展超出了他的控制。然而具有讽刺意味的是，过去的伟大思想体系被众多的事件抛在身后，我们可以阻遏这些事件发生的唯一手段就是当代文学。如今美国的本科生不是从马克思或弗洛伊德的作品了解个人在现代社会的困境，他们是从艾略特、海明威、福克纳和塞林格的作品中知道人生的艰难。[14]

在卡津眼中1914—1935年的现代文学表明人在一个依然自由和自信的社会中骄傲地发出了最后的宣言，到60年代现代文学已经成了伟大的教材，这一时期的年轻学生与现代主义分离开来，不是因为他们遭受了什么挫折，而是整个社会变化太快，势不可挡。英国的学生从荷马身上学习历史，而美国的学生则从艾略特、海明威和福克纳的身上了解历史。卡津分析了美国大学生之所以会对当代文学感兴趣，这是由于他们意识到当代文学记录了这一时期人的命运。无论当代美国文学中的主人公多么否定现状，他们仍具有古典的人情味，“他们致力于建立一个人能够生活于其中的世界”[15]。卡津根据自己的从教经验得出结论，美国大学的课程设置中能对学生的生活和思想产生影响的也只有当代小说和诗歌了，这些文学作品记录了人如何理解世界以及如何坚持自己的意愿，除了当代文学提供的素材，美国大学中已经找不到其他渠道去研究这些根本性的问题。

卡津认为在美国兼做文学教师的批评家已经成了价值观的指导者，对学生有着重要的影响，而在别的文化中，价值观则是由家庭、宗教、政治思想等共同提供的。60年代的许多知识分子都转向批评寻求人生的指导，而过去他们是从牧师那里寻找人生的指南。这一时期美国的学生则对塞林格的小说、垮掉派的作品以及各类平装小说充满狂热的兴趣，把它们视为圣经，这些学生渴望得到启蒙，渴望文学能把隐蔽的话题公开化。

卡津在50年代末就已经感到事情的发展超出了人的控制，他把50年代称为“孤独的一代(the alone generation)”，①并把这一时期小说中所反映的不安情绪归结为整个美国文化所带来的影响。

---

① 卡津可能从50年代影响较大的一本社会学著作得到灵感，它就是戴维·里斯曼的《孤独的人群》。这本书描述了现代社会的品格构造方面的重要变化，即从自立、自律的个人变为向同辈看齐、顺从他人的唯唯诺诺之徒。

> 美国社会中一个突出的现象就是个人深切的孤独（不是独处）。在我们这个大众的时代，个人缺乏独处的空间，无止境地要求满足自我，只关心自己的健康与幸福，这就迫使人比从前任何时候都依赖自我。我们的文化缺乏传统，令人吃惊，美国人在表达对现状的不满和对未来的抱负时，总是持世俗的和进步主义的态度。如今每个人都不断地质问自我，因为他们根本的兴趣在于自身的进步——是指用社会标准来衡量的进步。19世纪小说中的人只是故事里的“人物”，如今却成了20世纪小说里的问题。原先的小说展现了人的一系列行动，人之所以会有那些行动是因为他们自身的特点。而20世纪的小说却是在透露一系列的秘密，就好像一个心理分析家的诊所，目的在于给人提供治疗自我的知识。[16]

卡津从这一时期的小说中发现了美国文化存在的问题，他开始意识到缺乏传统的世俗化美国社会中，过分追求自我价值的个人可能带来的混乱。如果说卡津曾以激进的态度赞扬美国现代小说的反叛性，那么到20世纪50年代末，他对新一代年轻作家的反叛则持保守的批判态度。

卡津对当代作家的不满主要表现在三个方面。首先，他对垮掉派小说缺乏活力感到不满，虽然这类小说竭力寻找创新之路，但它们对传统的反叛缺乏新意和创造力。

> 垮掉派小说故作反叛，其本质是为了博取别人的同情。……杰克·克鲁亚克的小说发展了一种假冒的自发性写作技巧，故意用

一大堆混乱的印象轰炸读者，不知羞耻地寻求赤裸裸的“爱情”、理解和友情。有人阅读并欣赏他的作品只是因为他的乞求满足了我们对小说的心理学上的兴趣，而我们纵容了克鲁亚克的写作却并不知道为什么。……在这个恣意放纵的社会中，大众的理想好像就是不受限制地消费各种商品，享受各类服务，这就让有些作家能轻易地获得成功。这些作家的文学策略就是把美国描写成一个毫无止境地提供性、旅行和酒精的地方，到处都是充满渴望的孤独者。只关心一己之事的人不可避免地会写出愤怒的、暴风骤雨式的作品，用空洞的言词煽动读者。他们的目的是要以此侵扰社会，去攻击自己世界中的“他者”。我们的错误就在于竟然把这样的作品视为具有“深刻思想”的代表作，我们判断小说的好坏逐渐以情感的真实性，而不是思想的创造性为标准。[17]

创造性是卡津最为重视的文学特质，他曾大力赞赏美国现代文学反映现实的创新之举。当代文学的很多作品虽力求“现代”，却终因缺乏气势雄壮、发人深省的思想而落个另起炉灶唬人的笑话。

其次，当代小说的风格变得越来越草率随便、平庸怯懦。20世纪40年代的美国小说开始兴起了讲究风格的潮流，不少有才气的小说家都在作品中故意卖弄技巧，然而这时美国人的社会理想越来越关注微不足道的小事，在这个平凡沉闷的时代，作家创作不出任何性格果断的人物，所以他们对技巧的讲究反而取得了相反的效果。

> 如今我们看到的不是所谓精致的文风——像《纽约人》杂志上描写的妇女那样，连衣服上的褶子都纹丝不乱——而是看到对愤怒之情和亡命之徒不怀好意的眼光的模仿。你别想用你们斯文的训导来愚弄我们，我们是见过世面的年轻美国小伙，有的是力气！……如果英国的年轻人感到愤怒，那是因为他们总是得不到尊重，感到低人一等；而美国的年轻人感到愤怒则是因为他们想要找找碴儿，显示自己的自信果断、充满生气，以此来反抗意志消沉、精神不振的艾森豪威尔时代。[18]

一些小说家把言词粗糙与自由的文风混为一谈，卡津能理解他们这么做是为了用语言来刻画人物。艾森豪威尔时代的美国人缺乏公共信仰，小说家的创作比以前要困难得多，他们陷入绝望，只想搭个舞台，让人们在上面自由来去，讲他们自己的故事。这种做法意在消除审美距离，坚持经验的绝对现在性和同步感，其结果却是事与愿违，小说家越是想把世界变得人性化和通俗化，世界反而离人越来越远，越来越让人感到陌生。

最后，许多知名作家的小说显得贫乏浅薄、毫无价值。尤其是赖特·莫里斯的《视野》，让卡津想到了乔治·桑塔亚纳对当代诗人的不满，他们只是启发读者的思考，希望读者帮他们完成诗歌的创作。莫里斯的作品是典型的“文学小说”，即每句话都饱含寓意，却毫无生气，也没有多少生命力。只有教授喜欢讲解，也愿意写这样的小说。

福克纳的《小镇》同样是卡津眼中“大作家写出的糟糕之作，它表明福克纳对写所谓‘小说’已越来越不感兴趣。尽管他对学术界有着巨大的影响，但他对于初学写作的小说家来说意义不大，而且擅长讲故事的人实际上都把他视为怪人”[19]。《小镇》中的人物大都在福克纳之前的作品中出现过。

> 当他充分了解这些人物时，或者说当他对这些人物充满同情时，他就是一位极好的作家；当他只关心这些人物的象征意义时，他说的话就显得歇斯底里，令人厌恶。福克纳描写事物的目的往往只是为了表现他的思考，所以在《小镇》中，故事是由一系列的目击者讲述的，对于这些目击者来说，一切都只是示例或符号。……福克纳感到悲伤的并不是斯诺普斯家族的恶劣行径，而是一个南方人徒劳的努力，他不断地赋予南方历史以意义，逐渐接受了那难以言表的过去的失败，而他的努力却总是无果而终。……斯诺普斯家族让人想到漫画中夸张的人物，他们都有着同样的怪诞特征，同样表现了现代人恐怖的现实。他们不是象征某一阶级的生活，而是象征一种生存状态。福克纳越是不理解这样的生存状态，他就越会堆砌怪诞的特征。他实际上是在自言自语，竭力弄懂所发生的一切。[20]

虽然卡津对二战后的当代美国小说有着如上的几点不满，但他表示自己从未对小说感到绝望，小说不仅是一种形式，它是文学。好的文学作品需要作家深入了解自己所处的社会。

> 深刻的描写要求作家支持某种社会力量，赋予这种社会力量以重要的象征意义，这样他就能找到一种历史模式，他不仅可以

从这一模式中找到出路，还可以把自己视为其中的一员。……一个人如果能在马拉默德那样的作家身上看到生活的真实性，感到生活的回音，这就表明他相信无论想象的"世界"多么狭隘或奇特，它都是一个世界，相信擅长想象的文学家必定把价值视为真理而不是主观臆想。……小说能够探寻并证实我们共有的这个世界，它能够展现尚未预见的人类的可能性——即使在它的衬托下一切都似乎死气沉沉。[21]

卡津在这里坚持的正是他的个人现实主义标准，要求作家把自己的感悟与对现实的反映结合起来，形成真正的历史意识。

1.3. 犹太作家的成就

卡津虽然对美国当代文学的总体状况并不满意，但他却极为肯定犹太作家的成就。二战后美国涌现出许多犹太作家，逐渐引起了评论界的注意，卡津自己身为犹太移民自然更容易与他们的作品产生共鸣，他在回忆录《纽约犹太人》中分析了犹太作家取得成功的原因。①

因为战争使得经济迅速发展，犹太人的社会地位不断上升，而且战争使不少犹太人背井离乡，来到美国这个"自由的世界"。……这些新作家大多是知识分子和大学教师，天生喜欢思

① 卡津在这里所说的犹太作家主要指经常给《党派评论》投稿的那批犹太知识分子，包括特里林、索尔·贝娄、菲利浦·拉夫、威廉·菲利普斯、戴尔默·施瓦茨、迈耶·夏皮罗、哈罗德·罗森堡、保罗·古德曼、欧文·豪、丹尼尔·贝尔、西德尼·胡克、莱昂内尔·埃布尔、艾萨克·罗森菲尔德、克莱门特·格林伯格、莱斯利·菲德勒等知识分子。

> 考，熟知现代文学和绘画知识，他们最重视的就是伟大的新世界的观念，他们把自己对社会革命的热情都投入到更纯粹，也许更具革命性的现代文学和艺术中去。他们很快就成为知性风格的开创者，取代旧式的老学究，成为文化上的领头人和现代主义权威。[22]

卡津在评论犹太作家时依然坚持他一贯的批评作风，把这些作家放在美国的大环境中，看到他们与社会的疏离，也看到他们参与构造美国民族文化的同时又被这样的文化所塑造，正因为如此，卡津并不特别强调这些作家的犹太特征，而是把他们看作美国文化的一部分。

> 尽管他们深入了解现代社会的特点，他们仍是这个社会的旁观者，虽然适应了美国的生活，但像特里林那样的犹太知识分子仍然要批评他们自身的自由主义，他们用20世纪大师的眼光来看待社会，这些大师包括保守主义的贵族艾略特、叶芝、托马斯·曼。他们是犹太人，但并不犹太化；他们是自由主义者，但又能看清"自由主义想象"所带来的弊端；他们是弗洛伊德主义者，但又是道德规范的大师；他们是学院派，同时也是思想上的先锋派。——这一切所产生的张力和必经的思想磨练很快使特里林成为超越自由主义的知识分子代表。弗洛伊德曾说过"作为一名犹太人，我总是处于矛盾之中"。特里林是杰出的大师，他巧妙地批判了自由主义和激进主义，但他又不能被简单地归类为保守主义者。对于那些前自由派和后激进派来说，特里林作品的魅力就在

于他能够看清各类思想的不同之处，深入了解它们但又不为它们所困，没人能像特里林那样洞察一切却又不身陷其中。[23]

虽然今天的评论界对作家族裔身份的讨论几乎成为陈词滥调，但卡津较早地意识到犹太身份对作家创作的影响，而且他对犹太作家的评论更多地并不是强调他们的族裔特征，而是把他们视为美国作家甚至是世界文化范围内的作家，他的出发点与80年代族裔文学研究兴起时对犹太文学的评价大不相同。卡津强调的是作家对文学的“信念”，而不是幼稚的群体感情，强调的是犹太作家从自己独特的人生体验出发对整个人类生存状态的思考，这一点尤其体现在他对索尔·贝娄的评论中。卡津曾和贝娄一起在纽约的大街上散步，那时贝娄还没开始发表小说，散步时卡津感到贝娄

在掂量这个世界的力量到底有多大，以便与之对抗。他给自己树立了一个斗士的形象。虽然他为人彬彬有礼、幽默谦虚，但他也有野心，我从未见过任何一个城市犹太知识分子用他那样的风格写作，他希望整个世界朝他敞开。[24]

寥寥几笔就把贝娄的形象勾勒出来，令人倍感亲切。卡津在1959年对贝娄的评论很少涉及他的犹太特征，主要是从社会的角度切入分析，着重评说贝娄作品中所反映的个人现实主义世界。卡津认为二战后的美国社会失去了影响力，只是成了人们讨论的话题和战后饥渴的自我的生活背景，而贝娄却能够准确定位具有反抗力量的事物，一个简单的场景描写就能让人看到人生存境况的各个

方面。贝娄和麦尔维尔一样是富于形而上思考的作家，“把人的追求等同于思想本身的广度”[25]。卡津发现贝娄笔下的主人公都背负着思想探索的重任，都想从人类命运的普遍问题中理解他们自己的命运，正是这样的思考使得贝娄在美国小说界享有独特的声誉。

> 贝娄的小说对一代人的社会乌托邦主义进行了我所知道的最深刻的评论。社会乌托邦主义者自以为能够建设和平的生活，建立一个没有争斗的和谐社会，最终他们却痛苦地发现自己不得不赞扬人力无法控制的神的力量，《奥吉·玛琪历险记》和《只争朝夕》都描写了这样的故事。……要想发现人之为人的潜在自由就必须在私底下尊重某种终极力量，我们只能把这种终极力量称为上帝。[26]

到1971年卡津再次评论索尔·贝娄的作品时，他开始关注贝娄对现代犹太人生活经验的运用，即使如此，卡津仍旧把贝娄的小说视为独特的美国经验的代表。

> 他对独特的美国现状的把握建立在他与大众交往的经验之上，不同于卡夫卡形而上的睿智，也不同于自哀自怜的大萧条时期的小说，具有不同经历的美国人都能从贝娄的作品中感到他是自己生活中的一员。……贝娄不停地用一部又一部的作品去建立生活的秩序，去看透生活的本质，去寻找生活的出路。……他把生活描写成永不停止的思想斗争，那是一个犹太人心中天堂与地

> 狱之间的争斗，这就让读者看到了一个毫不狭隘的世界，一种忧郁、健康而又充满活力的思想，这正是对美国经验的真实反映。[27]

卡津在分析贝娄的人物塑造时同样看到了他对犹太人经历的借鉴，但卡津的分析紧紧抓住人物生活的背景，尤其是人类共有的这个世界。卡津在对贝娄作品的分析中融入了自己对人生和世界的思考，尤其是对人类战争和自相残杀的非理性行为的反思。

> 他所有的故事讲述的都是这个不真实的世界，与上帝的世界恰好相反。主人公在一个不属于自己的世界上奋斗，一个由陌生人掌管的世界。因为上帝允许犹太人活在这个世界上，犹太人就必须充满感激并顺从听话，而在犹太人的小说中，这个世界总是其他人的世界，尽管犹太人在这里自称犹太人，而且永远都是犹太人。所谓犹太小说（确实存在犹太小说，虽然只有很少的犹太人写过，那些写犹太小说的作家往往不是犹太人）出现在这个不真实的、不属于我们的世界上。世界的本质(the heart of the world)是犹太式的，但在贝娄的小说中唯有父母对子女才会无比怜爱（have a heart）。贝娄熟知大城市的环境，了解纽约的喧哗和令人眼花缭乱的景象，了解其中花样繁多却又有规律可循的细节，但是贝娄所描写的那个世界并不是一个让身在其中的犹太人感到自在的世界，犹太人与“他们”的关系总是有点紧张，犹太人是一个新来的暴发户，一个难民，他的自我规范是贝娄每一部作品都会涉及的话题。……贝娄小说中的犹太人是一个“陌生人”，

> 因为他自己就是一个陌生人，而不是像加缪所说的“局外人”，因为他根本不在意别人对他的看法，甚至到了完全不在乎的程度。……从《晃来晃去的人》中的约瑟夫到老塞勒姆先生，贝娄的主人公都是绝望地挣扎求生的代表——通过这些人物，他表现了更为精炼的思想。这正是典型的古老犹太信仰——深入思考才有救赎的机会，看清事物的本质，成为道德上的科学家，寻找统治我们的终极力量。……从贝娄的小说中可以看到这个世界的非理性和不公正对人类的侵扰，使人难以理解发生在自己身上的一切，难以理解非理性的行为和不公正的现象为什么会出现。[28]

贝娄无疑是当代美国杰出的小说家，他的作品具有较强的思想深度，普通读者不太容易理解，卡津的评论既把握了贝娄的特点，又能帮助读者理解。这样的评论既面向大众，但又不以服务大众为最终目的，既剖析了文学作品本身的活力，又不乏自己的思考。

卡津不仅对犹太作家群体做出了入木三分的评价，而且非常清楚他们之间的不同之处，特别是他本人与特里林之间的差别。特里林比卡津年长十岁，正是这十年之差使得“特里林吸收了20年代那种随意的绅士化写作风格，而我和贝娄则更多地吸收了30年代下层人的社会愤怒”[29]。卡津在这里说得比较委婉，实际上他和特里林的政治立场有所不同，虽然他们都信奉自由主义，但特里林在更大程度上是一个自由主义的右派①，而卡津则有更多的左倾思想。

① 拉塞尔·雅各比(Russell Jacoby)在他的《最后的知识分子：学院时代的美国文化》一书中对

因此当特里林在卡津这个后辈学生面前骄傲地说他的母亲生于英国，并强调他不会写任何无益于提高他声誉的文章时，卡津非常惊讶，表示“我从没见过任何一个犹太知识分子如此重视自己的社会地位”[30]。他甚至认为“维多利亚时代的英国是特里林学术上的祖国”，[31]也许这句话有失偏颇，特里林毕竟是大家公认的美国文学与文化的研究和倡导者，卡津的评价引起了不少反对之声。②

同为犹太人，卡津不喜欢特里林急于抛弃过去，做个上等人的态度，他更认同索尔·贝娄对过去经历的看法，他把贝娄的写作风格归结为受芝加哥这个城市的影响。

> 纽约太大，太“重要”了，没有哪一个小说家能像德莱塞描写芝加哥那样全面地展现纽约的形象。造就纽约知识分子成为文化典范的因素对小说家并没有多大的帮助。贝娄和罗森菲尔德那种直截了当的表达方式是芝加哥的产物——一个为了赚钱才建立的城市，19世纪末一位芝加哥的小说家如是说。芝加哥给人以中西部的坦率，一种在美国无拘无束的感觉。[32]

也许不仅是纽约培养不出德莱塞、贝娄那样的作家，整个美

哥伦比亚的三位著名学者进行了比较：文学批评家莱昂内尔·特里林、历史学家里查德·霍夫斯塔特和社会学家C·怀特·米尔斯。雅各比认为他们三人囊括了从右派到左派的整个知识分子谱系。作为左派代表的米尔斯强烈反对右派的特里林对知识分子的看法，而霍夫斯塔特则指出了一条中间道路。卡津与霍夫斯塔德是终身的好友，他的最后一本书《上帝与美国作家》就题献给这位受人尊敬的美国学者。

② 对卡津的批评参见Terry A. Cooney, *The Rise of the New York Intellectuals*. Madison: University of Wisconsin Press, 1986. p. 323. 库尼在注释中提到威廉·蔡斯（William M. Chace）批评卡津对特里林的评价不准确，其原因是由于卡津艺不如人，所以心生嫉妒，才会对特里林产生误读。蔡斯对卡津的批评显然带上了个人情绪，卡津的成就也许确实比不上特里林，但他在评论特里林时是否就因为这一点而故意贬低别人，还是值得商榷的。

国的文化氛围到60年代以后都发生了巨大的变化，美国变得“太大，太重要”了。此后卡津开始反思民主的美国的历程。

2 对现代文学的再思考

卡津的文学研究总是结合了他对美国社会文化的思考，他强调文学批评应当与时代紧密结合，为新的创作提供参考。而理论研究兴起后，文学批评的新思想层出不穷，但卡津对这样的现象并不满意。

> 看看如今对乔伊斯、艾略特和福克纳的评论，它们为新艺术的出现提供可能性了吗？……这时的文学批评把现代作家看成是谨小慎微的古典作家，往往歪曲了他们充满活力的反传统之举。福克纳虽然和其他人一样是个道德家，但也不应当年复一年地用他来加强南方的怀旧情绪。其实，福克纳比任何人都肯定地说明旧南方已经逝去。[33]

卡津自己也总是跟随时代的步伐，不断修正自己的思想，尤其是对美国现代文学的看法。现代文学曾是卡津从事研究的出发点，27岁的他就在《扎根本土》中对美国现代文学进行了较为全面的梳理，这本书写于大萧条和第二次世界大战期间，那时的卡津虽然充分意识到危机的存在，但他依然满怀人文主义理想，对美国社会的未来抱有希望。那时他欣赏豪威尔斯对美国现实的感悟，认为豪威尔斯是第一个反映美国社会变化的现实主义作家，然而到了60年代他对豪威尔斯的评价就发生了变化。

2.1. 从豪威尔斯到亨利·亚当斯

卡津在《扎根本土》中把豪威尔斯视为美国现代文学的起点，认为他连接了爱默生与左拉的世界。爱默生的世界是19世纪有责任心和仁慈之心的纯良世界，随着内战后经济的发展，美国人的道德感逐步衰退，物质世界金钱至上，适者生存，旧日的纯净心灵受到强烈冲击而不堪重负，左拉的世界于是暴露出人性中恶的一面，对人类的生活采取了非道德的态度，对人类的一切行为既不谴责也不颂扬。卡津认为豪威尔斯的小说填补了这两种世界之间的巨大鸿沟，他的作品既反映了日常生活中的种种问题，看到了传统价值观的失落，同时又突出了道德的社会地位。

在1962年出版的《当代人》中，卡津仍然承认豪威尔斯在1885年以后就开始用法国和俄国的模式捍卫美国的现实主义创作，但"豪威尔斯的小说对于今天的读者来说意义不大，甚至还不如它们在20年代的影响，那个时候辛克莱·刘易斯还非常认真地批判豪威尔斯，而现在豪威尔斯只是学术研究的话题"[34]。这时卡津思考的问题是既然豪威尔斯重视现实主义创作，他为什么不认同德莱塞的作品，从这一问题入手，他重新分析了豪威尔斯的现实主义。

> 豪威尔斯在攻击"浪漫主义"，为"现实主义"说话的时候，他不仅是在维护美国中产阶级的经验，反对跟随英国文学的潮流，同时他也为新兴的白手起家的商人说话，而且一辈子都为他

> 们说话，对于这些商人来说，“浪漫传奇”是他们无法参与的贵族文化。……今天我们需要有“平衡的思想”才能理解豪威尔斯小说的局限性。豪威尔斯对美国小说的贡献实际上就在于“浪漫传奇”方面(不是豪威尔斯厌恶的那种冒险故事，而是《白鲸》、《哈克贝里·芬历险记》和《鸽翼》等作品中体现的奇特想象力)。[35]

卡津在分析豪威尔斯的作品之所以“特别肤浅，令人不满”时，不同意20世纪弗洛伊德式的批评家所说的原因，这些心理分析家把豪威尔斯的失败归结为他对性的恐惧，但卡津认为没有人比亨利·詹姆斯更担心这一问题。卡津赞同理查德·蔡斯的看法，认为“豪威尔斯从未真正全力以赴去写作，他的思想不仅过分拘谨，而且比较有惰性”[36]。他不停地写作，一直有着忠实的读者，所以很少停下来思考。他习惯于做一个成功的作家，不想让读者失望，遇到棘手的问题时，豪威尔斯只是用高超的文字技巧一带而过，所以卡津认为他只是一个循规蹈矩的好人，亨利·亚当斯才是走在时代前列的现代作家。

卡津在1942年出版的《扎根本土》中认为亚当斯是“附庸风雅、愤世嫉俗的学究”[37]，而到1984年出版的《美国的历程》中卡津重新思考了亨利·亚当斯的贡献。

> 从林肯到威尔逊的美国历史对物质力量的关注前所未有，这对于知识界是巨大的挑战。美国的兴起是好是坏尚无定论，即使那些喜欢“挑战”的人也绝不应当轻松地欢呼美国的崛起。我之

所以特别重视伟大的观察家亨利·亚当斯，原因之一是现在对权力关注的程度前所未有，而亨利·亚当斯一直处于最接近权力的地方。其次，亚当斯是一个具有想象力、创新思想和启发性的美国历史学家，他要比豪威尔斯和其他循规蹈矩的作家更为大胆，也是比他们更有成就的文学艺术家。[38]

卡津在这一时期关注亚当斯的历史理论，实际上反映了他自己对世俗社会进步的思考，如果说从前他的"历史意识"侧重于人的社会存在和民主主义的发展，到这时他开始重新掂量社会"进步"带来的种种问题。卡津这样评价亚当斯的历史理论：

在他的历史"科学"理论中[①]，亚当斯强调加速发展的"法则"和现代社会在多样性的压力下走向疯狂的趋势。他运用"热力学"的第二个原则表明，在工业化的社会中，熵就意味着能量过多会引起出血。现代技术和现代政治不可缺少的集中管理将会崩溃，他早就预言不可控制的能量爆炸将席卷全球并影响整个世界。亚当斯比维多利亚时代的预言者更加高明，因为他怀疑总是追求更多权力的体制没什么自制力，而是隐含着走向死亡的意愿。19世纪的美国使得亚当斯所熟悉的18世纪传统的政治理性变得毫无意义，在亚当斯的眼中，19世纪的美国只剩下机械的能

① 亨利·亚当斯力图设计一种"社会物理学"，也就是一种作为吸引和反吸引力、运动与集聚力、多种势能分解，并从整体到多元运动的历史网络。他通过"历史测力计"发现了历史哲学的秘密——历史的"加速度"法则。亚当斯力图在数学和物理学的世界里寻求教育，以便掌握划分历史时间的公式和推知未来的手段，但最终他发现"宇宙被热力学可怕地缩小了，历史学和社会学已经气喘吁吁。"亚当斯虽然运用了科学的方法研究历史，但他所关心的仍是人的命运，看到人类在加速度的变化面前无能为力的困境。正是在这一点上卡津把他的研究视为历史艺术，而不是历史科学。

量，只是一个发电所。[39]

卡津在这里认同亚当斯对现代社会的预言——工业化所带来的技术革新以及先进的管理体制并不一定带来美好的生活。也许是为自己从前对亚当斯的轻视而辩护，卡津把艾略特和亚当斯进行了比较，特别指出艾略特在1919年曾写过一篇不起眼的文章《一个怀疑主义的贵族》评论《亨利·亚当斯的教育》，其中表现了他对亚当斯的鄙视。既然连艾略特那样的大家都曾对亚当斯产生过误读，卡津自然认为亚当斯：

> 是一个一战后才被大众认可的现代主义者。他早就认为现代社会是毫无意义、疯狂而失控的。但不同于叶芝、劳伦斯、艾略特和庞德，亚当斯表面的研究主题是历史的进程，他唯一的愿望就是建立历史“科学”。不过他也承认这一想法源自文学想象，而不是历史事实。亚当斯真正的研究主题和艾略特以及其他伟大的现代主义者一样，都涉及变化带来的痛苦，对大众的恐惧和对绝对真理的渴望。……亚当斯不祥的预言就是力量存在于发电所中，力量过于集中就不会太持久。亚当斯的意思是权力可能意味着自残,因为人是不能相信的。[40]

不过，在卡津看来，虽然艾略特当时对亚当斯的思想不以为然，但他在《小老头》（1920）一诗中却借用了《亨利·亚当斯的教育》中的一些意象。《小老头》中那个老人发出的哀叹读来就像是从亨利·亚当斯和年轻的艾略特的灵魂中发出的声音。

尽管艾略特对《亨利·亚当斯的教育》毫无好感，但亚当斯实际上就是《小老头》中的说话者。艾略特和亚当斯这两个年龄相差半个世纪的清教徒在艺术上富有同样的思想。他们都为上帝的不可企及而痛苦，《小老头》中最大的焦虑就是：上帝要吞噬我们非常容易，而我们想要在精神上带点上帝的特征却要困难得多。艾略特批判现代世界失去了上帝的荣光，对于艾略特自己来说这一点是确实而又明显的现象。让他觉得有保障的是宗教，而不是信念。他之所以看重宗教是因为宗教所带来的“文化”。……亚当斯和艾略特表现了同样的多元主义思想——宗教是一种文化，而不是一种信仰，宗教是文学，这证实了亚当斯并不信上帝，亚当斯从未否认过这一点，他甚至略带讽刺地为此而骄傲。[41]

卡津在亚当斯和艾略特身上看到的是他们都为自我所困扰，都揭示了民主的失败，他们的思想与卡津晚年对社会的失望是一致的。

战后的读者非常震惊地发现《亨利·亚当斯的教育》揭示了美国的失败，亚当斯痛苦地坚持这一观点，到二战后美国人也有了同感。美国的失败很快被解释为现代的失败，艾略特的《小老头》让为战争所驱使的一代人看到历史就是人类不断堕落的历史。

懂得这个道理后，还谈什么宽恕？想想吧

> 历史有许多曲折的通道，精心设计的走廊
> 和出口，她用悄悄话里泄漏的野心进行欺骗，
> 把各种虚荣当作我们的向导。
>
> 自我与现代世界之间的分离并不像亚当斯和艾略特所说的那么普遍，……在一个飞速发展，迅速丢弃了过去的世界上，他们自视为历史的体现。亚当斯和艾略特的伟大之处，也是他们与社会相分离的原因，就是他们总能让其他人在艺术作品里听到他们心中“微弱的声音”。[42]

在这里我们看到卡津历史观的变化，从前他相信进步的历史观，相信人有足够的能力为自己的尘世幸福预先筹划，而现在他看到的历史是“人类不断堕落的历史”，尽管如此，卡津仍相信艺术的力量，听到艺术发出的“微弱的声音”。卡津虽然与亚当斯和艾略特同样对现代社会感到失望，但卡津显然不愿像亚当斯和艾略特那样怀念过去。

> 尽管亚当斯想要建立的是历史科学，但他最擅长的还是历史艺术——在历史中反映人的真实面目和复杂心态，表现人的行事方式和个人野心，显露他们的虚伪矫饰和永久的恨。我们必须解开历史之谜，其结果可能是令我们失望的。……亚当斯过于尊重和服从传统，他哀叹中世纪的“统一”已经变为19、20世纪可怕的“多元”了。艾略特也出于同样的原因写出了他天才的诗句：
>
> 德倍拉希，弗莱斯卡，卡梅尔太太，
> 已旋转越出了
> 那令人战栗的熊星座周线

粉碎成细末。海鸥逆着风，在贝尔岛的
多风的海峡，或朝着合恩角猛进
白色羽毛落入雪中海湾收容了它，
而一老翁被贸易风吹到了
一个昏睡的角落。
屋里的住户，
一个干旱季节里的一个枯涩头脑的思想内容。[43]

对于现实社会的失望使得卡津重新整理自己的研究思路，他在《美国的历程》中列出了一个庞大的研究计划，包括从1830—1930年间重要的美国作家。卡津在这部作品中探索了美国人的“自我意识”，这反映了他开始思考人在摆脱了神的意志控制之后如何实现自我的存在。

2.2. 对“自我意识”的探索

卡津通过对美国当代文学的研究发现了人的“自我意识”的变化，无论是塞林格笔下的霍尔登，还是金斯伯格本人的“嚎叫”，这些新人都没有能力与周围的世界建立真正的联系，只好沉缅于自我的幻想。这些作品中表现的绝望心理和反常现象促使卡津思考人对周围世界的感觉究竟发生了什么变化。他不愿像一些心理分析家那样声称了解自我，却宁愿在文学中寻找出路，这时他发现新英格兰文艺复兴时期的美国作家不仅开创了美国的民族文学，而且对“自我”的认识各具特色。比如爱默生对美国的“个人”的看法和同时代的法国思想家托克维尔就大相径庭，爱默生在19世纪30年代宣布脱离唯一神教，此后他更是把“个人的无限性”视为他唯一的信条，19世纪上半叶的不少美国作家都受到爱默生思想的影响，坚持对自我的信念。而托克维尔在同一时期对美国社会进行实地考察后指出：

> 随着身分日趋平等，大量的个人便出现了。……这些人无所负于人，也可以说无所求于人。他们习惯于独立思考，认为自己的整个命运只操纵于自己手里。因此，民主主义不但使每个人忘记了祖先，而且使每个人不顾后代，并与同时代人疏远。它使每个人遇事总是只想到自己，而最后完全陷入内心的孤寂。[44]

托克维尔对美国“个人”的前景比较担忧，他并不像爱默生那样对独立平等的个人充满信心。卡津在20世纪后期反观这两位思想大师对个人主义的看法，托克维尔的结论显得更具前瞻性，随着民主的发展，美国确实出现了“每个人遇事总是只想到自己，最后完全陷入内心的孤寂”。爱默生作为美国一代精神导师，他所崇尚的“个人”概念与托克维尔的有什么不同？卡津对美国人“自我意识”的思考就从这个问题入手，即关注“美国人传奇般的自我意识以及随之而来的‘自由人所崇尚的希望’，这一切发生在具有攻击性的强大力量把自我意识吸纳到资本主义中形成资本主义神学之前”[45]。卡津实际上在这里指出，资本主义的发展使得爱默生心中自由的个人变成了托克维尔笔下孤寂的自我。

生活在前资本主义社会的爱默生是一个“具有改革精神且信仰上帝的人”[46]。卡津对爱默生的评价包含两层意思，一是爱默生具有“改革精神”，这里卡津所强调的是爱默生与现实生活的联系。爱默生虽然深受欧洲浪漫主义的影响，但在卡津看来他与布莱克和华兹华斯不同，“布莱克和华兹华斯都远离英国的生活和社会发展”，爱默生却“在内战前燃起了社会的希望，缔造了美国的民族思想”[47]。另一方面，卡津说爱默生“信仰上帝”，着重强调“爱默生对自我的信念与他希望美国能有与众不同的命运是分不开的”，[48]这就是说，当爱默生推崇“个人的无限性”时，他心中仍有着上帝，这个上帝并不是可见可感的物质存在，而是道德的化身，意味着宗教思想对人的道德限制，表明人在追求尘世幸福时对地狱之火的畏惧。而到了资本主义高速发展的时期，商业主义的个人一心追逐利润与权力，所以“爱默生很难把不受限制的自我与他后来发现的‘经验’结合起来，而要把他早期的‘梦想’放到后来的民族经验中就更加困难了”[49]。

崇拜爱默生的尼采曾把20世纪人类最大的焦虑总结为“上帝之死”，在卡津看来，爱默生与尼采的最大区别就在于尼采的上帝死了，而上帝却永远在爱默生的心中，他之所以放弃牧师职位，是因为他把良心和想象力当作教堂，不再需要有组织的体制化宗教。

> 对于爱默生来说，灵魂或思想完全能够了解现实，甚至几乎可以代替现实。自然是为人服务的，无论在哪里，思想都是主人。灵魂具有纯粹的感知力，是进入一切事物的通道。对于爱默生来说，灵魂就是宇宙，是“敞开的秘密”。一旦发现了这个秘密，他便认为再无其他秘密之事。灵魂不仅是完美的知者，而且是存在的

真正中介。我们像上帝一样具有超越肉体限制的思想意识。[50]

法国生物学家雅克·莫诺曾把宗教的成功归因于它让人热爱这个世界，爱默生虽然脱离了教会，但卡津在他身上看到的正是宗教的力量，“爱默生把世界置于我们‘成熟的感知力’控制之下，当然也让这个世界变得可爱”[51]。爱默生相信自己的创造力具有充分的神性，所以他向世人展现了他唯一的信条——个人的无限性，在卡津看来这一信条只有一个伟人的创造性天才真正懂得它的含义。爱默生的学说启发了从马修·阿诺德到尼采等具有创造性思想的学者，在美国，梭罗和惠特曼最接近爱默生，他们回应了爱默生的启发，都把不受限制的个人作为最伟大的思想来源，但是他们都不具备爱默生那种“完全信仰的天赋”[52]。

> 爱默生是整个民族的导师，是“整个历史进程的开创者”，这并不是由于他自认为的权威风格，而是因为他至关重要的发现，即在一个信念逐渐消失的世界上，他具有天生的坚定信念。宗教信仰是另一回事，那是正经八百的信条，信仰把一切都归因于其他人，信仰要低于心灵自然的虔诚。尽管爱默生的名声和影响来自他所揭示的“宇宙敞开的秘密”，但他真正的魅力却在于他揭示的是他自己，即使不理解他的人也证实了这一点。……他和自然以及美国本身一样具有至高无上的地位。……在爱默生心中信念一词不仅是一个标志，一个表示信念的符号，他的信念明显是真实的，信念就存在于这个词的本身，也因这个词而存在。爱默生正是通过这个词表达了自己的信念。[53]

爱默生心中的语词具有真实的意义，而后现代的语词只是能指与所指之间的符号转换，语词的意义总是不明确、不确定的，所谓“信念”、“上帝”等概念到了后现代的社会中无非只是一些标志和符号，经验的人早就失去了爱默生天真的灵魂。威廉·詹姆斯最初厌恶爱默生一贯仁慈的态度，但后来他却崇敬甚至嫉妒爱默生，因为他自己从未达到完全信仰的程度。爱默生是独一无二的，卡津甚至认为爱默生坚定的信念只能由他本人所传达，

> 对于受爱默生影响的人来说，他们坚信上帝就在我们中间，和我们一样，正是由于我们的力量和对上帝的信任，上帝才会出现。爱默生真正接近他者，他传达了一种信念，而这种信念只能由他去传达，没有爱默生的现身说法，上帝在他的使徒那里徒有虚名，失去了其精神实质。……看不到爱默生那无与伦比的宁静祥和的神情，听不到他那激情迸发的声音，爱默生之后的几代人再也不会像他的同时代人那样被他的魅力所感染，他的同时代人都感到他就是美国独创性的奠基人。[54]

卡津一定非常向往爱默生的精神境界，因为爱默生不仅洞察世事，而且能包容各种矛盾思想，只有像爱默生那样拥有博大胸怀的人才会对“自我”充满信心，所以卡津断定爱默生如果能听到艾略特对劳伦斯的批判，他肯定会嗤之以鼻，因为艾略特只重传统，而不相信“内心之光”。即使是重视“内心之光”的劳伦斯也笑称只能通过理想的电话与爱默生进行交流，卡津感到几乎没人能达到

爱默生对灵魂信仰的高度，所以他把爱默生的完全信仰视为一种“天赋”。

与爱默生相比，梭罗的思想要绝对化得多。对于梭罗来说社会是荒唐的，但上帝却与他同在，他不需要与任何人分享上帝的存在。卡津认为梭罗的成就在于创造了人与自然完全融合的美国神话。

> 梭罗在《瓦尔登湖》中的成功之处就在于他是一个幻想家，而不是一个哲学家。他能说服我们相信自己可以随心所欲地生活。……梭罗创造了人与自然完美的浪漫传奇——他在大自然中寻找的不是知识，而是爱的可能性。……梭罗真的相信自己能够通过写作塑造生活。尽管他的写作是对回忆进行的加工，但他的《瓦尔登湖》是一首完整的田园诗，因为梭罗想用自己的创作代替经验，以此为经验留下纪念。他一直相信语词能够充分地表达经验。……他追寻的是人。激动人心的瞬间以及生活中真实的事件都逐渐淡忘，但失去的东西却跃然纸上，好似曾经非常深入地体验过，这一点比梭罗的控制力更好地说明了《瓦尔登湖》的魅力所在。爱与追求爱的梦想变得一样真实，梭罗非凡的想象力就在于他有着超越个人的记忆力。他梦境般的思想把自己的生活想象成独一无二的，这最终创造了一种生活。[55]

梭罗在《瓦尔登湖》中创造了只属于他自己的生活方式，为后人留下了追求纯粹理想的典范。但卡津虽然敬重梭罗的勇气，却并不太欣赏这样的做法，他认为梭罗的思想是年轻人的思想，梭罗的情感和政治思想都太绝对化了，他的《瓦尔登湖》就是想让别人像他一样不受社会的限制。

> 他根本不懂得现代政治斗争对于相互关联和彼此牵扯的人来说意味着什么。梭罗是一个纯粹的理想主义者，依照原则去生活。……《论公民不服从的责任》因其所蕴含的个人道德感而激励着我们。……尽管梭罗有着强烈的个人热情，但他想要把所有的政治关系道德化，把所有的政治关系都不那么当真。他把美国变成一个荒唐可笑的客体，自己不得不去冒犯它，然后再故意闹着玩儿似的要求这个国家别那么专横，最好消失了才好。梭罗的信条使人耳目一新，但如果一个20世纪末期的人把他的信条当作政治行动的指南，他就得首先为梭罗的无政府主义思想而辩护。[56]

如果卡津只是一味地赞同梭罗的理想主义，或者简单地反对他的无政府主义思想，那卡津对梭罗的评论就没什么独特之处。实际上，卡津在接下来的分析中指出了梭罗为什么会把政治关系道德化，体现了卡津对美国思想深刻的洞察力。

> 梭罗在文章中高尚而干脆地重申了最高层次的宗教个人主义，他把这一个人主义视为不证自明的社会原则，个人的绝对自由是他眼中最高的善，而美国与其说是这一宗教个人的压迫者，倒不如说是他的对手。对于梭罗来说问题只有一个，即用最高的价值观要求自己，而不是要求这个国家。我们首先是一个人，在许多关

> 键的时候，我们应该遵从自我而不是服从国家，这一点非常重要。梭罗从未意识到个人的问题可能就在于个人与国家本是休戚相关的，在这样的情况下，个人如何才能反抗国家。（个人几乎难以拒绝他在不知不觉中所依赖的东西。）[57]

19世纪的美国人对道德政治的虚伪尚无体验，所以卡津深知当梭罗把政治关系道德化时，他只想到“用最高的价值观要求自己”[①]，以此追求个体的自由。而卡津看到现代政治只讲权力、秩序却没有道德，所以他敬佩梭罗的高尚和自由，并指出“关键的时候我们应该遵从自我而不是服从国家”。只知服从的个人是极权政治的基础，面对黑暗的时候，最可怕的就是普遍的沉默。在反抗的声音停止的地方，暴政一定会大行其道。为了防止暴政的出现，关键的时候确实应该警惕屈从于极权政府的群众，应当遵从自我的良心，保持内在的道德感。然而每个人都只能生活在社会中，人与人之间“相互关联，彼此牵扯”，这样就不可能有自然的个体自由。所以卡津指出“梭罗分析了比任何政治策略都更加高明的个人力量，但他并没有说明如何才能让这种有用的做法被奴隶和那些失去自由的人所接受”[58]。约翰·布朗和梭罗都反对不公正，布朗把他的反抗付诸行动，而梭罗虽然支持布朗的行动，但他自己早就不用枪支，而且还是个素食者，自然不可能像布朗那样做，所以卡津认为

① 法国大革命中罗伯斯庇尔也曾把政治道德化，极力推崇美德对于塑造理想社会和保持国家权力纯洁性的重要性，因此他主张改造社会和权力的方法就是造就道德上的“新人”。政治道德化往往和民粹主义是一对孪生子。民粹主义倡导的狂欢式大民主固然使人民借人权之威可以不断席卷政府权力，从而一而再地发动革命，但是它也是一种无秩序的民主、泛滥成灾的自由；它奉行“人民的意志”不受法律的制约，这一观念最终导致的不是人民利益的保障，而是“多数的暴政”。把梭罗的思想与之前的罗伯斯庇尔和之后的法西斯主义相比较，不难发现梭罗的政治道德化中最为可贵的是卡津所说的“他用最高的价值观要求自己，而不是要求这个国家”。

尽管梭罗自己不肯承认，实际上他对不公正的痛恨主要针对阻碍他设计自己完美道德原则的人与事。

> 梭罗一生强调两种精神境界：一个是优雅的世界，它是上天所赐，只属于有天赋的人；另一个则是平庸的世界。前者是自由的世界，有着绝对的价值观，因为只有具天赋的人才能从这里进入无限的天地，美在优雅的世界里得到充分的展现。后者则是一个默认和顺从的世界，或者说是愚蠢的世界。所有最重要的历史学家、法官、律师和德高望重的人士都骂约翰·布朗是疯子，约翰·布朗的生活背景确实有其疯狂之处，然而对于梭罗来说，约翰·布朗是有理想的清教徒，代表的是有天赋的人，难以在两种世界之间求得妥协。约翰·布朗认为比邪恶更糟糕的是容忍邪恶，所以他竭力攻击邪恶本身。对于梭罗来说，这种直接的反抗证明了布朗的道德天才。[59]

梭罗用文字支持布朗的斗争，他希望能用自己的笔拯救正义，然而当布朗的反抗引发内战后，梭罗又坚决反对战争，因为在他看来战争是极不道德的。康科德的居民暗中嘲笑梭罗的态度前后不一，梭罗在美国内战开始后不久就郁郁而终，卡津认为梭罗为做一个自己理想中的作家付出的代价太大了，而且他的思想并不能帮助现代人面对强大的20世纪。

> 梭罗没有预见到现代的状况。他不相信任何政府，而耶稣却曾劝犹太人接受罗马人的统治，把凯撒的东西归凯撒，所以梭罗

> 对政府的理解远不如耶稣透彻。当内战爆发时，他劝一个主张废奴的朋友别理会萨姆特要塞的战斗，“做一个完美的你，就像天堂里的圣父那样完美”。这是梭罗在他自己的生命力以外唯一了解和信任的力量。梭罗绝对想不到美国会有一天成为超级大国，这个国家的年轻人阅读并“模仿”梭罗以便不要与政府打任何交道。[60]

梭罗的世界在今天看来似乎已经至真至纯到不可思议的程度，卡津认为他是个幻想家，因为他的理想只能在极小的范围内付诸实践，甚至只能由他自己去实现。他不是思想深刻的哲学家，也不是洞察世事的政治家，当他一心追求天堂里的圣父的完美境界时，他忘记了俗世间个人的自由毕竟离不开相应的政治体系的保障。与他相比，其他浪漫主义文学家就要入世得多。

> 霍桑从未把自己视为半神半人，恰恰相反，他相信在美国从事文学工作要与贪婪的出版商和不关心文学的大众进行较量，且多以失败告终。霍桑的事业最终真的垮了，比20世纪30年代菲茨杰拉德所说的更为悲伤也更令人气馁。……惠特曼《自我之歌》中无所不在的“我”，特别是麦尔维尔《白鲸》中暴虐的亚哈船长与精神恍惚、处处被动的伊斯梅尔的对比，都表明解放了的美国自我并没有超越社会的压力和人性的冲突。……惠特曼一生都在思考一个问题：（激进的、民主的）我与（保守的）非我之间究竟有什么关系？提出这样的关系问题表明惠特曼的政治想象力，……离群索居的狄金森把有界限和外形的身体与不朽的精神进行了

绝妙的对照，她对女性与19世纪社会之间的关系有着深刻的理解。……马克·吐温最伟大的成就就在于他对比了竹筏上的哈克和岸上的哈克，借此看清了社会边缘既是文雅的又是凶残的。[61]

卡津在《美国的历程》中对19世纪美国作家进行了一番分析之后，强调指出想象力与意识形态大为不同，所以想象力不能容忍意识形态。他甚至说意识形态是文学的敌人和刽子手。卡津表示从20世纪30年代开始，他就深深懂得为什么一个像多斯·帕索斯那样的艺术家对左倾思想失去希望以后会突然转向右倾，那是因为他不能同时接受两种相反的思想。菲茨杰拉德却说他能在矛盾中生活，卡津从他的作品中看到

20年代的美国是纵情享乐的时代，因为人好像具有无限的可能性，可以永远享乐，人的自我感不断膨胀。这可不是普通人的时代，普通人总是受人控制的。大萧条之前，希特勒、斯大林、技术革新、大屠杀和人类的无情都只是一些想当然的概念，还不是"平庸的恶"①，还没有人质疑人类寿命的延长或生存本身的价值。[62]

通过对现代文学的重新梳理，卡津发现自19世纪以来人的自我意识发生了重要的变化。19世纪美国作家笔下的"个人"有着非

① 卡津在这里引用了美国著名社会学家汉娜·阿伦特所提出的概念。阿伦特女士曾就纳粹战犯艾希曼在耶路撒冷受审这一事件，为《纽约客》杂志写了一系列文章，并在此基础上出版了《耶路撒冷的艾希曼：关于平庸的恶的报告》一书。阿伦特曾经评价艾希曼并不愚蠢，而是完全没有思想，这也是他成为那个时代最大的犯罪集团一员的要因。无思想就是平庸（banality），其特征是没有能力站在别人立场上思考问题。

凡的潜力，人因具有神性而显得高贵、神圣，因此“个人的无限性”指人能超越必然，不再为自然所限，就像黑格尔所说的，超越必然王国达到自由的王国。爱默生所说的灵魂深处“敞开的秘密”实际上就是这种超越自身，无限发展的精神。然而随着科技的发展和财富的增多，人开始变得傲慢起来，自我无限精神背后所隐藏的狂妄心理逐渐暴露出来，它坚持自我的绝对专断，强调不受任何限制，迫切寻求超越。艺术上则表现出不断追新求异的风格，但是创新谈何容易，慢慢地这种创新就变成为了求新而求新。

> 20世纪20年代以后，现代主义逐渐成为传统，成了留在学院里唯一的高雅传统。现代主义作为精英思想的象征，它曾那么相信自由、尊重个人的特性，但这样的现代主义即将被美国人追求平等的激情所驱散。……美国人曾经不惜一切代价追求自由，不为别的，只为享有个人的自由，这样的古老信念很快就变得匪夷所思了。[63]

失去了创新思想的现代主义文学自然与20世纪头20年的黄金时代形成一个历史的断裂。现代主义一直以批判传统自居，现代主义大师如艾略特、庞德、福克纳等无不竭力在文学创作中突破传统的写作手法，关注现在和将来，然而人们一旦切断与过去的联系，就很难摆脱从将来产生的空虚感，因为人毕竟是有限的，他总要面对死亡的威胁。于是，艾略特和亨利·亚当斯那样的现代主义者希望回到宗教，寻求统一性，而失去了信仰的60年代美国愤青则开始欣赏荒诞，颠倒价值，沉溺于性和暴力，这种抹杀艺术与生活界限的做法显然是卡津不能接受的。卡津在最后一部作品《上帝与美国作家》中不得不承认信仰的重要，虽然他一直反对范·布鲁克斯、艾略特和亚当斯的怀旧，但实际上他自己最终也变得怀旧了，只不过他不愿像包括艾略特在内的部分美国作家那样从欧洲文化中寻找自己的精神归属，卡津最终和范·布鲁克斯一样回到了“有用的过去”，依然在美国文化之根中寻找曾经坚定的信念。

2.3. 信念的坚守

卡津在最后一部著作《上帝与美国作家》中探讨了19世纪和20世纪美国的主要作家如何解决终极关怀的问题。卡津发现这些作家大多远离正统的信仰，却关注内心的感悟和对社会的批判。但是，无论他们如何远离形形色色的宗教，他们从没有放弃宗教信仰，各自以不同的方式讲述人间世事，并以宗教式的想象来探究人与人之间关系的无限性，这些作家各自的想象力反映了美国文化中宗教的独特地位。

卡津这本书开篇就介绍了美国殖民时期的宗教作品，早期的新英格兰作家多为加尔文主义者，他们信仰上帝及其旨意，对于他们来说，世上最重要的事莫过于依赖上帝、了解上帝并与上帝站在一起。荒野中的清教徒什么都缺，唯独不缺上帝的陪伴。不久很多人离开新英格兰，向广袤的西部进发，西部开发不仅把美国的领土一直扩展到太平洋沿岸，同时也造就了新一代具有“扬基精神”的美国人。

作家继承了加尔文主义者对人性的怀疑，总是与积极、乐

> 观、好吹嘘的“美国人”保持一定的距离。作家是相信来世怀疑今生的清教徒，他们总想着人类自我欺骗的方法，而大众则害怕自我质疑，因此作家就慢慢脱离了芸芸大众。加尔文主义者坚信上帝无处不在，因而他们也相信命定论。虽然命定论让人为自己能否得救而忧心，但无所不在的上帝总让你放心，上帝永远在你身边。美国人强烈的个人意识背后就有着这样对上帝的依赖。[64]

卡津所谈的内容不难在佩里·米勒对清教思想的研究中看到，但卡津的特色并不是通过历史的研究发现什么新的内容，而在于他用自己丰富的阅读经验引导读者去理解那些深奥的经典文学，用他成熟而敏感的心去分析这些作品的意义。其中最有特色的当属对霍桑和林肯的分析。

霍桑作为19世纪最著名的美国作家之一，对他的评论可谓汗牛充栋，卡津的批评围绕海斯特·白兰这个人物展开。回忆了《红字》开头对海斯特的公开审判后，卡津指出霍桑的主题不仅是海斯特的遭遇，而且包括17世纪的新英格兰。那时的新英格兰笼罩着一种罪恶感，对于身处1850年的霍桑来说，这种感觉远远没有消失，他为之好奇，打算根据当时的故事写一部小说。卡津一针见血地指出：

> 霍桑这个清教徒的后代为17世纪美国人的正义感而感到恐惧和厌恶，但同时又为之所吸引。……霍桑本人似乎对“上帝”并不感兴趣，和所有19世纪的新英格兰人一样，他相信自己的道德情操和任何人一样美好，他（和爱默生、梭罗一样）带着浪漫主

义思想阐释变化多端的自然——天气本身的变化——就像是为人的心灵而辩护。……霍桑难以相信上帝会是清教徒最终的归宿。[65]

因为霍桑小时候经历坎坷，所以卡津认为他不会像虔诚的清教徒那样相信上帝会眷顾人类，相信自己属于一个充满爱和信仰的群体。霍桑鄙视康科德高尚的超验主义哲学，总是对人世间有违常理之事很感兴趣，所以他在19世纪新英格兰的文人圈中显得比较孤立。卡津注意到霍桑是这一时期的美国重要作家中唯一在作品中提到异性之间爱情的人，因而海斯特·白兰是霍桑笔下勇于追求内心自由的象征，奇林沃思则代表了遏制自由的力量。

霍桑在小说开头把监狱称为清教文明的“黑色花朵”，对于奇林沃思来说，“黑色的花朵”是一种必要的法律铁腕，用来遏制海斯特作为一个女人和思想家所拥有的危险的内心自由。

照这样的分析《红字》该是一篇赞颂自由爱情与自由思想的小说，但卡津却在文章的结尾笔锋一转，他从海斯特的回归看到了霍桑的矛盾思想，海斯特虽控诉旧体制对她的压迫，但最终她还是选择回到新英格兰，并重新戴上红字，这在卡津看来表现了清教传统对自由意志的约束。

清教主义把整个人类置于上帝的统治之下，并以此牢牢地控制它的信徒，所以无论得救的希望是多么渺茫，上帝仍是人类心

> 灵的家园。小说的结尾部分海斯特从英国回到波士顿，并重新戴上了红字。多年前，她被迫忏悔，但现在她因自己的美丽、智慧和个人高贵的品格改变了别人对她的看法，然而在内心深处，她仍是一个“奸妇”，她又回到了宗教历史上那个从未断开的罪恶链中。曾几何时，清教主义、传统、道德主义、世界律法等都不能限制海斯特的心灵，但最后它们都胜利了。霍桑从他的父辈那里继承了世事皆“黑暗”的思想，他不知该如何对待这样的思想。他只是一个说故事的人，从不想假装是别的什么，没有什么正统思想会允许一个真正的故事讲述者说反话、持怀疑态度或表现个人的绝望，最重要的是他的矛盾思想和对世事的不真实感。霍桑恐怕会同意威廉·布莱克的说法：“做你想做的一切，这个世界的生活只是一部充满矛盾的小说。”然而如果生活真是一部小说，那么其中并没有什么新鲜事。清教徒寻找对应物和象征物的习惯同样出现在霍桑的笔下，他在这个故事中不时插入对道德的思考，这几乎巧妙地掩盖了一个悲剧——这是第一部美国悲剧小说。[66]

卡津把海斯特的回归视为一出悲剧，表现了17世纪专制主义的教条对于一个19世纪的美国民主主义者有着不可承受之重。[①]卡津甚至把这部小说中过多的象征视为霍桑竭力与“该遭地狱之火”的故事保持距离。卡津对霍桑的评论实际上表明了他自己这个民主主义者对自由女神的向往，当他看到通往自由的道路那么曲

① 哈佛大学的萨克凡·伯克维奇教授在谈到海斯特的回归时提出了与卡津不同的看法。伯克维奇教授认为海斯特最终的回归表现了她在做出判断后，获得了对现实更全面、更充实的看法，表现了霍桑妥协折衷、克制自我的态度，而这种渐进主义将会给社会带来名副其实的正义，对个人带来真心实意的爱。参见萨克凡·伯克维奇：《惯于赞同：美国象征建构的转化》，钱满素等译编，上海译文出版社，2005年，第180—232页。

折，有时甚至走向了相反的专制之路时，他为之感到悲哀，视其为“美国的悲剧”。

霍桑虽然是一位民主主义者，但他却支持《逃奴法案》，这与废奴主义者爱默生和斯托都不同，当然也与卡津的观点相左，所以对于这个问题，卡津只是一言带过，“霍桑是坚定的民主党，而民主党在南方占绝对优势，不会批评奴隶制，所以霍桑对奴隶制无动于衷”[67]。这样的解释显得缺乏说服力，表明卡津难以理解霍桑的折衷主义立场。与霍桑相比林肯对待奴隶制的态度得到卡津的赞赏，因为林肯一直坚持说奴隶制本身在道义上是错误的，只是为了联邦的统一他才愿意接受妥协。

卡津注意到林肯对南北战争的不同解释，1861年林肯提出这是一场挽救联邦的战争，战争将给所有人建立一个自由的未来。而到了1863年的葛底斯堡演说中，林肯把战争升华为“一种新自由的诞生”，直到1865年林肯才公开宣称整个奴隶制是完全错误且罪恶的。卡津认为林肯敢说这样的话表明他把很多东西置之脑后，尤其是他自己在战争初期不同意立即解放战胜地奴隶的做法。卡津能够理解林肯为什么在战争初期要持妥协的态度，因为“林肯太担心废奴主义者和新英格兰的超验主义牧师会把战争神圣化为上帝本人的旨意，并要求立即、完全的解放”[68]。南方的牧师同样以圣经的名义为奴隶制的“友善和仁慈”而辩护，这是美国历史上第一次矛盾双方都把“上帝”和“国家”结合在一起。

林肯是一位颇有雄心的政治家，他虽然内心非常同情奴隶的遭遇，但作为政治家，他充分了解当时的政治形势，所以他对一位支持奴隶制的朋友乔舒亚·斯皮德说：“我虽然讨厌看到一些可怜的人被追捕、缉拿，再次在皮鞭下做着毫无报酬的苦力，但我紧咬自己的嘴唇，保持沉默。”[69]然而当他在1858年和道格拉斯竞选参议员时，道格拉斯公然表示自己对奴隶制无动于衷，林肯当即义愤填膺地表达了自己对奴隶制的厌恶。林肯一边倒的政治立场使他失去了南方的选票，最终没能当上参议员，不过他却赢得了民心，为后来当选总统打下了坚实的民众基础。卡津对此的看法是：

> 林肯面对奴隶制时的激动情绪表现了白宫在种族问题上的道义感，这种道义感好像已经随着林肯的去世而消亡了。想象一下当代有哪位总统会爆发出如此激昂的心声？……林肯相信法律的合理性，这让我们明白他不奉国教的宗教思想。而如今大多数宣称信仰上帝的美国人虽然去做礼拜，但他们只是把教堂当作在这个四分五裂的社会中生存的方式。[70]

卡津的言下之意表明当代的美国总统大多以自己的政治前途为头等大事，哪里还会凭良心为不相干的人说公道话。在公共生活中，林肯虽然阻止南北双方以宗教为借口走向分裂和战争，竭力维护联邦的统一，但在私人领域，林肯却出于宗教道德感，表达了自己对奴隶制的厌恶。在林肯那里宗教涉及的私人问题，与政治无关。到内战快结束时，林肯发表了他的第二次就职演说，其中提到“双方的祈祷都没能得到回答；也都没有得到充分的回答。万能的手有他自己的目的”。虽然内战撕碎了南北双方从前的协议，但这时林肯通过神意重新达成了双方的协定。

> 战争中产生的公民宗教把美国变成了一个神圣的客体和一种仪式，它要求美国成为它自己的宗教——每个人都必须相信它。从没加入任何宗教组织的林肯成了无神宗教里的神。……一百五十多年过去了，现在可以说宗教和作为宗教的美国在许多人心中已经是一回事。……林肯有没有想到政治化的宗教将成为许多美国人的一切？[71]

在美国，不时有人提出复兴宗教或提倡宗教大觉醒，美国作家从不会对此有敌意，他们只是漠不关心，面对这样的现状，卡津引用乔治·奥维尔的话说：

> 我们这个时代的问题就是如何恢复人们的是非、对错观。过去人们相信人性的永恒，不敢在这个世界作恶，生怕来世遭受地狱之火的惩罚，然而现在这样的信念已经被破坏了。但人们仍需要信念，信念不同于轻信，轻信是为教条服务的，而信念只是它本身，是看到生活中许多东西都被破坏以后，感到愤怒的同时保留下来的情感，尤其是对永恒的信仰。这种信仰自清教神学衰落以后就很少在美国文学中看到。虽然这种信仰在战争和大规模破坏期间有所复苏，但很快美国人又把人类的永远进步和财富的不断增加视为人生目标，信仰又再次消失了。[72]

里根主义之后，美国社会日趋保守，卡津那一代知识分子所追求的超越社会利益集团的道德判断已经成为“神话”，现代知识分子大多是专业精英，他们过于考究的思想远离了大众社会的粗俗目标，因而不再担负指导大众价值观的职责。如今知识分子的关注点从“主义”转向“问题”，那些希望为人类指引道路的宏大理想会遭人嘲笑。这时的卡津显示出对宗教和秩序的向往：

> 一旦真正的信仰缺失了，“宗教”就会变成一种社会经验。宗教是传承下来的一种体制，它能教人基本的道德观念，陪伴着人，给人以安全感。宗教是我们身处其中感到最自在的地方，也是我们必将再次回归的地方。[73]

然而美国作家没有继承统一的宗教传统，他们的作品体现的是不同祖先的宗教信仰，“美国人一贯的信念就是不受限制的自由。”[74]如果人人都可以随意树立自己的信仰，那么对利益的追求就会成为一场个体与个体之间的争斗，而这种争斗随时都有可能发展成战争。卡津在他生命的最后阶段对美国恣意发展的个人主义和自由思想提出了批判，他希望能够重建信念的权威，借此统一四分五裂的美国社会。

五 扎根本土的社会文化批评：卡津文学批评的特点

卡津的文学评论在美国一直都有广泛的读者，泰德·索罗塔洛甫甚至从20世纪50年代末开始就在杂志上追读卡津的评论文章。卡津的感悟式历史批评之所以具有生命力，首先在于他的文学评论紧密结合美国的社会文化，用一个美国人的心去感悟美国文学。虽然卡津是一个犹太人，但他接受的是西方人文主义教育，早早融入了美国学界的主流，所以他能真正“懂得”美国的作家，知道他们的向往、希望、痛苦与悲哀。卡津觉得美国文学才是属于他的文学，他感到自己是其中的一部分，读美国文学让他觉得舒服，他喜欢美国作家说话的腔调，也充分理解他们作品的含义，卡津对他们的评价是出自真情实感。另外一个非常重要的原因就是卡津和美国作家们一样相信理想化的自由、个人的力量以及激进的政治和社会民主，卡津和他们从同样的人性出发，在想象力领域与其中的一些人达到了同样的目标。卡津强调他对文学作品所做的判断是基于个人的真实反应，他自由地选择那些自己喜欢的作品，不必阅读他不喜欢的，然后运用美学原理来论证自己的第一反应。

正因为美国文学出自卡津熟悉的社会环境，他才会感到亲切，才会愿意阅读这样的作品，同时，也正因为卡津了解美国的历史和现状，他和美国文学出自同样的传统，他的评论才有“根”，才是实实在在的观点。

> 批评在社会中产生，它是与过去和同时代人的对话。批评家在图书馆阅读各种书籍，书中不同的例子、传统和观点像漩涡一般围绕着批评家，随着漩涡越转越小，批评家也为图书馆增添了一些有用而诚实的书籍。[1]

他对美国作家的评论是朋友式的娓娓道来，既不居高临下以欧洲标准来衡量美国文化，也不排斥否定美国文学的研究价值，而是从内部去观察，用一个美国人的眼睛去看待美国文学。20世纪30年代末到40年代初美国学界对美国现代文学的价值还有争议，卡津在《扎根本土》中通过把美国现代文学与欧洲文学进行比较，突出了美国现代文学的独立性和自身价值。他的评论涉及美国文史哲等领域的几十位作家，在描写这些人的特点时，卡津敏锐地捕捉时代气息，把作家放到时代的大背景中进行考察，贯穿全书的主题是美国人民主意识的上升以及所受到的阻挠，这种民主意识的发展到30年代达到高峰，美国人终于在这一时期形成新的民族主义思想。这时的卡津致力于重新认识美国现代文学，虽然他对战争颇为忧虑，但总的说来他对美国文化的未来充满信心。他的观点比较符合当时的社会需要，所以这本书几乎让他一夜成名，卡津后来自己也承认这是他写得最容易的一本书，他本人对这类话题感兴趣，这个研究当时也算是填补了一项空白。这本书不仅给他带来《新共和》编辑的工作，改善了生活条件，而且也让他有机会接触当时美国最优秀的作家和批评家，这样天时地利人和集于一身的机会在卡津以后的学术生涯中再也没有出现过。

顺应时代的要求写一本投时合势的评论作品也许并不太难，但要想“数十年来一直有着广泛的读者，”[2]靠填补空白就不那么容易了。卡津的感悟式历史批评之所以具有持续的生命力，一个更重要的原因就在于他能做到既“进得去”又“出得来”，既能像一个美国人那样深入其中去看美国文学，又能以一个外来者的冷静客观去分析美国文学，这就跟他的犹太身份不无关系。卡津从小在贫困的犹太人聚居地长大，对美国主流文化总有一种挥之不去的“疏离感”，既然是疏离者，就会与社会保持距离，能够以旁观者的身份综观全局。

任何文化和社会都需要“疏离者”既来自内部但又保持适当距离的清醒的观察和批判。既融合又有距离的表现方法使得蕴藏在形象里的思想感情具有多种层次，不同的读者可以有不同的体会，不同的时代会做出不同的解释。从这个意义上说，“疏离者”的批评是相对客观且具有生命力的。卡津是美国土生土长的批评家，他所坚持的正是美国文化所特有的自由思想，他的思考所针对的对象始终是美国的现实，强调每个人不容回避的责任和义务。

卡津的写作说到底就是为了坚持美国文化传统的内在精髓，这个传统视自由精神以及文化对于人类的培育为最最根本。卡津的文学批评正是在此基础上表现了他对生命意蕴的关怀，他总是关注人的生存状态，无论是社会的人还是作为个体存在的人都是卡津研究的对象，至于理论建构和形式探讨则不在他的兴趣范围之内。

① 从阐释者到批判者

《扎根本土》是卡津对美国现代文学进行的梳理，对其中蕴含着对民主精神的肯定，代表了他早期的批评成就。在《扎根本土》中卡津通过比较美国文学与欧洲文学的不同之处，为美国文学与文化而辩护，突显了美国文学的价值。诗人叶芝曾说过，同他人争吵产生雄辩，同自己争吵则产生诗。卡津的批评思想在20世纪50年代以后发生了较大的变化，总的说来就是从自我辩护走向了自我剖析，从“同他人争吵”走向了“同自己争吵”，也就是转向批判性地看待美国的文学和文化。

这一点从他评论对象的变化中就可见出，《扎根本土》讨论的美国作家上百名，而且“卡津行文时充满冲动的激情，……通常对各种各样的创作都表示出了一种非常广泛的共鸣”[3]。这种年轻人的热情主要来自卡津重建美国文学的迫切心情，所以他在这部文学史中肯定了很多二三流作家的成就，比如亨利·富勒、哈尔马·豪斯·博伊森、罗伯特·赫里克等，认为他们的创作多多少少代表了一部分人对美国生活的态度，应当在美国文学史上占有一定的位置。不过这样的冲动到《当代人》时已经冷静了许多，从前卡津一心为之正名的作家这时已不见了踪影，同时卡津在这本书中也立场鲜明地反对一些当代作家的作品，尤其对“垮掉派”小说没什么好感。

70年代以后卡津对美国社会文化的思考就更为深入，他在《美国的历程》中用了较大篇幅讨论19世纪美国浪漫主义文学家的创作，而对20世纪的作家则只提到几位公认的大师，如：艾略特、庞德、海明威、福克纳和菲茨杰拉德。到90年代的《上帝与美国作家》时，卡津就只讨论了美国文学中十二位重要作家，可见经过一生对美国文学的检索卡津心中重要的文学家已寥寥无几。尽管卡津一直强调自己对文学的信念不变，但到晚年他对美国文学以及美国社会的前景却不无担忧，最起码他认为现代文学经过一战前后的辉煌时期，此后已出现历史的断裂。70年代以后卡津就很少论及当代作家。

评论对象的变化也许还是表面现象，但卡津重新评价了豪威尔斯、亨利·詹姆斯、福克纳等作家，其中体现了他批评视角的调整，也可以说他思考问题的方式发生了变化。50年代之前卡津关心的是美国作家与现实社会的隔阂，他们对“无人曾经真正拥有的世界”的向往。卡津在《扎根本土》开篇就引用马修·阿诺德的话，

> 现代社会有着庞大的体制、确立的事实、普遍接受的思想、传统和规则，而这一切体制、思想、传统和规则早在现代社会出现之前就已产生。现代人要在这样的体系中生活，但他们知道这一体系并不是由自己创造的，这样的体系与他们在现实生活中的需要并不完全相符。对于现代人来说，既定的体系是传承下来的事物，而不是理性的产物。这一思想的觉醒就是现代精神的觉醒，如今现代意识几乎随处可见。……人们需要创造与他们现实生活相符的体制，这样的说法现在已不是危言耸听，如果否定这样的看法倒反而羞于启齿。一些有识之士开始致力于填平体制与现实生活之间的差距，我们所有具备工作能力的人都必须勇于打破旧式欧洲体系的主导思想和事实，我们应当明白，自己对旧体系的批判不会太过尖刻。

卡津引用这段话的意图非常明显，他在《扎根本土》中既希望打破旧式欧洲思想的主导地位，也希望找到一种与现实生活相符的体制。他在这里希望确立美国文学的传统，从中见出美国现代文学的优势。

> 在与刚出现的工业时代进行斗争的过程中，美国作家逐渐形成了自己独特的文风，他们与资本主义社会比较疏远，对前工业社会较为怀念。艺术家与资本主义社会格格不入的关系几乎贯穿了整个现代西方文学的历史，但在美国文学中第一次反映这一主题的人都是具有民主意识的公民，面对美国的工业资本主义现实，他们做得更多的不是反抗这样的社会，而是从中退缩。[4]

卡津所强调的是美国人的思想和世界上其他文化一样，都具有讨厌商业主义和现金交易的传统，这一传统的印记可以从爱默生、梭罗等“具有民主意识的公民”身上看出来，但这些“公民”只是从商业主义的社会隐退，而没有去反抗，所以卡津引用查尔斯·艾略特·诺顿在1870年写的一封信：

> 爱默生对我们民族的影响比任何人都要大，但从某种程度上说，美国已经长大，不再需要爱默生了。爱默生曾是年轻共和国的朋友，曾帮助这个国家的成长，但如今这个民族已步入成年，我们需要用理性而不是直觉去思考这一时期遇到的艰难困苦。[5]

卡津带着进步主义的历史观看待美国现代文学，认为爱默生的思想已经过时，理性地寻找现实社会的合理体制才是更重要的事情，一个作家可以在现实中彷徨，也可以感到惊恐，但一定要直面这样的现实。不过卡津同时又承认：

> 爱默生比许多现代作家还要现代，因为他能够超越自己的时代。他虽然感觉到其他作家的不安情绪，但他却非常幸运，能够超然物外，沉浸在自己的世界中，很少有作家能做到这一点。[6]

在卡津早期的批评中他只是把爱默生的成就一笔带过。对于爱默生何以能超然物外，卡津只是用“幸运”一词模糊地加以概括，这说明他能感受到爱默生作品的力量，但这时他的关注点主要在于“民主的人文主义思想”的形成与发展。通过肯定美国现代文学的成就，卡津继承了老一辈批评家对斯文传统的反叛，建立了美国的现实主义文学传统。

二战期间，卡津到了英国，发现英国人的社会意识要比他原来了解的更深刻，他在这一时期吸收了乔治·奥尼尔视野更广的社会观和知识分子独立的思想，“从这时起他就开始思考战争背后的哲学和思想本质：欧洲的两座思想高峰——启蒙精神和人文主义思想——坍塌之后，战争和集中营是精神被摧毁的表现”[7]。卡津首先想到的是人与社会的关系，这时他赞同法国社会党领袖雷恩·布鲁姆的观点：

> 激进主义应当以尊重人为根本，进行社会革命的目的在于改

> 良资本主义，这是由人所从事的为人服务的事业。如果在建立一个新社会的同时，人却堕落了，这又有何意义？失去了自我人就会无所适从，激情过后该认真地进行思考了，没有什么比一个人能把握自己的意识更重要了。[8]

既然新社会不一定能给人带来新的自由，那么应该在怎样的范围内把握人的自我？我们应该对自我持怎样的态度？卡津在一篇介绍布莱克的长文中回答了这些问题：

> 斯宾诺莎曾说过最大的善是了解思想与整个自然的统一。这是极为崇高的宣言，但我们可以从达尔文、马克思、弗洛伊德等自然主义天才的作品中看到它的意义。自然主义的创造性就在于它较为确切地提出了衡量客观知识的标准。……自然主义以一种伟大的悲剧方式看待生命，因为人的意识每往前一步，人类探究真相、预测未来和控制事态的能力每增强一分，人对自己的崇高性就失去一分信心，而这种崇高性正是宗教神话的中心内容。自然主义帮助推迟了死亡，但从不否认死亡；它不能为了证实个人的想法而歪曲客观真实。它确信人具有了解身外之事的能力。自然主义思想有其积极的一面，它提高了人对自我力量的认识，这一思想要比任何以人类为宇宙中心的神话更具创造力和启发性。自然主义宣告了有限性，发现了有限范围内新的真实世界，这是悲剧性的，因为自然主义表明人的经验是有限的，这就让人感到他要在这个别人创造的世界上持续不断地斗争下去。斗争是人在世上真实生活的意象，人又通过艺术、知识和爱加深了这一斗争。人

生是一出悲剧，其特点不是悲哀，而是严肃的喜悦，它标明了人的可能性。[9]

从前的人相信神秘力量的存在，把宇宙看作有生命、有神性的有机体，人是活的宇宙的一部分，相信物质世界之外有一个宗教信仰的世界。信仰的世界也就是价值和意义的世界。随着世界的不断理智化和理性化，人们不再相信神秘莫测、无法计算的力量在起作用，世界失去了神性、诗意和艺术魅力。当信仰世界、价值世界和意义世界存在时，世界是有神性的、有诗意和艺术魅力的。现代世界被理性化，科学和技术代替了神性的功效，宗教信仰衰落了，宗教活动也被理智化。于是，价值世界和意义世界失落了，人的精神生活和物质生活失去平衡，感性和理性相分裂。

人在物质生活日益发达的世界中却逐渐沦为机器的奴隶，卡津由此看到了人生的悲剧性，从前的启蒙进步思想到这时开始发生变化。早年卡津欣赏作家对现实的反叛和对社会理想的追求，卡津评价作品的标准基本是现实主义的，探讨的问题也基本是现世的，很少深入人类心灵的隐蔽处。而这时卡津对自我的力量有了更深刻的认识，他看到了人的有限性，但他并不因此而沮丧，而是保持一种严肃的喜悦，希望在有限的范围内创造最大的可能性。

二战后，卡津从欧洲返回美国，由于他对共产主义失去了信心，所以没有加入欧文·豪主办的《抗议者》杂志。这一时期他发现自己在纽约知识分子中比较孤立，其他纽约知识分子大都觉得阿尔杰·希斯和惠特克·钱伯斯的作品比较容易讨论，而卡津却更愿意接受汉娜·阿伦特夫妇的思想，即认为人类历史出现了比较重要的断裂，进入了一个新的发展时期。

> 从前的共产主义者不停地说假话，否认自己从前的信仰，而后共产主义者则觉得没必要去自寻烦恼，思考战争期间积敛的财富。……纽约比从前任何时候都要欢欣鼓舞、浮华无序，但与此同时，纽约也比从前任何时候更加“艺术化”，纽约成了世界之都，老派的欧洲知识分子聚集在这里，新兴的艺术家在这里描画、感受人的行为，人的行为已经彻底解放，它是个人化、爆炸性的。[10]

卡津把这样的世界视为人文主义的黑暗时代，此后他试图回望“美国的历程”，从19世纪伟大的文学个人主义中寻找对策，以反抗一个世纪以来美国人膨胀的自我、增长的财富、权力和政治手段。曾经充满希望的美国人创造了“美国梦”的传奇故事，然而到了20世纪末期，美国人已经失去了面向未来的想象力。也许卡津受到越战后美国思想的影响——精神疲惫、人心涣散、心态矛盾，从前卡津曾是美国文化的阐释者和维护者，如今他变成了悲观的批判者。

> 我们每个人心中的冷漠和无助使我们对本身单纯、平凡的生活产生了误解，把生存视为界于生前和死后两个虚无世界的过渡期，使我们成了狭路相逢的动物——互相审视、冷漠无情、毫无耐心与渴望。[11]

卡津充分意识到在20世纪的美国，上帝一词逐渐成了一个符号，一种修辞，20世纪的美国人不可能再有爱默生和梭罗那样的纯净心灵，他后期的文学评论浓墨重彩地分析了浪漫主义时期的美国文学，体现了他对现代文学的反思。如果说卡津早期对现代文学的研究着重于美国作家对"现实"社会的迷惘、反抗与疏离，那时他眼中的现代文学始于豪威尔斯的现实主义创作，那么他后期的评论则把现代文学的开端推到浪漫主义时期。"浪漫主义依然可以用来解释活跃的现代思想，因为它保持了对现实世界的批评，这种批评来自我们的梦想。"[12]对"自我"意识的研究表现了卡津从对人的社会存在走向了对个体生存的探索。这一变化一方面来自他对美国社会和文化现状更加深入的思考，另一方面则是出于他对大屠杀的反思，它促使卡津进一步探索人类心灵为善与为恶的问题。卡津在接受记者采访时曾说：

> 我把大屠杀视为一种罪恶，很多人对之不以为然，或者有些人确实对其表示同情，但他们都忙于自己的升迁或追求满意的生活，没时间关注我所着迷的现象。我是作为一个人，而不是一个犹太人在思考这些现象。我从孩提时期就知道，无论犹太人做什么，他们总是不对的。大屠杀给我一种原罪感，此后我便赞同一些神学中的假设，这些假设进一步证实了我对人性的看法。……大众社会暴力倾向愈演愈烈，科学技术进一步发展，可怕的战争让我意识到我们越了解恶，就越会发现人们对恶的忽视。我们对此无能为力，只有寄希望于超越人力的正义力量。对于一个相信人性是复杂的小说家来说，这不算什么，但我并不是小说家，正如

> 我在日记中所说，我对历史、思想都太感兴趣了，我一直是一个无望而困惑的学者。……我越来越为人们的行为而感到困惑，好像只有在圣经和麦尔维尔在《比利·巴德》中所说的“邪恶之谜”里才能找到满意的解释。我并不指望解决这些问题，我只是以一种无望的方式面对这些问题。不过，我坚持自己的无望感，不想放弃这种感觉，我对如今的一切都感到不满。[13]

卡津看到美国社会最大的问题就在于平庸化，大众社会“平庸的恶”指的是作恶的人对自己犯下的罪行并不自知，也许只有上帝的意愿才能解释为维持公正所付出的可怕代价。

② “文学性”对抗“理论化”

卡津的文学批评善于揭示一部作品的价值所在，他能告诉读者一部历经几十年甚至上百年风雨仍有人阅读的作品中，究竟是什么特殊的品质让它具有如此的生命力。然而当代美国文学批评的潮流却与卡津的批评观相去甚远。

> 文学系的学生要学习如何从事文学批评，但他们不读文学作品，对文学也不感兴趣，只知道把“悖论、张力、歧意”等概念牵强附会地贴到每一个作家错愕莫名的脸上。……报刊杂志的文学编辑发表一个人的批评文章时，基本不关心文中的思想和价值观，专业杂志对文笔不作要求，而星期天报纸的文学副刊则只知道兜售新书，缺乏严肃的批评作品，对当代文学的评价缺乏负责

> 任的权威观点。读者在读了一篇评论文章之后只会谈论他是否喜欢这篇文章，而不会讨论其中的观点，批评家的思想缺乏应有的回应，读者对文学批评术语的具体含义并不了解，他们对文学感到忧虑甚至恐惧。[14]

1938年卡津的一位同学想做一篇以德莱塞为主题的博士论文，却被告知只有等德莱塞去世后才能研究他，而到了70年代竟有一篇研究“后印象主义戏剧”的论文得到大学科研基金的资助。卡津对这样的现状非常不满，认为“过去学院派的文学研究只涉及传统文学，如今的文学批评分析的甚至不是文学”[15]。随着文学理论在美国大学的流行，大学里的批评家成了权威的象征，而不是文学的阐释者。卡津看不惯这样的批评潮流，他认为“新批评”之后的美国文学批评变得容易起来，因为读书习惯的培养，尤其是出于个人爱好而读书，对流行的思想不加理会，才是最难做到的。卡津强调的是用文学想象思考社会文化问题的公共知识分子传统，卡津坚持以批评的“文学性”传统对抗“理论化”潮流。

美国文学批评走向“理论化”的原因是多方面的，首先，随着二战后美国经济实力的增强，不少学生负笈欧洲，“与欧陆的文化传统相比，盎格鲁—撒克逊的文化气质显得比较老成持重，不紧不慢；而法兰西人的敏感好奇，日耳曼人的精于思辨，则使欧陆的思想文化传统更具有一种活泼多变的动态”[16]。这些学生接受了欧陆新思潮的影响，开始注重思辨的理论批评，当代著名的后现代主义理论家弗里德里克·詹姆逊就是其中典型的代表。其次，现代传播媒介的发达使得学术交流变得更加容易。大量欧陆学者的专著能够迅速在美国的大学出版，互联网也使资料的查询方便快捷。德里达在1967年同时推出三部著作，德·曼在1971年发表《盲视与洞见》，“英美批评界的调子发生了变化，批评界对文学的态度变得不那么喜气洋洋，而是更加追根究底了，甚至像个审讯官”[17]。此后美国文学批评逐渐和整个西方的文化思潮融为一个不可分割的整体，其注重实证分析的传统在理论思辨的影响下出现了哲学化倾向。

相比较而言，美国现代文学批评走向理论化最重要的原因还是其内部体制变化的结果。20世纪下半叶，美国的文学研究越来越走向职业化，文学教授和科技人员一样成为某方面的专家，把毕生的学术倾注到文学中一个狭窄的方面就够了。美国当代著名批评家拉塞尔·雅各比指出“在过去的50年里，知识分子的习性、行为方式和语汇都有所改变”[18]。年轻的知识分子几乎都是教授，校园就是他们的家，同行就是他们的听众，专业期刊就是他们的媒体，他们成了用新拉丁语（专业术语）写作的现代教士（脱离公共生活的学究）。美国大学实际上已经成了严肃文学批评的唯一基地，拥有普遍读者群的文学评论家越来越少。

当代社会信息技术高速发展，媒体发达，文学作品不再是人们主要的消遣方式，作家作为深受欢迎的信息传递者的中心地位已成为历史，现在美国的小册子作家没有哪个具有独立战争时期的同行的那种影响力。19世纪的马克·吐温是深受大众欢迎的作家，而20世纪的大小说家已经逐渐远离大众，更不用说成为大众追捧阅读的对象。普通读者的减少使越来越多的批评家进入大学，转向学术研究以获得谋生的手段。思想和梦想都需要有自由支配的时间，而大学教授忙于教学、申请科研基金、参加学术会议，他们在学院体制的养尊处优中失去了追求独立思想的批判精神。

卡津虽然在50年代以后也接受了大学教职，但他坚守着文学批评以人为本的宗旨，强调批评家的身份在于做一名“公共知识分子”，不仅为学术性杂志撰写逻辑严密、分析细致的学术论文，更重要的是为面向公众的报刊、杂志写作充满睿智的文章，和读者分享自己的文学趣味和人生体悟。

> 一个公共杂志的撰稿人不仅应当逆潮流而思，还要顺潮流而动，要比其他作家对时事更敏感。对于他解决不了的问题，不能假装找到出路，也不可用完美的逻辑推理出解决办法。[19]

20世纪30年代以前的美国批评家属于作家的行列，与学者是界限分明的两种人，各自从事不同的职业。

> 学者的研究领域是一个知识整体，可以不断加入新的内容，也可以澄清已有的知识；作家则希望用创造性的行为改变现实，而不是耐心地讨论或用客观的术语去分析现实。……以为对同一话题感兴趣的人就会有同样的观点，这只不过是个幻觉。不是话题本身，而是个人的观点和发自心灵深处对事物的感悟，才使心与心产生共鸣。[20]

争论能够形成良好的批评氛围，而这种氛围到二战以后却发生了变化。美国大学开始给作家们提供晋升职称的机会，承认并接受他们的创作，作家纷纷进入大学。

> 作家进入大学是因为他想呆在那儿。大学使他们能够成为道德家、哲学家和可以带学生的文学导师。美国作家一直喜欢扮演这样的角色，这个国家也需要他们扮演这样的角色。在一个致力于自我发展的文化中，大学是让作家充当这些角色的最佳舞台。至于这么做会对美国的文学创作产生什么影响，那又是另外一回事了。[21]

批评家也不例外，他们不再是原来意义上的批评家，这一时期美国文学批评最明显的特点就是它与任何文学流派都没什么关系，它的目标不是指向未来。对美国批评界影响深远的法国思想家则在以萨特为代表的老左派解体后，出现了一批“更喜揶揄、更为中立的知识分子，如杂文家罗兰·巴特、哲学家德里达、心理分析家拉康，在他们的推动下法国形成了一种忽视传统、强调在场的智力程式。这样的文学观虽然提供了看待事物的新方法，但是它却丢弃了价值，令人震惊”[22]。

卡津对这样的现状感到失望，他认为批评家应当是“作家”而不是“学者”，文学研究不应拘泥于文本分析，而是该关注美国的现实。他把自己的批评触角延伸到社会、历史的角落，把文学研究拓展到思想史的范畴，体现了个人的广泛阅读和敏锐的社会观察。柯尔律治曾说过文学是灵魂的整体行为，正是文学的这一特征让卡津一直坚持文学的信念，他只相信自己在文学中看到的人生，“这就是我所知道的一切。除此以外我什么也不知道”[23]。

卡津主要从三个方面对理论化的文学研究进行批判。第一，理论化的批评忽视传统，强调在场，而卡津则忘不了“历史意识”，他是伴着“历史意识”长大的。卡津所谓“历史意识”，就是艾略特所说的：

> 一种领悟，不但要理解过去的过去性，而且还要理解过去的现存性……这个历史的意识是对于永久的意识，也是对于暂时的意识，也是对于永久和暂时的合起来的意识。就是这个意识使一个作家成为传统的。同时也就是这个意识使一个作家最敏锐地意识到自己在时间中的地位，自己和当代的关系。[24]

卡津本人是具有历史意识的作家，他重视美国传统，但这并不是说他把希望寄托在过去，而是以史为鉴，通过了解历史和现状从而更好地理解现实。这里“传统”不仅指世代相传、具有特点的民族文化和思想，还包括随着时代变化而出现的新现象，因此“传统”实际上指的是过去与现在的重合，而“历史意识”则是对这种“传统”的把握。

卡津是在“历史意识”的基础上阅读文学，他看重的不是作品的情节、人物、叙事方式等传统文学研究的主题，而是与文化密切相关的思想，是以审美的方式揭示的社会“真实”。批评应当建立在了解背景文化和当时思想潮流的基础之上。“伟大的作家一定是宣扬自己文化的人，他扎根于自己的文化，也无怨无悔地接受它。”[25]

如今讲解、阐释现代文学的人却缺乏历史自信，缺乏思想活力。……我们所丢弃的是自己对（文学作品）个性的体验，个性往往是不自觉的，那种轻松的独立思想、无心的冒失之词、活泼生动的语言风格就像烙印般刻在作品上，我们甚至能像读盲文一样辨认出它们。渐渐地，人们失去了自信，不再相信自己能了解时代，并在此基础上形成想法，赋予现代艺术以力量。我们教授的文学好像只是正确写作的模型，而不是弥足珍贵的思想火花。……说到底，我们永远研究不了现代文学和艺术，我们只能是其中的一部分。我们必须批评老作家，以防他们僵化成唯一受欢迎的作家；我们也要批评新作家，以便把他们和我们自己的经历真正结合起来；我们还必须批评我们的时代，因为它还在不断向我们展示新的可能性。[26]

第二，理论化的批评大多不注重道德判断，而卡津则认为在科学知识膨胀的今天，文学正是以对道德的关怀独树一帜。卡津认为文学批评最基本的任务就是提供知识，而知识总是处在一种相对的和不完全的状态，所以他并不指望批评来告诉他关于所有事物的全部真理，但批评至少可以保持对新思想和新价值的开放性，以便不断为人们提供对世界的新认识。批评不是按照某种既定的规则而进行的呆板游戏，它需要以过去的传统为指南，但更重要的是向着未来的探险，是“对没人真正拥有的世界的向往”。[27]

文学对一定道德观的维护之所以重要，可以从1948年庞德的《比萨诗章》获得波林根奖所引起的争议中看出来。庞德曾被美军视为叛徒而逮捕，《比萨诗章》是他在比萨附近的监狱里写成的，里面记录了他“心灵的黑夜”阶段以及向往爱神和迎接死亡的心情，反映了他倾向于法西斯和反犹太主义的思想。波林根奖颁奖委员会坚持认为这一奖项是以审美的价值标准为依据，与作者的个人见解无关，庞德的诗表现了一个杰出的现代诗人的才能，不应该用道德判断的标准否定他的诗歌的美学价值。另一些批评家则认为《比萨诗章》中的反犹太主义和亲法西斯主义的观点是对文明的价值观念的亵渎，如果把奖项颁发给他，就有支持种族灭绝思想之嫌。这两种对立的观点很明显是围绕文学中的道德价值标准展开的。波林根评奖委员会认为作者个人的思想与他在艺术上的成就无关，然而文学之所以具有震撼人心的力量，正是因为它激起了读者心灵深处信念和道德上的共鸣。

在卡津看来，优秀的文学批评总是扎根于某一社会的道德批评，总会坚持自己的“偏见”。一个时代的道德观可能是统一的，但不会千篇一律，具有“历史意识”的批评家能够分辨出主导观点和各种影响的主要线索，只要他对生活的复杂性和变化的活力有一定的认识，他就能够敏感地对尚不为人所知的变化做出反应，分辨出即将上升到主要地位的次要观点，并以自己睿智的洞察力启发后人的思考。

最后，理论化的批评趋向于“科学化”，也就是“建立一套关于文学的‘诗学’，其目的仅仅是为了向人们提供一种赖以相互对话的元语言或阐释语言”[28]。

> 无论是结构主义的列维—斯特劳斯还是后结构主义的德里达，他们都是文学形式方面的专家，相信语言具有天生的结构

和自身的权威性，语言对作家个人产生的影响要大于作家对语言的影响，……这些形式专家都相信对语言整体结构的研究是科学的考察，要比浪漫主义强调个人的天才和不可靠的灵感更为高明。[29]

卡津则认为“真正让人对文学理论感兴趣的是语言本身内在的创造力”[30]，因此他更重视敏感的鉴赏和诚实的批评，重视批评家身上激情与思考的结合。文学批评是艺术的，而不是科学的，它不是建立在某种固定的程式之中，而是依靠批评家个人的感悟。这就需要批评家在大量阅读的过程中，用心去体验艺术作品的心声、感受其中人对未来的诉求，努力与作品形成共鸣。阅读的作用就在于让文本的思想渗透到批评家的思想中，并由此产生新的思想。“阅”和“读”都是个性化的，“阅”什么书本身就反映了个人的情趣，而从什么角度去“读”则更是没有统一的标准，批评家需要根据自己的经历、阅历去理解作品。在卡津看来，文学研究没有公式和经验可循，它依赖人们的信念。

那些影响过我的批评家——像范·怀克·布鲁克斯、埃德蒙·威尔逊、兰道夫·波恩、门肯等——他们都不仅对作品进行评论，而且关心美国生活的不断发展，他们都敢于批判社会和政治的邪恶。批评家发表意见时，他们似乎完全理解作品的含义，他们总能批判完美的东西。但实际上他们并不完全了解，他们发表的评论从不是关于一件艺术品的内容。没有哪一个批评家对一件艺术品的了解会比另一个艺术家更多，我从不会说这样的话。[31]

如果仅从揭示社会现象、进行文化批判的层面来看文学，文学未免显得苍白无力。它虽能提出对社会问题的思考，但在反映现状、铺陈事实方面文学比不上历史的“真实”，而在提供出路方面文学又比不上社会学和政治学的“直接”，再加上现代社会发达的传媒已经使得严肃文学远离大众，文学研究似乎意义不大，或者至少令人困惑。卡津提倡对文学的“信念”，这或许能够回答为什么要研究文学的问题。“信念”是卡津为文学研究所做的辩护，也是他对自己毕生所从事工作的总结。卡津一直坚信文学反映了一定社会的历史与文化，这种反映可能是直白的，也可能以隐喻的方式，文学是诉诸想象力的知识，它最需要的不是“以理服人”，而是“以情动人”。

结　语

卡津的批评生涯长达半个世纪，自20世纪40年代成名至90年代仍有新作出版，其间经历了美国文学从现代向后现代的过渡，文学批评从“鉴赏式”到“理论化”的转折，美国社会从自由主义到保守主义的变化等等。尽管卡津的思想在此期间既复杂又矛盾，但他的批评一直以理解人为中心，以“入乎其内又出乎其外”的方法看待每一种文学和批评流派，从不轻易站到哪一派身边，而是先钻进去深入阅读和体验，然后再跳出来认真思考和评论，以这样的态度从事文学研究，自然会减少一些先入为主的偏见。他的感悟式历史批评强调敏感的鉴赏和独立的思考，不忘某一文学作品总是某一特定社会和文化的产物，同时也是某一历史传统的延续。在卡津看来，批评家应当具备理解过去的“历史感”和展望未来的“想象力”。从某种意义上说，批评家所得出的结论并不重要，重要的是他文章中蕴含的批判思想。

1997年，纽约市大学人文中心举行庆祝活动，盛赞艾尔弗雷德·卡津一生所取得的成就。已是耄耋之年的卡津在庆祝活动的最后说出了他一直在思考的问题：

美国的立国之父们历尽艰难创建政教分离的国家，其目的不仅在于保护国家主权不受宗教分歧的影响，而且也为了保证宗教信仰不受如今党派林立的世俗社会的纷扰，然而现今的党争粗暴对待政教分离的原则，降低了政治和宗教的价值。[1]

众所周知，政教分离的政治原则给当年刚刚独立的美国提供了相对稳定的社会环境，避免在新大陆上挑起历史上多次出现的宗教战争。然而政教分离并不是美国建国之父们的首创，早在17世纪30年代新英格兰神学家罗杰·威廉斯就在罗得岛实施了宗教自由和政教分离等民主原则，①如今这一原则早已是现代政治的共识，卡津为什么要在20世纪末期反复强调政教分离？

要弄清卡津提出的“政教分离”的意义首先要明确“政教分离”这一概念的内涵。一般我们说到政教分离，大多指建制宗教与国家统治权力的分离，②美国建国初期的政教分离原则首先通过法制、舆论和教会人士的共同努力来实现，主要表现在：宪法规定在美国禁止以宗教标准作为担任政府官员或公职人员的必要条件；宪法第一修正案进一步规定国会将不制定确立国教或禁止宗教自由活动的法令。舆论也不把政府管理方面的错误提升为宗教道德

---

① 对罗杰·威廉斯所倡导的宗教自由和宽容精神，参见钱满素：《飞出笼子去唱》，作家出版社，1996年，第319—327页。

② 刘小枫先生在《现代性社会理论绪论》中提出政教分离的两项原则，一是建制教会与政治权力的分离，二是建制宗教与公共秩序的分离。他指出美国的政教分离是由一种偶然的政治环境因素造成的，属于生下来就是政教分离，而不是后来才变成政教分离的，所以美国政教分离的制度化并没有多少实际的建构经验可以汲取。倒是在美国民主社会的演化过程中，由于社会的结构分化，宗教与政制和法律制度相分离，使得宗教只是公共生活秩序中的一个子系统，并不占有绝对的支配地位。详见刘小枫：《现代性社会理论绪论》，三联书店，1998年，第459—517页。

本文以为卡津所强调的政教分离是第二种意义上的政教分离，也就是当宗教的社会功能萎缩后，它能在公共生活秩序中保持与政治、道德、教育等同样的子系统地位，不要受到政府权力的侵犯。卡津在这一问题上的态度主要来自托克维尔的影响。

问题。在这样的政教分离原则下，教会对国家就没有政治上的宗教权威和利益的正当垄断，其侧重点主要在于“保护国家主权不受宗教分歧的影响”。

卡津提倡政教分离原则时，他用词和语气的着重点都在于“保证宗教信仰不受如今党派林立的世俗社会的纷扰”。托克维尔曾说过“宗教一旦依附于现世的利益，几乎又会同世上的一切权力一样，变得脆弱无力。唯有宗教能够有希望永垂不朽，但它一与那些短命的权力结盟，便要把自己拴在这个权力的命运上，而且往往是随着昔日支持这些权力的激情的消失而灭亡”[2]。卡津应该赞同托克维尔的看法，即政府不应利用政治权力给社会成员提供关于生命和生活的意义，因为这样做的结果只会导致宗教和政治共同贬值。现代民主政治的基础是自然权利的秩序，而不再是神意秩序。美国的民主政治思想传统正如理查德·罗蒂所说“当考虑政治制度和社会政策的具体问题时，应把神学置于括号之中，政治理论当把何为人性之本质、道德之品质或人生意义等问题撇在一边”[3]。关于人生目的或人生意义的问题属于私人的信仰，自由的民主社会不能用宪政手段强制人们拥有某种价值观念，否则既会破坏个人自由，也会危及社会正义。当卡津强调政教分离的原则时，他坚持的正是自杰弗逊到杜威的美国传统自由主义政治原则。

作为一名公共知识分子，卡津在他的文学批评中融入了对政治和社会问题的思考。他认为美国的政治会爆发周期性的思想贫乏症，因此逐渐减少的民主领导是美国的悲剧。对于一个建立在18世纪思想体系基础上的政府来说，它的危机来自大众社会全球化的力量以及经济帝国主义所产生的压力。卡津把富兰克林·罗斯福和肯尼迪政府重视个人魅力的管理策略视为威尔逊之后美国政治的衰落。卡津出生于世纪初“新自由”的美国社会，年轻时在左翼新闻界的影响下接受了自由主义思想，对人文主义的道德生活报以厚望。

> 只有当整个世界健康地发展时，文学才会全面发展；只有当人们再次热衷于和人文主义不可分割的道德生活时，文学最根本的优点才能回归。如果这些优点真能回归的话，它不仅是因为世界好像恢复了秩序，而更多地是因为在一个恐怖危险的时代，人们依然坚持对文学负责、对自己负责。文学依靠信仰与创作而存在。[4]

这样充满激情的早期宣言以后再难在卡津的作品中见到。晚年的他对后现代的美国文学和消费主义社会感到失望。

> 美国人并没有因为“上帝之死”而对神性进行反思。即使对于最虔诚的美国人来说，世俗生活也是更重要的。看一看美国小说中，唯有现实主义取得了胜利，商业主义浸透了我们的语言，人们不停地说自己“感到虔诚”，但内心却并无满足感。[5]

失去了信仰的人只知追求个人利益，满足个人贪欲，文化上则表现为无限扩展的自我，卡津希望在美国早期的自由主义和个人主义传统中找到现实的出路，然而从1980年里根上台到1994年中期选举时，保守主义思潮最终在美国大行其道。卡津哀叹社会倒退的同时，也悲观地自问："我曾经那么真诚地爱着这个世界，如同我的生命一般，可现在这样的爱丢失到哪里去了？"[6]他是一个人文主义者，却在大屠杀之后失去了对人的信任；他是一个现代主义者，却看着现代主义的反叛精神随着"新批评"的泛滥而体制化了。卡津成了一个对未来感到失望的进步主义者，一个批判传统的传统主义者。

终其一生，卡津在文学想象的领域上下求索，他所追求的就是对生命意蕴的理解，是为了使现实的人生启示着深一层的意义和美，因此他的文学批评把美和价值联系在一起，在文学中探索人类总体和个体存在的意义。他成功的秘诀就在于：扎根于本土文化，在自己既无法逃避又无法放弃的世界中感悟文学的奥秘和人生的意义。

注 释

前言

1 莫里斯·迪克斯坦：《伊甸园之门》，方晓光译，上海外语教育出版社，1985年，第272页。

2 拉塞尔·雅各比：《最后的知识分子》，洪洁译，江苏人民出版社，2002年，第5, 16页。

3 *Partisan Review*, No. 2, A Special Issue, 1991, pp. 317—318. 转引自朱世达主编：《当代美国文化与社会》，中国社会科学出版社，2000年，第141页。

4 同上，第142页。

5 http://people.brandeis.edu/~burt/kazinreview.pdf

6 http://people.brandeis.edu/~burt/kazinreview.pdf

7 http://people.brandeis.edu/~burt/kazinreview.pdf

8 Alfred Kazin, *The Function of Criticism Today*, in *Contemporaries*, Boston: Little, Brown & Company Limited, 1962. p. 498, p. 500.

9 Paul Lauter, general ed., *The Heath Anthology of American Literature*. Massachusetts: D. C. Heath and Company, 1994. pp. xxxv-xxxvii.

10 Ted Solotaroff edited, *Alfred Kazin's America: Critical and Personal Writings*. New York: HarperCollins Publishers Inc., 2003. p. xlvii, p. xx.

11 Alfred Kazin, *New York Jew*. London: Martin Secker & Warburg Limited, 1978. p. 43.

12 Ted Solotaroff edited, *Alfred Kazin's America: Critical and Personal Writings*. p. xx.

13 Ted Solotaroff edited, *Alfred Kazin's America: Critical and Personal Writings*. p. xxvi.

14 http://www.newcriterion.com/archive/22/apr04/hilton.htm

15 Alfred Kazin, *God and the American Writer*, New York: Alfred A. Knopf, INC., 1997. p. 259.

第一章

1 Ted Solotaroff, edt. *Alfred Kazin's America: Critical and Personal Writings*, New York: HarperCollins Publishers Inc., 2003. p. xv.

2 Alfred Kazin, *A Walker in the City*, New York: A Harvest/ HBJ Book Harcourt Brace Jovanovich, 1951. p. 173.

3 Alfred Kazin, *New York Jew*. London: Martin Secker & Warburg Limited, 1978. p. 3.

4 Grant Webster: *The Republic of Letters: A History of Postwar American Literary Opinion*, Baltimore and London: The Johns Hopkins University, 1979. p. 229.

5 Alfred Kazin, *On Native Grounds: An Interpretation of Modern American Prose

Literature, p. 4.

6 Terry A. Cooney, *The Rise of the New York Intellectuals*. Madison: University of Wisconsin Press, 1986. p. 10.

7 Alfred Kazin, *A Walker in the City*, New York: A Harvest/ HBJ Book Harcourt Brace Jovanovich, 1951. p. 11.

8 Alfred Kazin, *A Walker in the City*. p. 12.

9 Alfred Kazin, *A Walker in the City*. p. 22.

10 Alfred Kazin, *A Walker in the City*. p. 45.

11 Alfred Kazin, *A Walker in the City*. p. 47.

12 Alfred Kazin, *God and the American Writer*, New York: Alfred A. Knopf, INC., 1997. p. 14.

13 Alfred Kazin, *Under Forty: A Symposium on American Literature and the Younger Generation of American Jews*, in Terry A. Cooney, *The Rise of the New York Intellectuals*. p. 14.

14 Alfred Kazin, *A Walker in the City*. p. 58.

15 Alfred Kazin, *A Walker in the City*, pp. 142-143.

16 Alfred Kazin, *A Walker in the City*. p. 99.

17 Alfred Kazin, *On Native Grounds*, p. 132.

18 Alfred Kazin, *New York Jew*. London: Martin Secker & Warburg Limited, 1978. p. 6.

19 http://www.bookpage.com/9608bp/nonfiction/alifetimeburning.html

20 Alfred Kazin, *New York Jew*. London: Martin Secker & Warburg Limited, 1978. p. 44.

21 盛宁:《二十世纪美国文论》, 北京大学出版社, 1994年, 第110页。

22 Joseph J. Kwiat, and Mary C. Turpie, eds., *Studies in American Culture: Dominant Ideas and Images*. Minneapolis: University of Minnesota Press, 1960. p. 207.

23 Grant Webster: *The Republic of Letters: A History of Postwar American Literary Opinion*, Baltimore and London: The Johns Hopkins University, 1979. p. 264.

24 Alfred Kazin, *On Native Grounds*, p. x.

25 拉曼·塞尔登编:《文学批评理论——从柏拉图到现在》, 刘象愚, 陈永国等译, 北京大学出版社, 2000年, 第476—478页。

26 弗农·路易斯·巴灵顿:《美国思想史》, 陈永国等译, 吉林人民出版社, 2002年, 第3页。

27 弗农·路易斯·巴灵顿:《美国思想史》, 第997页。

28 Alfred Kazin, *On Native Grounds*, pp. 155-156.

29 Alfred Kazin, *On Native Grounds*, pp. 162-164.

30 Alfred Kazin, *On Native Grounds*, p. 181.

31 理查德·H·佩尔斯:《激进的理想与美国之梦——大萧条岁月中的文化和社会思想》, 卢允中、严撷芸、吕佩英译, 上海外语教育出版社, 1991年, 第10—11页。

32 Alfred Kazin, *On Native Grounds*, pp. 181-182.

33 Alfred Kazin, *On Native Grounds*, p. 182.

34 Van Wyck Brooks, *On Creating a Usable Past*, in ed. Claire Sprague, *Van Wyck Brooks: The Early Years: A Selection from His Works, 1908-1921*. New York, 1968. p. 223

35 Alfred Kazin, *On Native Grounds*, pp. 515-516.

36 Alfred Kazin, *On Native Grounds*, pp. 516-517.

37 Ted Solotaroff edited, *Alfred Kazin's America: Critical and Personal Writings*. p. xxxvi.

38 转引自沃特·萨顿：《美国现代文学批评理论》，王晋华译，北岳文艺出版社，1997年，第89页。

39 Alfred Kazin, *Edmund Wilson: The Critic and the the Age*. in *The Inmost Leaf: A Selection of Essays*, West Connecticut: Greenwood Press, 1974. p. 93.

40 Alfred Kazin, *Edmund Wilson: The Critic and the the Age*, p. 97.

41 Alfred Kazin, *On Native Grounds*, p. 452.

42 Alfred Kazin, *On Native Grounds*, pp. 420-421.

43 转引自盛宁：《二十世纪美国文论》，第111页。

44 转引自沃特·萨顿：《美国现代文学批评理论》，第105—106页。

45 Alfred Kazin, *On Native Grounds*, pp. 405-406.

第二章

1 魏伯·司各特编著，蓝仁哲译：《西方文艺批评的五种模式》，重庆出版社，1983年，第62页。

2 转引自雷纳·韦勒克：《近代文学批评史》（第五卷），杨自伍译，上海译文出版社，2002年，第183页。

3 万俊人、陈亚军编选：《詹姆斯集》，上海远东出版社，1998年，第6—7页。

4 万俊人、陈亚军编选：《詹姆斯集》，上海远东出版社，1998年，第4—5页。

5 Alfred Kazin, *The Background of Modern Literature*, in *Contemporaries*, Boston: Little, Brown & Company Limited, 1962. p. 3.

6 Alfred Kazin, *The Background of Modern Literature*. p. 5.

7 Alfred Kazin, *The Background of Modern Literature*. p. 6.

8 Alfred Kazin, *The Background of Modern Literature*. p. 19.

9 Alfred Kazin, *On Native Grounds*, p. ix.

10 Alfred Kazin, *On Native Grounds*, p. 198.

11 Alfred Kazin, *On Native Grounds*, p. 202.

12 Alfred Kazin, *On Native Grounds*, p. 204.

13 Alfred Kazin, *To be a Critic*, in Ted Solotaroff edited, *Alfred Kazin's America: Critical and Personal Writings*. New York: HarperCollins Publishers Inc., 2003.

p. 507.

14 Alfred Kazin, *To be a Critic*. p. 508.

15 Alfred Kazin, *To be a Critic*. p. 509.

16 Ted Solotaroff edited, *Alfred Kazin's America: Critical and Personal Writings*. p. xxviii.

17 Alfred Kazin, *To be a Critic*. pp. 508-510.

18 Alfred Kazin, *To be a Critic*. p. 517.

19 Alfred Kazin, *The Function of Criticism Today*. in *Contemporaries*, Boston: Little, Brown & Company Limited, 1962. p. 501.

20 Alfred Kazin, *The Writer and the University*, in *The Inmost Leaf: A Selection of Essays*, West Connecticut: Greenwood Press, 1974. p. 244.

21 Alfred Kazin, *The Function of Criticism Today*, p. 496.

22 Alfred Kazin, *The Function of Criticism Today*. p. 503.

23 Alfred Kazin, *The Function of Criticism Today*. p. 501.

24 Alfred Kazin, *The Function of Criticism Today*. p. 496, p. 498.

25 Alfred Kazin, *On Native Grounds*, p. 284.

26 Alfred Kazin, *On Native Grounds*, p. 284.

27 Alfred Kazin, *To be a Critic*. p. 510..

28 Alfred Kazin, *To be a Critic*, p. 511.

29 Alfred Kazin, *To be a Critic*, p. 512.

30 Alfred Kazin, *The Function of Criticism Today*. pp. 499-500.

31 Alfred Kazin, *The Function of Criticism Today*. p. 499.

32 Alfred Kazin, *The Function of Criticism Today*. p. 496.

33 Alfred Kazin, *The Function of Criticism Today*. p. 504.

34 Alfred Kazin, *The Background of Modern Literature*. p. 13.

35 Alfred Kazin, *The Background of Modern Literature*. p. 4.

36 Alfred Kazin, *The Background of Modern Literature*. p. 6.

37 Alfred Kazin, *The Background of Modern Literature*. p. 7.

38 赵萝蕤等译：《艾略特诗选》，山东大学出版社，1999年，第10页。

39 Alfred Kazin, *The Background of Modern Literature*. p. 10.

40 Alfred Kazin, *The Background of Modern Literature*. pp. 11-12.

41 Alfred Kazin, *The Background of Modern Literature*. pp. 12-13.

42 Alfred Kazin, *Dreiser: The Esthetic of Realism*, in *Contemporaries*, Boston: Little, Brown & Company Limited, 1962. pp. 88-89.

43 Alfred Kazin, *Dreiser: The Esthetic of Realism*, pp. 90-91.

44 Alfred Kazin, *The Function of Criticism Today*. p. 506.

45 Alfred Kazin, *The Alone Generation*, in *Contemporaries*, Boston: Little, Brown & Company Limited, 1962. p. 208.

46 Alfred Kazin, *Dreiser: The Esthetic of Realism*, p. 92.

47 Alfred Kazin, *Dreiser: The Esthetic of Realism*, p. 89.
48 Alfred Kazin, *Dreiser: The Esthetic of Realism*, pp. 92-93.
49 Alfred Kazin, *Dreiser: The Esthetic of Realism*, pp. 93-94.
50 Alfred Kazin, *Dreiser: The Esthetic of Realism*, p. 97.
51 Alfred Kazin, *Dreiser: The Esthetic of Realism*, pp. 98-99.
52 董衡巽:《美国文学简史》(修订本),人民文学出版社,2003年,第150页。
53 Alfred Kazin, *On Native Grounds*, p. 82.
54 Alfred Kazin, *On Native Grounds*, p. 76.
55 Alfred Kazin, *On Native Grounds*, p. 77.
56 Alfred Kazin, *On Native Grounds*. p. 80.
57 Alfred Kazin, *The Function of Criticism Today*. p. 497.
58 Alfred Kazin, *The Alone Generation*. p.217.
59 蒋洪生:《艾尔弗雷德·卡津:扎根故土》,《中华读书报》,1999年1月20日。

第三章

1 雷纳·韦勒克:《近代文学批评史》(第六卷),杨自伍译,上海译文出版社,2005年,第153页。
2 Alfred Kazin, *On Native Grounds*, p. vii.
3 Alfred Kazin, *On Native Grounds*, pp. ix—x.
4 Alfred Kazin, *On Native Grounds*, p. 164.
5 Alfred Kazin, *On Native Grounds*, pp. 193—194.
6 Alfred Kazin, *On Native Grounds*, p. 16.
7 Alfred Kazin, *On Native Grounds*, p. 19.
8 Alfred Kazin, *On Native Grounds*, p. 29.
9 Alfred Kazin, *On Native Grounds*, p. 31.
10 Alfred Kazin, *On Native Grounds*, pp. 31-32.
11 Alfred Kazin, *On Native Grounds*, p. 5.
12 William Dean Howells, *A Traveler from Altruria*, quoted from: Alfred Kazin, *On Native Grounds*, p. 21.
13 Alfred Kazin, *On Native Grounds*, pp. 5—6.
14 Alfred Kazin, *On Native Grounds*, p. 5.
15 Alfred Kazin, *On Native Grounds*, p. 10.
16 William Dean Howells, *A Traveler from Altruria*, quoted from: Alfred Kazin, *On Native Grounds*, p. 43.
17 Alfred Kazin, *On Native Grounds*, p. 45.
18 Alfred Kazin, *On Native Grounds*, pp. 39-40.
19 Alfred Kazin, *On Native Grounds*, p. 50.
20 Alfred Kazin, *On Native Grounds*, p. 52.

21 Alfred Kazin, *On Native Grounds*, p. 54.
22 Alfred Kazin, *On Native Grounds*, p. 59.
23 Alfred Kazin, *On Native Grounds*, p. 84.
24 Alfred Kazin, *On Native Grounds*, pp. 85-86.
25 Alfred Kazin, *On Native Grounds*, pp. 88-90.
26 Alfred Kazin, *On Native Grounds*, p. 68.
27 Alfred Kazin, *On Native Grounds*, pp. 92-93.
28 Alfred Kazin, *On Native Grounds*, p. 93.
29 Alfred Kazin, *On Native Grounds*, pp. 95-96.
30 Alfred Kazin, *On Native Grounds*, pp. 96-97.
31 Alfred Kazin, *On Native Grounds*, p. 109.
32 Alfred Kazin, *On Native Grounds*, p. 123.
33 Alfred Kazin, *On Native Grounds*, p. 110.
34 Alfred Kazin, *On Native Grounds*, p. 117.
35 Alfred Kazin, *On Native Grounds*, p. 133.
36 Alfred Kazin, *On Native Grounds*, p. 140.
37 Alfred Kazin, *On Native Grounds*, pp. 140-141.
38 Alfred Kazin, *On Native Grounds*, p. 136.
39 Alfred Kazin, *On Native Grounds*, pp. 142-145.
40 Alfred Kazin, *On Native Grounds*, p. 145.
41 Alfred Kazin, *On Native Grounds*, pp. 145-146.
42 Alfred Kazin, *On Native Grounds*, pp. 172-173.
43 Alfred Kazin, *On Native Grounds*, pp. 182-183.
44 Alfred Kazin, *On Native Grounds*, p. 196.
45 Alfred Kazin, *On Native Grounds*, pp. 206-207.
46 Alfred Kazin, *On Native Grounds*, p. 207.
47 Alfred Kazin, *On Native Grounds*, pp. 210-211.
48 Alfred Kazin, *On Native Grounds*, p. 215.
49 Alfred Kazin, *On Native Grounds*, pp. 215-216.
50 Alfred Kazin, *On Native Grounds*, p. 220, p. 225.
51 Alfred Kazin, *On Native Grounds*, p. 226.
52 Alfred Kazin, *On Native Grounds*, pp. 248-249.
53 Alfred Kazin, *On Native Grounds*, p. 250.
54 Alfred Kazin, *On Native Grounds*, p. 251.
55 Alfred Kazin, *On Native Grounds*, pp. 254-255.
56 Alfred Kazin, *On Native Grounds*, p. 266.
57 Alfred Kazin, *On Native Grounds*, p. 267.
58 Alfred Kazin, *On Native Grounds*, p. 267.

59 Alfred Kazin, *Contemporaries*. Boston: Little, Brown & Company Limited, 1962. p. 372.
60 Alfred Kazin, *On Native Grounds*, p. 268.
61 Alfred Kazin, *On Native Grounds*, pp. 270-271.
62 Alfred Kazin, *On Native Grounds*, p. 293.
63 Alfred Kazin, *On Native Grounds*, p. 295.
64 Alfred Kazin, *On Native Grounds*, p. 299.
65 Alfred Kazin, *On Native Grounds*, p. 321.
66 Alfred Kazin, *On Native Grounds*, p. 327.
67 Alfred Kazin, *On Native Grounds*, p. 329.
68 Alfred Kazin, *On Native Grounds*, p. 341.
69 Alfred Kazin, *On Native Grounds*, p. 341.
70 Alfred Kazin, *On Native Grounds*, p. 352.
71 Alfred Kazin, *On Native Grounds*, pp. 367-368.
72 Alfred Kazin, *On Native Grounds*, p. 372.
73 Alfred Kazin, *On Native Grounds*, p. 374.
74 Alfred Kazin, *On Native Grounds*, pp. 374-375.
75 Alfred Kazin, *On Native Grounds*, p. 397.
76 Alfred Kazin, *On Native Grounds*, pp. 400-401.
77 Alfred Kazin, *On Native Grounds*, p. 402.
78 Alfred Kazin, *On Native Grounds*, p. 406.
79 Alfred Kazin, *On Native Grounds*, p. 411.
80 Alfred Kazin, *On Native Grounds*, p. 412.
81 Alfred Kazin, *On Native Grounds*, p. 419.
82 Alfred Kazin, *On Native Grounds*, p. 430.
83 Alfred Kazin, *On Native Grounds*, p. 435.
84 Alfred Kazin, *On Native Grounds*, p. 455.
85 Alfred Kazin, *On Native Grounds*, p. 456.
86 Alfred Kazin, *On Native Grounds*, p. 457.
87 Alfred Kazin, *On Native Grounds*, p. 458.
88 Alfred Kazin, *On Native Grounds*, p. 458.
89 Alfred Kazin, *On Native Grounds*, p. 459.
90 Alfred Kazin, *On Native Grounds*, p. 460.
91 Alfred Kazin, *On Native Grounds*, p. 465.
92 Alfred Kazin, *On Native Grounds*, p. 465.
93 Alfred Kazin, *On Native Grounds*, p. 465.
94 Alfred Kazin, *On Native Grounds*, pp. 466-467.
95 Alfred Kazin, *On Native Grounds*, p. 469.

96 Alfred Kazin, *On Native Grounds*, pp. 485-488.
97 Alfred Kazin, *On Native Grounds*, p. 488.
98 Alfred Kazin, *On Native Grounds*, p. 489.
99 Alfred Kazin, *On Native Grounds*, p. 490.
100 Alfred Kazin, *On Native Grounds*, p. 493.
101 Alfred Kazin, *On Native Grounds*, p. 493.
102 Alfred Kazin, *On Native Grounds*, p. 495.
103 Alfred Kazin, *On Native Grounds*, p. 498.
104 Alfred Kazin, *On Native Grounds*, p. 502.
105 Alfred Kazin, *On Native Grounds*, p. 503.
106 Alfred Kazin, *On Native Grounds*, p. 504.
107 Alfred Kazin, *On Native Grounds*, p. 505.
108 Alfred Kazin, *On Native Grounds*, p. 518.

第四章

1 Alfred Kazin, *The Background of Modern Literature*. p. 15.
2 Alfred Kazin, *The Background of Modern Literature*. pp. 15-16.
3 Alfred Kazin, *The Background of Modern Literature*. p. 16.
4 Alfred Kazin, *The Background of Modern Literature*. p. 17.
5 Alfred Kazin, *The Background of Modern Literature*. p. 17.
6 Alfred Kazin, *The Background of Modern Literature*. p. 18.
7 Alfred Kazin, *The Background of Modern Literature*. p. 22.
8 Alfred Kazin, *The Background of Modern Literature*. p. 22.
9 Alfred Kazin, *The Background of Modern Literature*. pp. 23-24.
10 Alfred Kazin, *The Background of Modern Literature*. p. 25.
11 Alfred Kazin, *what's Wrong with Culture*, in *Contemporaries*, Boston: Little, Brown & Company Limited, 1962. p. 428.
12 Alfred Kazin, *What's wrong with Culture*. p. 428.
13 Alfred Kazin, *The Function of Criticism Today*. p. 506.
14 Alfred Kazin, *The Function of Criticism Today*. pp. 506-507.
15 Alfred Kazin, *The Function of Criticism Today*. p. 507.
16 Alfred Kazin, *The Alone Generation*, in *Contemporaries*, Boston: Little, Brown & Company Limited, 1962. p. 208.
17 Alfred Kazin, *The Alone Generation*. p. 209.
18 Alfred Kazin, *The Alone Generation*. pp. 210-211.
19 Alfred Kazin, *William Faulkner: More Snopeses*, in *Contemporaries*, Boston: Little, Brown & Company Limited, 1962. p. 152.
20 Alfred Kazin, *William Faulkner: More Snopeses*. pp. 153-154.

21 Alfred Kazin, *The Alone Generation*. p. 215.
22 Alfred Kazin, *New York Jew*. London: Martin Secker & Warburg Limited, 1978. p. 44.
23 Alfred Kazin, *New York Jew*. London: Martin Secker & Warburg Limited, 1978. pp. 44-45.
24 Alfred Kazin, *New York Jew*. London: Martin Secker & Warburg Limited, 1978. p. 41.
25 Alfred Kazin, *The World of Saul Bellow*, in *Contemporaries*, Boston: Little, Brown & Company Limited, 1962. p. 218.
26 Alfred Kazin, *The World of Saul Bellow*. pp. 219-210.
27 Ted Solotaroff edited, *Alfred Kazin's America: Critical and Personal Writings*. pp. 257-258.
28 Ted Solotaroff edited, *Alfred Kazin's America: Critical and Personal Writings*. pp. 259-260.
29 Alfred Kazin, *New York Jew*. London: Martin Secker & Warburg Limited, 1978. p. 43.
30 Alfred Kazin, *New York Jew*. London: Martin Secker & Warburg Limited, 1978. p. 43.
31 Alfred Kazin, *New York Jew*. London: Martin Secker & Warburg Limited, 1978. p. 43.
32 Alfred Kazin, *New York Jew*. London: Martin Secker & Warburg Limited, 1978. p. 47.
33 Alfred Kazin, *The Function of Criticism Today*. p. 507.
34 Alfred Kazin, *Good Old Howells*, in *Contemporaries*, Boston: Little, Brown & Company Limited, 1962. pp. 57-58.
35 Alfred Kazin, *Good Old Howells*. pp. 58-59.
36 Alfred Kazin, *Good Old Howells*. p. 59.
37 Alfred Kazin, *On Native Grounds*, p. 194.
38 Alfred Kazin, *An American Procession*, New York: Alfred A. Knopf, INC. 1984. p. xiv.
39 Alfred Kazin, *An American Procession*, New York: Alfred A. Knopf, INC. 1984. p. 6.
40 Alfred Kazin, *An American Procession*, New York: Alfred A. Knopf, INC. 1984. pp. 10-11.
41 Alfred Kazin, *An American Procession*, New York: Alfred A. Knopf, INC. 1984. p. 19.
42 Alfred Kazin, *An American Procession*, New York: Alfred A. Knopf, INC. 1984. p. 20. 本文所引艾略特的诗歌参考了赵萝蕤的译文。
43 Alfred Kazin, *An American Procession*, New York: Alfred A. Knopf, INC. 1984. pp. 20-21.
44 托克维尔：《美国的民主》（下卷），董果良译，商务印书馆，1997年，第627页。
45 Alfred Kazin, *An American Procession*, New York: Alfred A. Knopf, INC. 1984. p. xiv.
46 Alfred Kazin, *An American Procession*, New York: Alfred A. Knopf, INC. 1984. p. xv.
47 Alfred Kazin, *An American Procession*, New York: Alfred A. Knopf, INC. 1984.

p. xv.

48 Alfred Kazin, *An American Procession*, New York: Alfred A. Knopf, INC. 1984. p. xv.

49 Alfred Kazin, *An American Procession*, New York: Alfred A. Knopf, INC. 1984. p. xv.

50 Alfred Kazin, *An American Procession*, New York: Alfred A. Knopf, INC. 1984. p. 36.

51 Alfred Kazin, *An American Procession*, New York: Alfred A. Knopf, INC. 1984. p. 36.

52 Alfred Kazin, *An American Procession*, New York: Alfred A. Knopf, INC. 1984. p. 38.

53 Alfred Kazin, *An American Procession*, New York: Alfred A. Knopf, INC. 1984. pp. 40-41.

54 Alfred Kazin, *An American Procession*, New York: Alfred A. Knopf, INC. 1984. p. 68.

55 Alfred Kazin, *An American Procession*, New York: Alfred A. Knopf, INC. 1984. pp. 70-71.

56 Alfred Kazin, *An American Procession*, New York: Alfred A. Knopf, INC. 1984. pp. 75-76.

57 Alfred Kazin, *An American Procession*, New York: Alfred A. Knopf, INC. 1984. p. 76.

58 Alfred Kazin, *An American Procession*, New York: Alfred A. Knopf, INC. 1984. p. 76.

59 Alfred Kazin, *An American Procession*, New York: Alfred A. Knopf, INC. 1984. p. 78.

60 Alfred Kazin, *An American Procession*, New York: Alfred A. Knopf, INC. 1984. p. 80.

61 Alfred Kazin, *An American Procession*, New York: Alfred A. Knopf, INC. 1984. pp. xv-xvi.

62 Alfred Kazin, *An American Procession*, New York: Alfred A. Knopf, INC. 1984. p. 394.

63 Alfred Kazin, *An American Procession*, New York: Alfred A. Knopf, INC. 1984. p. 395.

64 Alfred Kazin, *God and the American Writer*. p. 3.

65 Alfred Kazin, *God and the American Writer*. pp. 26-29.

66 Alfred Kazin, *God and the American Writer*. p. 38.

67 Alfred Kazin, *God and the American Writer*. p. 34.

68 Alfred Kazin, *God and the American Writer*. p. 126.

69 Alfred Kazin, *God and the American Writer*. p. 130.
70 Alfred Kazin, *God and the American Writer*. pp.130-131.
71 Alfred Kazin, *God and the American Writer*. pp.140-141.
72 Alfred Kazin, *God and the American Writer*. p. 258.
73 Alfred Kazin, *God and the American Writer*. p. 258.
74 Alfred Kazin, *God and the American Writer*. p. 259.

第五章

1 Alfred Kazin, *To be a Critic*. p. 508.
2 蒋洪生：《艾尔弗雷德·卡津：扎根故土》，《中华读书报》，1999年1月20日。
3 雷纳·韦勒克：《近代文学批评史》（第六卷），第147页。
4 Alfred Kazin, *On Native Grounds*, p. 18.
5 Alfred Kazin, *On Native Grounds*, p. 18.
6 Alfred Kazin, *On Native Grounds*, p. 32.
7 Ted Solotaroff edited, *Alfred Kazin's America: Critical and Personal Writings*. p. xxix.
8 Alfred Kazin, *New York Jew*, p. 143.
9 Alfred Kazin, *An Introduction to William Blake*. p. 56.
10 Alfred Kazin, *New York Jew*. London: Martin Secker & Warburg Limited, 1978. p. 152.
11 Alfred Kazin, *God and the American Writer*, New York: Alfred A. Knopf, INC., 1997. p. 22.
12 Alfred Kazin, *An American Procession*, New York: Alfred A. Knopf, INC. 1984. p. 70.
13 http://www.bookpage.com/9608bp/nonfiction/alifetimeburning.html
14 Alfred Kazin, *The Function of Criticism Today*, in *Contemporaries*, Boston: Little, Brown & Company Limited, 1962. p. 495.
15 Alfred Kazin, *The Inmost Leaf: a Selection of Essays*, 1974. pp. 247—248.
16 盛宁：《二十世纪美国文论》，北京大学出版社，1994年，第88—89页。
17 马克·埃德蒙森：《文学对抗哲学：从柏拉图到德里达》，王柏华、马晓冬译，中央编译出版社，2000年，第15页。
18 拉塞尔雅各比：《最后的知识分子》，洪洁译，江苏人民出版社，2002年，第4页。
19 Alfred Kazin, *Writing for Magazines*, in *Contemporaries*, 1962, p. 472.
20 Alfred Kazin, *The Writer and the University*, in *The Inmost Leaf: A Selection of Essays*, West Connecticut: Greenwood Press, 1974. pp. 249-250.
21 Alfred Kazin, *The Writer and the University*. p. 251.
22 Alfred Kazin, *To be a Critic*. p. 515.
23 http://www.bookpage.com/9608bp/nonfiction/alifetimeburning.html
24 T. S.艾略特：《传统与个人才能》，卞之琳译，见赵毅衡编选：《"新批评"文集》，百花文艺出版社，2001年，第28页。
25 Alfred Kazin, *On Native Grounds*, p. 515.
26 Alfred Kazin, *The Function of Criticism Today*. p. 509.
27 Alfred Kazin, *On Native Grounds*, p. ix.
28 盛宁：《二十世纪美国文论》，北京大学出版社，1994年，第8页。
29 Alfred Kazin, *To be a Critic*. p. 515.
30 Alfred Kazin, *To be a Critic*. P. 519.
31 http://www.bookpage.com/9608bp/nonfiction/alifetimeburning.html

结语

1 Ted Solotaroff edited, *Alfred Kazin's America: Critical and Personal Writings*. P. xlvii.
2 托克维尔：《美国的民主》（上卷），董果良译，商务印书馆，1997年，第345页。
3 转引自刘小枫：《现代性社会理论绪论》，三联书店，1998年，第456页。
4 Alfred Kazin, *On Native Grounds*, p. 517.
5 Alfred Kazin, *God and the American Writer*. pp. 258-259.
6 http://www.wsws.org/arts/1998/jun1998/kaz-j26.shtml

参考文献

1. Adams, Henry. *The Education of Henry Adams*. Boston: Houghton Mifflin Company, 1918.
2. Arieli, Yehoshua. *Individualism and Nationalism in American Ideology*. Cambridge, MA: Harvard University Press, 1964.
3. Baldick, Chris. *Criticism and Literary Theory 1890 to the Present*. London: Longman Group Limited, 1996.
4. Cooney, Terry A. *The Rise of the New York Intellectuals*. Madison: University of Wisconsin Press, 1986.
5. Dinnerstein, Leonard, Roger L. Nichols, and David M. Reimers. *Natives and Strangers*. New York: Oxford University Press, 1996.
6. Eagleton, Terry. *Marxism and Literary Criticism*. London: Routledge, 1976.
7. Elliott, Emory, general ed. *Columbia Literary History of the United States*. New York: Columbia University Press, 1988.
8. Horton，Rod W., and Herbert W. Edwards. *Backgrounds of American Literary Thought* (third edition). New Jersey: Prentice-Hall, Inc., 1974.
9. Kadushin, Charles. *The American Intellectual Elite*. Boston: Little, Brown, 1974.
10. Kazin, Alfred. *On Native Grounds: An Interpretation of Modern American Prose Literature*. New York: Reynal & Hitchcock, 1942.
11. Kazin, Alfred. *A Walker in the City*, New York: A Harvest/ HBJ Book Harcourt Brace Jovanovich, 1951.
12. Kazin, Alfred. *Contemporaries*. Boston: The Atlantic Monthly Press, 1962.
13. Kazin, Alfred. *Starting Out in the Thirties*, New York: Vintage, 1965.
14. Kazin, Alfred. *The Inmost Leaf: A Selection of Essays*, West Connecticut: Greenwood Press, 1974.
15. Kazin, Alfred. *New York Jew*. London: Secker & Warburg, 1978.
16. Kazin, Alfred. *An American Procession*, New York: Alfred A. Knopf, INC. 1984.
17. Kazin, Alfred. *God and the American Writer*. New York: Alfred A Knopf, 1997.
18. Kwiat, Joseph J., and Mary C. Turpie, eds. *Studies in American Culture: Dominant Ideas and Images*. Minneapolis: University of Minnesota Press, 1960.
19. Lauter, Paul. general ed. *The Heath Anthology of American Literature*. Massachusetts: D. C. Heath and Company, 1994.
20. Leitch, Vincent. *American Literature Criticism from the Thirties to the Eighties*. New York: Columbia University Press, 1988.
21. Lentricchia, Frank. *After the New Criticism*. Chicago: University of Chicago Press, 1980.

22. Miller, Perry. *Errand into the Wilderness*. Cambridge, MA: Harvard University Press, 1956.
23. Moore, R. Laurance. *Selling God, American Religion in the Market Place of Culture*. New York: Oxford University Press, 1994.
24. Ness, Thomas Van. *The Religion of New England*. Boston: The Beacon Press, 1926.
25. Parrinder, Patrick. *Authors and Authority: English and American Criticism 1750-1990*. Hampshire: Macmillan Education Ltd, 1991.
26. Phillips, William. *A Partisan View: Five Decades of the Literary Life*. New York: Briarcliff Manor, 1983.
27. Poirier, Richard. *The Renewal of Literature: Emersonian Reflections*. New York: Random House, 1987.
28. Reising, Russell. *The Unusable Past: Theory and the Study of American Literature*. New York: Methuen, 1986.
29. Solotaroff, Ted edited, *Alfred Kazin's America: Critical and Personal Writings*. New York: HarperCollins Publishers Inc., 2003.
30. Tompkins, Jane. *Sensational Designs: The Cultural Work of American Fiction, 1790—1860*. New York: Oxford University of Press, 1985.
31. Webster, Grant. *The Republic of Letters: A History of Postwar American Literary Opinion*. Baltimore: The Johns Hopkins University Press, 1979.
32. Zunz, Olivier. *The Changing Faces of Inequality: Urbanization, Industrial Development, and Immigrants in Detroit, 1880—1920*. Chicago: The University of Chicago Press, 1982.
33. 阿诺德，马修：《文化与无政府状态》，韩敏中译，北京：生活·读书·新知三联书店，2002年。
34. 艾布拉姆斯，M. H.：《镜与灯：浪漫主义文论及批评传统》，郦稚牛、张照进、童庆生译，北京大学出版社，2004年。
35. 爱德蒙森，马克：《文学对抗哲学》，王柏华 马晓冬译，中央编译出版社，2000年。
36. 巴尔赞，雅克：《从黎明到衰落》，林华译，世界知识出版社，2002年。
37. 本雅明，瓦尔特：《德国悲剧的起源》，陈永国译，文化艺术出版社，2001年。
38. 伯克维奇，萨克凡：《惯于赞同：美国象征建构的转化》，钱满素等译编，上海译文出版社，2005年。
39. 迪克斯坦，莫里斯：《伊甸园之门》，方晓光译，上海外语教育出版社，1985年。
40. 董衡巽主编：《美国文学简史》（修订本），人民文学出版社，2003年。
41. 康马杰：《美国精神》，南木等译，光明日报出版社，1988年。
42. 考利，马尔科姆：《流放者的归来》，张承谟译，上海外语教育出版社，1986

年。
43. 刘小枫：《现代性社会理论绪论》，上海：生活·读书·新知三联书店。1998年。
44. 陆扬，王毅选编：《大众文化研究》，上海：生活·读书·新知三联书店，2001年。
45. 马尔库塞，赫伯特：《审美之维》，李小兵译，广西师范大学出版社，2001年。
46. 佩尔斯，理查德：《激进的理想与美国之梦——大萧条岁月中的文化和社会思想》，卢允中、严撷芸、吕佩英译，上海外语教育出版社，1991年。
47. 齐小新：《美国文化研究导论》，北京大学出版社，2001年。
48. 钱满素编：《美国当代小说家论》，中国社会科学出版社，1987年。
49. 钱满素：《爱默生和中国——对个人主义的反思》，北京：生活·读书·新知三联书店，1996年。
50. 钱满素：《飞出笼子去唱》，作家出版社，1998年。
51. 钱满素：《美国文明》，中国社会科学出版社，2001年。
52. 钱满素：《美国自由主义的历史变迁》，北京：生活·读书·新知三联书店，2006年。
53. 巴灵顿，弗农·路易斯：《美国思想史》，陈永国等译，吉林人民出版社，2002年。
54. 萨顿，沃特：《美国现代文学批评理论》，王晋华译，北岳文艺出版社，1997年。
55. 萨义德，爱德华：《知识分子论》，单德兴译，北京：生活·读书·新知三联书店，2002年。
56. 塞尔登，拉曼编：《文学批评理论——从柏拉图到现在》，刘象愚、陈永国等译，北京大学出版社，2000年。
57. 尚新建：《美国世俗化的宗教与威廉詹姆斯的彻底经验主义》，上海人民出版社，2002年。
58. 盛宁：《二十世纪美国文论》，北京大学出版社，1994年。
59. 盛宁：《文学：鉴赏与思考》，北京：生活·读书·新知三联书店，1997年。
60. 司各特，魏伯编著，蓝仁哲译：《西方文艺批评的五种模式》，重庆出版社，1983年。
61. 托克维尔：《论美国的民主》上下卷，董果良译，北京：商务印书馆，1997年。
62. 韦勒克，雷纳：《批评的概念》，张今言译，中国美术学院出版社，1999年。
63. 韦勒克，雷纳：《近代文学批评史》（第五、六卷），杨自伍译，上海译文出版社，2002年，2005年。
64. 沃林，理查德：《文化批评的观念》，张国清译，商务印书馆，2000年。
65. 西美尔，格奥尔格：《宗教社会学》，曹卫东译，上海人民出版社，2003年。

66. 夏志清：《文学的前途》，北京：生活·读书·新知三联书店，2002年。
67. 许志伟：《基督教神学思想导论》，中国社会科学出版社，2001年。
68. 雅各比，拉塞尔：《最后的知识分子》，洪洁译，江苏人民出版社，2002年。
69. 杨金才主撰：《新编美国文学史》第三卷，上海外语教育出版社，2002年。
70. 伊夫·瓦岱：《文学与现代性》，北京大学出版社，2001年。
71. 乐黛云等主编：《跨文化对话》（9），上海文化出版社，2002年。
72. 赵毅衡编选：《“新批评”文集》，百花文艺出版社，2001年。
73. 朱刚主撰：《新编美国文学史》第二卷，上海外语教育出版社，2002年。

主要人名翻译对照表

Abel, Lionel 莱昂内尔•埃布尔
Adams, Henry 亨利 • 亚当斯
Agee, James 詹姆斯 • 阿吉
Anderson, Sherwood 舍伍德 • 安德森
Annan, Noel 诺艾尔 • 安南
Aragon, Louis 路易 • 阿拉贡
Arendt, Hannah 汉娜•阿伦特
Atlas, James詹姆斯 • 阿特拉斯
Auden, W. H. W. H. 奥登

Babbitt, Irving 欧文 • 白璧德
Babel, Isaac 依萨克 • 巴别尔
Baldwin, James 詹姆斯 • 鲍德温
Barzun, Jacques 雅克 • 巴尊
Beard, Charles 查尔斯 • 比尔德
Bell, Daniel 丹尼尔•贝尔
Bellow, Saul 索尔•贝娄
Bennet, Arnold 阿诺德 • 贝内特
Blackmur，Richard 理查德 • 布莱克默尔
Bloom, Allan 艾伦 • 布鲁姆
Bogan, Louise 路易斯 • 博根
Bourne, Randolph 兰道夫 • 波恩
Boyesen, Hjalmar Hjorth 哈尔马 • 豪斯 • 博伊森
Boyle, Kay 凯•博伊尔
Brooks，Cleanth 柯兰斯 • 布鲁克斯
Brooks, Van Wyck 范 • 怀克 • 布鲁克斯
Burke, Kenneth 肯尼斯 • 伯克

Cabell, James Branch 詹姆斯 • 布兰奇 • 卡贝尔
Cable, George W. 乔治 • 凯布尔
Calverton, V. F. 卡尔弗顿
Cantwell, Robert 罗伯特 • 坎特韦尔
Cather, Willa 薇拉 • 凯瑟
Chase, Richard 理查德•蔡斯
Collins, Seward 苏厄德 • 科林斯
Cowley, Malcolm马尔科姆 • 考利
Crane, Stephen 斯蒂芬 • 克莱恩
Cummings, E. E. E. E. 卡明斯

Dahlberg, Edward 爱德华 • 达尔伯格
Daiches, Donald 唐纳德 • 戴奇斯
Davis, Rebecca Harding 丽贝卡 • 哈丁 • 戴维斯
Dell, Floyd 弗洛伊德 • 德尔
Dewey, John 约翰 • 杜威
Dos Passos, John 约翰 • 多斯 • 帕索斯
Dreiser, Theodore 西奥多•德莱塞

Eagleton, Terry 特里 • 伊格尔顿
Eastman, Max 马克斯 • 伊斯曼
Ellison, Ralph拉尔夫 • 埃利森
Emerson，Ralph Waldo 拉尔夫 • 沃多 • 爱默生
Erskine，John 约翰 • 厄斯凯因

Farrell, James 詹姆斯 • 法雷尔
Faulkner, William 威廉 • 福克纳
Fiedler, Leslie 莱斯利•菲德勒
Foerster, Norman 诺曼 • 福斯特
Frank, Waldo 沃尔多 • 弗兰克
Freeman, Joseph 约瑟夫 • 弗里曼
Freud, Sigmund 西格蒙德 • 弗洛伊德
Fuller, Henry亨利 • 富勒

Gale, Zona 佐纳 • 盖尔
Garland, Hamlin 哈姆林 • 加兰
Gauss, Christian 克里斯蒂安 • 高斯
Gilbert, James Burkhart 詹姆斯•伯克哈

特•吉尔伯特
Ginsberg, Allen 阿伦 • 金斯伯格
Glasgow, Ellen 埃伦 • 格拉斯歌
Goodman, Paul 保罗•古德曼
Greenberg, Clement 克莱门特•格林伯格
Gregory, Horace 霍勒斯 • 格雷戈里
Griffin, Francis Viele 弗朗西斯•维勒•格里芬

Hackett, Francis 弗朗西斯 • 哈克特
Heilman, Robert 罗伯特 • 海尔曼
Hergesheimer, Joseph 约瑟夫 • 赫格希默
Herrick, Robert 罗伯特 • 赫里克
Hicks, Granville 格兰维尔 • 希克斯
Hook, Sidney 西德尼•胡克
Howe, Ed 埃德 • 豪
Howe, Irving 欧文•豪
Howells, William Dean 威廉•迪安•豪威尔斯
Hulme, T. E. 休姆
Huneker, James 詹姆斯 • 亨内克
Huxley, Aldous 奥尔德斯 • 赫胥黎

James, Henry 亨利 • 詹姆斯

Kazin, Alfred 艾尔弗雷德 • 卡津
Kirkland, Caroline卡罗琳 • 柯克兰

Lardner, Ring 林 • 拉德纳
Levin, Harry 哈里 • 莱文
Lewis, Sinclair 辛克莱 • 刘易斯
London, Jack 杰克 • 伦敦

Macy, John 约翰 • 梅西
Maritain 马里顿
Matthew, Arnold 马修 • 阿诺德
Master, Edgar Lee 埃德加 • 李 • 马斯特
Matthiessen, F. O. F. O. 马西森
Mencken, H.L. H. L. 门肯
Merrill, Stuart 斯图尔特•梅里尔
Miller, Henry 亨利 • 米勒
Miller, Perry 佩里 • 米勒
Morris, William 威廉 • 莫里斯
Morris, Wright 赖特•莫里斯
Mosleys, Oswald 奥斯瓦尔德 • 莫斯利斯
Mumford, Lewis 刘易斯 • 芒福德

Nabokov, Vladimir 弗拉基米尔 • 纳博科夫
Nock, Albert Jay 艾伯特 • 杰伊 • 诺克
Norris, Frank 弗兰克 • 诺里斯
Norton, Charles Eliot 查尔斯•艾略特•诺顿

O'Connor, Flannery 弗兰纳里 • 奥康纳
Orwell, George 乔治 • 奥维尔
Owen, Wilfred 威尔弗雷德 • 欧文

Parrington, Vernon Louis 弗农 • 路易斯 • 巴灵顿
Phillips, William 威廉•菲利普斯
Porter, Katherine 凯瑟琳 • 波特

Rahv, Philip 菲利普•拉夫
Ransom, John Crowe 约翰 • 克罗 • 兰色姆
Rascoe, Burton 伯顿 • 拉斯科
Richards, I. A. 理查兹
Riesman, David 戴维•里斯曼
Roberts, Elizabeth 伊丽莎白•罗伯茨
Rosenberg, Harold 哈罗德•罗森堡
Rosenfeld, Isaac 伊萨克•罗森菲尔德
Rosenfeld, Paul 保罗 • 罗森菲尔德
Ryder, Albert Pinkham 艾伯特•平卡姆•赖德

Saltus, Edgar 埃德加・索尔特斯
Santayana, George 乔治•桑塔亚纳
Schapiro, Meyer 迈耶•夏皮罗
Schwartz, Delmore 戴尔默・施瓦茨
Sherwood, Anderson 舍伍德・安德森
Sinclair, Upton 厄普顿・辛克莱
Smith, James Allen 詹姆斯・艾伦・史密斯
Smith, Bernard 伯纳德・史密斯
Smith, Sydney 西德尼・史密斯
Springarn, Joel Elias 斯宾加恩・乔尔・伊莱亚斯
Stein, Gertrude 格特鲁德・斯坦因
Steinbeck John 约翰・斯坦贝克

Tarkington, Booth 布斯・塔金顿
Tate, Allen 艾伦・泰特
Trilling, Lionel 莱昂内尔・特里林
Thompson, Vance 万斯・汤普森
Toller, Ernst 厄恩斯特・托勒

Veblen, Thorstein 索尔斯坦・凡勃伦

Warren, Robert Penn 罗伯特・潘・沃伦
Wendell, Barrett 巴雷特・温德尔
Wharton, Edith 伊迪思•华顿
Williams, Roger 罗杰•威廉斯
Wilson, Edmund 埃德蒙・威尔逊
Winters，Yvor 伊沃尔・温特斯
Wolfe, Thomas 托马斯・沃尔夫
Wright, Richard 理查德・赖特

大事年表

1915年6月5日，艾尔弗雷德·卡津出生于美国纽约布朗斯维尔区的犹太家庭。

1942年，卡津发表《扎根本土——美国现代散文研究》，发现美国现代文学的价值所在，卡津因此在美国批评界崭露头角。

1951年，卡津发表自传《城市里的漫游者》，该作品写出了美国移民与主流文化之间的“隔阂感”，是具有代表性的美国文学作品。

1955年， 卡津发表《心叶：欧美作家简评》，其中的《威廉·布莱克述评》是研究英国诗人威廉·布莱克的经典作品。

1963年，卡津发表《当代人：现代生活与文学简评》，该作品奠定了他作为当代美国文学批评家的地位，其中对犹太作家的研究尤为重要。

1965年，卡津发表《始自三十年代》，是研究二十世纪三十年代美国文化和思想的必读书。

1978年，卡津发表自传《纽约犹太人》，介绍纽约知识分子的成长以及思想变化，纽约的犹太人文化圈。

1984年，卡津发表《美国的进程：1830—1930的重要美国作家》。

1995年，卡津荣获杜鲁门·凯普特文学基金（Truman Capote Literary Trust ）颁发的“文学批评终身成就奖”。

1997年，卡津发表《上帝与美国作家》，分析19世纪和20世纪重要的美国作家如何运用独特的“宗教想象力”去探索“人与人之间关系的无限可能性”。

1998年6月5日，卡津去世。

后　记

本书在我博士论文的基础上修改写成，选择卡津作为研究对象，主要是因为被他的文字所吸引，在理论盛行的时代读卡津的评论文章，犹如在重峦叠嶂中看到一条风景独特的小径，那曲径通幽、别具一格的文字让我不知不觉走了进去。卡津的文学评论没有艰涩的术语或庞大的体系，但他对美国现代文学的热情，对当代美国文化纵横捭阖的评论都令我耳目一新。回首走过的路，初读卡津时的畏难与陌生之情犹在，后来终于慢慢走进了这位性格孤僻的"怪人"的世界。仿佛转眼之间，怎么就要跟他分手了？心中不禁怅然。好在身边的师长、家人和朋友犹在，有他们，我的生活依然精彩。

南京师范大学外国语学院院长、我的博士生导师张杰教授是启发我的心智、激发我学术兴趣的第一人。张老师口才出众，为人谦和，宽容大度，他讲授的"外国语言与文化研究通论"让我第一次看到文学研究中思想火花的闪耀，在他的指导下我踏上了文学批评之途。还记得我的第一篇评论文章张老师改了不下十遍，即使如此他仍然不断地赞扬并鼓励我的写作，如果说今天我对文学研究有一定的热情，那都是张老师培养的结果。张老师对事业的执着影响了他身边的每一个人，在他的带动下，南京师范大学外国语学院快速发展，我的成长不过是奔涌向前的河流中顺风前行的一叶扁舟而已。

张老师的言传身教和悉心培养改变了我的人生，使我有了明确的奋斗目标，而特聘教授钱满素研究员的娓娓叙谈则让我保持了一种平和的心态。自2000年开始，我跟随钱老师读了四年美国文学与文化方面的书籍，没有钱老师的指导，要写这本书是不可能的。不过钱老师和我的交谈更多的并不是关于学术问题，而是海阔天空，随性而聊，渊博深邃的思想就那么淡淡地从钱老师温和的言谈中流露出来，而老师对人生的感悟以及对社会现实问题的关怀却深深地影响了我。钱老师以她的温婉和博学让我对学业不敢懈怠，她是我精神上的领路人。

陈新教授堪称外院的元老，他的敬业精神令人钦佩。我永远不会忘记入校第一天他说过的话："学英语是一辈子的工作。"陈老师不仅自己坚持学习，多年来还义务指导学生，不求回报，我对陈老师的感谢是不言而喻的。此外程爱民教授、付俊教授、吕俊教授、汪介之教授以及其他诸位老师都以各自的成就为我的成长树立了榜样。

本书写作期间，与挚友康澄博士和秦文华博士的讨论每每让我茅塞顿开，她们的建议和鼓励伴随我走过了艰难的写作过程。

还要感谢我的母亲黄月美女士，她以自己的勤劳和坚强为我和妹妹撑起了一片天空。爱人周涛是我自少年时代开始最知心的朋友，他和女儿周雨欣是我幸福的源泉。其他所有的家人都为我的学习和写作做出了无私的奉献，没有他们就没有我的今天。

最后希望我的努力能够告慰父亲魏顺官先生的在天之灵。